O MESTRE DE ESGRIMA

ARTURO PÉREZ-REVERTE

O mestre de esgrima

Tradução
Eduardo Brandão

COMPANHIA DAS LETRAS

Copyright © 1988 by Arturo Pérez-Reverte

Título original
El maestro de esgrima

Capa
João Baptista da Costa Aguiar

Preparação
Alexandre Barbosa de Souza

Revisão
Maysa Monção
Ana Maria Barbosa

O tradutor agradece a ajuda do mestre-de-armas Eduardo Romão Gomes, técnico da seleção brasileira de esgrima

Dados Internacionais de Catalogação na Publicação (CIP)
(Câmara Brasileira do Livro, SP, Brasil)

Pérez-Reverte, Arturo
  O mestre de esgrima / Arturo Pérez-Reverte ; tradução Eduardo Brandão.
— São Paulo : Companhia das Letras, 2003.

Título original: El maestro de esgrima
ISBN 85-359-0318-6

1. Romance espanhol I. Título.

03-6690   CDD-863

Índice para catálogo sistemático:
1. Romances : Literatura espanhola   863

[2003]
Todos os direitos desta edição reservados à
EDITORA SCHWARCZ LTDA.
Rua Bandeira Paulista, 702, cj. 32
04532-002 — São Paulo — SP
Telefone (11) 3167-0801
Fax (11) 3167-0814
www.companhiadasletras.com.br

Sumário

1. Do assalto 15
2. Falso ataque duplo 42
3. Tempo incerto sobre falso ataque 69
4. Estocada curta 95
5. Ataque deslizante 146
6. Desengajamento forçado 176
7. Do convite 203
8. À ponta nua 231

A Carlota. E ao Cavalheiro do Gibão Amarelo.

"Sou o homem mais cortês do mundo. Orgulho-me de nunca ter sido grosseiro, nesta terra em que há tantos insuportáveis velhacos que vêm sentar-se junto de você, para lhe contar seus infortúnios e até declamar seus versos."
Heinrich Heine, *Retratos de viagem*

O cristal das bojudas taças de conhaque refletia as velas que ardiam nos castiçais de prata. Entre duas baforadas, ocupado em acender um grande charuto de Vuelta Abajo, o ministro estudou dissimuladamente seu interlocutor. Não havia a menor dúvida de que aquele homem era um canalha, mas ele o vira chegar ante a porta de Lhardy numa impecável berlinda puxada por duas magníficas éguas inglesas, e nos dedos finos e bem tratados que retiravam o anel do havana luzia um valioso solitário montado em ouro.

Tudo isso, mais sua elegante desenvoltura e as precisas informações que havia mandado reunir sobre ele, situava-o automaticamente na categoria de canalhas distintos. E, para o ministro, longe de se considerar um radical em questões éticas, nem todos os canalhas eram iguais; seu grau de aceitação social estava em relação direta com a distinção e a fortuna de cada um. Principalmente se, por conta dessa pequena violência moral, obtinham-se importantes vantagens materiais.

— Não necessito de provas — disse o ministro, mas era só uma frase. Na realidade, era evidente que estava convencido de antemão: era ele que pagava o jantar. Seu interlocutor apenas sorriu, como quem ouve exatamente aquilo que espera ouvir. Continuava sorrindo quando esticou os punhos imaculadamente brancos da camisa, fazendo refulgir atraentes abotoaduras de diamantes, e introduziu a mão no bolso interno do redingote.

— Provas, naturalmente — murmurou com suave ironia.

O envelope fechado com um lacre, sem nenhum selo, ficou em cima da toalha de linho, alinhado com a beira da mesa, perto das mãos do ministro. Este não o tocou, como se temesse algum contágio, limitando-se a olhar para o interlocutor.

— Sou todo ouvidos — disse.

O outro deu de ombros, fazendo um gesto vago na direção do envelope; parecia que o conteúdo deixara de lhe interessar a partir do momento em que saiu das suas mãos.

— Não sei — comentou, como se aquilo tudo não tivesse a menor importância. — Nomes, endereços... Uma bela relação, imagino. Bela para o senhor. Algo com que entreter seus agentes por algum tempo.

— Todos os implicados estão aí?

— Digamos que estão os que devem estar. Afinal de contas, creio ser conveniente administrar com prudência meu capital.

Com as últimas palavras despontou novamente o sorriso. Desta vez vinha carregado de insolência, e o ministro sentiu-se irritado.

— Cavalheiro, tenho a impressão de que o senhor parece levar esse assunto com certa ligeireza. Sua situação...

Deixou a frase no ar, como uma ameaça. O outro pareceu surpreso. Depois fez um muxoxo.

— Não vai querer — disse após refletir por um instante — que eu venha cobrar minhas trinta moedas de prata, como Judas, numa indesejada incursão noturna. Afinal, os senhores não me deixam outra opção.

O ministro pôs a mão no envelope.

— O senhor poderia se negar a colaborar — insinuou, com o havana entre os dentes. — Seria heróico, até.

— Poderia, de fato — o cavalheiro terminou de beber o conhaque e pôs-se de pé, pegando a bengala e a cartola de uma cadeira próxima. — Mas os heróis costumam morrer. Ou se arruinar. E, no meu caso, ocorre que tenho muito a perder, como o senhor sabe melhor que ninguém. Na minha idade, e na minha profissão, a prudência é algo mais funcional que uma virtude: é um instinto. De modo que resolvi absolver a mim mesmo.

Não houve aperto de mãos nem fórmula de despedida. Apenas passos na escada e o barulho, lá embaixo, de uma carruagem pondo-se em marcha sob a chuva. Quando ficou só, o ministro quebrou o lacre e pôs os óculos, aproximando-se da luz do castiçal. Deteve-se algumas vezes para saborear o conhaque, enquanto refletia sobre o conteúdo daquele documento; e, ao terminar a leitura, permaneceu sentado um momento, entre as volutas da fumaça do seu charuto. Depois olhou com melancolia para o braseiro que aquecia o pequeno gabinete e levantou-se preguiçosamente, aproximando-se da janela.

Tinha pela frente várias horas de trabalho, e essa perspectiva fez que murmurasse uma comedida imprecação. Os cimos gelados do Guadarrama derramavam sobre Madri um frio aguaceiro naquela noite de dezembro de 1866, quando reinava na Espanha sua católica majestade, dona Isabel II.

1. Do assalto

Um assalto entre homens honrados, dirigido por um mestre animado pelos mesmos sentimentos, é uma dessas diversões próprias do bom gosto e da fina educação.

Muito mais tarde, quando Jaime Astarloa quis reunir os fragmentos dispersos da tragédia e tentou recordar como tudo havia começado, a primeira imagem que lhe veio à memória foi a do marquês. E aquela sala de armas dando para os jardins do parque do Retiro, com os primeiros calores do verão entrando torrencialmente pelas janelas, empurrados por uma luz tão crua que obrigava a semicerrar os olhos, quando ela feria a guarda brunida dos floretes.

O marquês não estava em forma; seus arquejos lembravam o sopro de um fole furado e, sob o colete, via-se a camisa empapada de suor. Sem dúvida expiava assim um excesso noturno da véspera, mas Jaime Astarloa se absteve, como era seu costume, de fazer comentários inoportunos. A vida privada de seus clientes não era problema seu. Limitou-se a defender em terceira uma péssima estocada, que teria ruborizado um aprendiz, e depois atacou. O flexível aço italiano se curvou ao acertar um vigoroso golpe no peito do adversário.

— *Touché*, Excelência.

Luis de Ayala-Velate y Vallespín, marquês de los Alumbres, conteve uma castiça maldição enquanto arrancava, furioso, a máscara que lhe protegia o rosto. Estava congestionado, vermelho com o calor e o esforço. Gotas grossas de suor escorriam desde a raiz dos cabelos, empapando-lhe as sobrancelhas e o bigode.

— Maldita seja minha estampa, dom Jaime! — Havia um quê de humilhação na voz do aristocrata. — Como consegue? É a terceira vez em menos de quinze minutos que o senhor me faz morder o pó!

Jaime Astarloa deu de ombros com a modéstia apropriada. Quando tirou a máscara, na comissura da boca se desenhava um suave sorriso, sob o bigode salpicado de fios brancos.

— Hoje não está em seu melhor dia, Excelência.

Luis de Ayala soltou uma jovial gargalhada e pôs-se a percorrer a passos largos a sala de armas ornamentada com valiosos tapetes flamengos e panóplias de antigas espadas, floretes e sabres. Tinha cabelos abundantes e crespos, que davam à sua cabeleira certa semelhança com a juba de um leão. Tudo nele era vital, exuberante: corpo grande e sólido, vozeirão enérgico, propenso à palavra enfática, aos arroubos de paixão e de alegre camaradagem. Aos quarenta anos, solteiro, bem-apessoado e — segundo diziam — possuidor de notável fortuna, jogador e mulherengo impenitente, o marquês de los Alumbres era o protótipo do aristocrata *bon vivant*, de que a Espanha do século XIX se mostrou tão pródiga: não havia lido um só livro na vida, mas podia recitar de cor a genealogia de qualquer cavalo famoso nos hipódromos de Londres, Paris ou Viena. Quanto às mulheres, os escândalos com que de vez em quando brindava a sociedade madrilena eram a delícia dos salões, sempre ávidos de novidades e mexericos. Portava seus quarenta anos como ninguém, e a simples menção de seu nome bastava para evocar entre as damas lances românticos e paixões tempestuosas. A verdade é que o marquês de los Alumbres tinha uma lenda própria na timorata corte de Sua Majestade Católica. Dizia-se entre sussurros de leque que, no curso de uma farra, havia protagonizado uma briga de faca numa taberna de Cuatro Caminos, o que era mentira, e que havia acolhido em sua fazenda de Málaga o filho de um famoso bandoleiro, após a execução deste, o que era rigorosamente certo. Da sua vida política pouco se murmurava, porque havia sido fugaz, mas suas histórias de rabos-de-saia corriam pelas línguas da cidade, com rumores de que alguns esposos das altas esferas tinham razões de sobra para tomar-lhe satisfações. Que se decidissem a fazê-lo ou não, era outra questão. Quatro ou cinco haviam enviado padrinhos, mais para não dar o que falar do que por outra coisa, gesto que, além do forçoso madrugar, havia-lhes invariavelmente custado amanhecer jorrando sangue na relva de um prado qualquer dos arredores de Madri. Diziam as línguas ferinas que, entre os que podiam ter-lhe pedido reparação, figurava o próprio rei consorte. Mas todo mundo sabia que, se dom Francisco de Asís se inclinava a alguma coisa, não era propriamente a sentir ciúme da augusta esposa. Em última instância, se a própria Isabel II de fato sucumbiu ou deixou de sucumbir aos incontestáveis encantos pessoais do marquês de los Alumbres, era um segredo que só pertencia aos supostos envolvidos, ou ao confessor da rainha. Quanto a Luis de Ayala, nem tinha confessor nem, conforme suas próprias palavras, maldizia a falta de um.

Tirando o colete acolchoado para ficar em mangas de camisa, o marquês largou o florete em cima de uma mesinha, em que um silencioso criado havia colocado uma bandeja de prata com uma garrafa.

— Por hoje chega, dom Jaime. Não consigo acertar um golpe, de modo que entrego os pontos. Tomemos um xerez.

A bebida, após a hora diária de esgrima, tinha se transformado num. rito. Jaime Astarloa, máscara e florete debaixo do braço, aproximou-se do anfitrião, aceitando o cálice de cristal facetado em que o vinho reluzia como ouro líquido. O aristocrata aspirou o aroma com deleite.

— Há que reconhecer, mestre, que na Andaluzia sabem engarrafar bem as coisas. — Molhou os lábios no cálice e estalou a língua, satisfeito. — Observe contra a luz: ouro puro, sol de Espanha. Não deixa nada a invejar dessas maricagens que se bebem no estrangeiro.

Dom Jaime assentiu, complacente. Gostava de Luis de Ayala, mais ainda de que este o chamasse de mestre, embora não fosse exatamente um de seus alunos. Na realidade, o marquês de los Alumbres era um dos melhores esgrimistas da corte e fazia anos que não precisava receber aulas de ninguém. Sua relação com Jaime Astarloa era de outra natureza: o aristocrata amava a esgrima com a mesma paixão que dedicava ao jogo, às mulheres e aos cavalos. Por ela, passava uma hora diária no saudável exercício de jogar florete, atividade que, dado o seu caráter e seus principais interesses, lhe era, por outro lado, extremamente útil na hora de resolver questões de honra. Para fruir de um adversário à sua altura, Luis de Ayala havia recorrido, cinco anos atrás, ao melhor mestre-de-armas de Madri — pois dom Jaime era conhecido como tal, apesar de os atiradores na moda considerarem seu estilo excessivamente clássico ou antiquado. Dessa forma, às dez da manhã de todos os dias, menos sábado e domingo, o professor de esgrima comparecia pontualmente ao palácio de Villaflores, residência do aristocrata. Ali, na ampla sala de esgrima construída e arrumada de acordo com os mais exigentes requisitos da arte, o marquês se entregava com encarniçada tenacidade aos assaltos, embora quase sempre a habilidade e o talento do mestre terminassem se impondo. Como todo jogador autêntico, Luis de Ayala era, porém, bom perdedor. Além do mais, admirava a singular perícia do velho esgrimista.

O aristocrata apalpou o torso com um gesto dolorido e emitiu um suspiro.

— Pelas chagas de sor Patrocínio, mestre, o senhor me deixou em mau estado... Vou necessitar de várias fricções de álcool depois desta sua exibição.

Jaime Astarloa sorriu com humildade.

— Já disse que hoje não está em seu melhor dia, Excelência.

— Claro que não. Se os floretes não tivessem um botão na ponta, a estas horas eu estaria comendo capim pela raiz. Temo não ter sido um adversário digno.

— Farrear custa caro.

— A quem o diz! Ainda mais na minha idade. Já não sou um rapazola, que diabo! Mas é coisa que não tem remédio, dom Jaime... O senhor nunca poderia adivinhar o que está me acontecendo.

— Imagino que Vossa Excelência tenha se apaixonado.

— De fato — suspirou o marquês, servindo-se de mais xerez.

— Apaixonei-me como um fedelho qualquer. Até o pescoço!

O mestre de esgrima pigarreou, alisando o bigode.

— Se não me engano — disse —, é a terceira vez este mês.

— Isso é o de menos. O importante é que, quando me apaixono, me apaixono para valer. Como um adolescente. Entende o que quero dizer?

— Perfeitamente. Inclusive sem a licença poética, Excelência.

— É curioso. À medida que os anos passam, me apaixono com maior assiduidade. Está além das minhas forças evitá-lo. O braço continua forte, mas o coração é fraco, como diziam os clássicos. Se eu lhe contasse...

19

Neste ponto, o marquês de los Alumbres pôs-se a descrever, com meias palavras e eloqüentes subentendidos, a arrebatadora paixão que o deixara exausto ao longo da madrugada. Uma senhora finíssima, claro. E o marido, nem desconfia.

— Em resumo — sorriso cínico na cara do marquês —, hoje estou assim, pagando meus pecados.

Dom Jaime meneou a cabeça, irônico e indulgente.

— A esgrima é como a comunhão — admoestou com um sorriso. — Temos de fazê-la com a devida disposição de corpo e alma. Violar essa lei suprema traz implícito o castigo.

— Diabo, mestre! Tenho de anotar isso.

Jaime Astarloa levou o cálice aos lábios. Seu aspecto contrastava com a vigorosa humanidade do seu cliente. O mestre de esgrima já deixara folgadamente para trás meio século; era de estatura mediana e sua magreza extrema lhe dava uma falsa aparência de fragilidade, desmentida pela firmeza dos seus membros, secos e nodosos como galhos de videira. O nariz ligeiramente aquilino sob uma fronte alta e nobre, o cabelo branco mas ainda farto, as mãos finas e tratadas transmitiam um ar de serena dignidade, acentuado pela expressão grave de seus olhos cinzentos, orlados por uma infinidade de pequenas rugas que os tornavam vivazes e simpáticos ao se franzirem em torno deles quando sorria. Trazia o bigode muito bem cuidado, à antiga, e não era esse o único traço anacrônico que se podia observar nele. Seus recursos só lhe permitiam vestir-se de forma razoável, mas o fazia com decadente elegância, alheia aos ditames da moda; seus trajes, mesmo os mais recentes, eram cortados de acordo com padrões de vinte anos antes, o que, na sua idade, até era de bom-tom. Tudo isso dava ao velho mestre de esgrima um ar de quem havia parado no tempo, insensível aos novos usos da agitada época em que vivia. A verdade é que ele próprio se comprazia intimamente disso, por obscuras razões que talvez nem o próprio interessado teria sido capaz de explicar.

O criado trouxe, para cada um, uma bacia com água e uma toalha, para que mestre e cliente se lavassem. Luis de Ayala tirou a camisa; em seu torso poderoso, ainda brilhante de suor, podiam-se apreciar as marcas vermelhas dos golpes.

— Pelos cornos de Lúcifer, mestre, o senhor me deixou como o Nazareno... E pensar que lhe pago para isso!

Jaime Astarloa enxugou o rosto e olhou para o marquês com benevolência. Luis de Ayala molhava o peito, arquejando.

— É verdade que — acrescentou — muito mais estocadas dá a política. Sabe que González Bravo me propôs que eu voltasse à minha cadeira nas Cortes? Tendo em vista um novo cargo, disse. Deve estar se afogando, para ser obrigado a recorrer a um boêmio como eu.

O mestre de esgrima compôs uma expressão de cordial interesse. Na realidade, não dava a mínima para a política.

— E o que Vossa Excelência pensa fazer?

O marquês de los Alumbres deu de ombros, desdenhoso.

— Fazer? Nada, absolutamente nada. Disse a meu ilustre homônimo que faça subir nesse trem o senhor pai dele. Com outras palavras, claro. Meu negócio é a dissipação, um pano verde num cassino qualquer e uns olhos formosos ao meu alcance. Do resto, já tenho bastante.

Luis de Ayala havia sido deputado nas Cortes, ocupando também por um breve período certa secretaria importante do Ministério da Justiça, durante um dos últimos gabinetes de Narváez. Sua demissão, três meses depois de assumir o cargo, coincidiu com o falecimento do titular da pasta, seu tio materno Vallespín Andreu. Pouco depois, Ayala renunciava também, voluntariamente dessa vez, à sua cadeira no Congresso e abandonava as fileiras do Partido Moderado, em que militara sem muito entusiasmo até então. A frase *"já tenho bastante"*, pronunciada pelo marquês em sua roda do Ateneo, havia feito época, passando a integrar o linguajar político para expressar um profundo desencanto com a fúnebre realidade nacional. A partir de então, o marquês de los Alumbres tinha se mantido à margem de toda atividade pública, negando-se a participar dos conchavos cívico-militares que se sucederam sob os diversos gabinetes da monarquia e limitando-se a observar o decorrer da agitação política do momento com um sorriso de *dilettante*. Tinha um padrão de vida elevado e perdia, sem pestanejar, somas enormes nas mesas de jogo. Os futriqueiros comentavam que vivia à beira da ruína, mas Luis de Ayala sempre acabava refazendo sua economia, que aparentemente contava com recursos insuspeitos.

— Como vai sua busca do graal, dom Jaime?

O mestre de esgrima estava abotoando a camisa e interrompeu a operação para fitar seu interlocutor com uma expressão pesarosa.

— Não muito bem. Mal, suponho que seja a palavra exata... Às vezes me pergunto se a tarefa não está além das minhas faculdades. Há momentos em que, confesso honestamente ao senhor, renunciaria a ela com gosto.

Luis de Ayala terminou suas abluções, passou a toalha no peito e pegou o cálice de xerez que havia deixado na mesa. Com as unhas, fez o cristal vibrar e aproximou-o do ouvido com uma expressão satisfeita.

— Bobagem, mestre. Bobagem. O senhor é capaz de levar adiante tão ambiciosa empresa.

Um triste sorriso bailou nos lábios do mestre de esgrima.

— Gostaria de compartilhar sua fé, Excelência. Mas, na minha idade, há muitas coisas que desmoronam... Até dentro de nós mesmos. Começo a desconfiar que meu graal não existe.

— Bobagem.

Fazia muitos anos que Jaime Astarloa trabalhava na redação de um *Tratado sobre a arte da esgrima*, que, no dizer dos que conheciam seus dotes e sua experiência extraordinários, seria sem dúvida uma das obras capitais sobre o tema, quando viesse à luz, só comparável aos estudos de grandes mestres como Gomard, Grisier e Lafaugère. Mas o próprio autor havia começado a levantar ultimamente sérias dúvidas sobre sua capacidade de sintetizar em folhas manuscritas aquilo a que tinha dedicado a vida. Fora isso, dava-se uma circunstância que contribuía para aumentar seu desgosto. Para que a obra fosse o *non plus ultra* sobre a matéria que a inspirava, era necessário que nela figurasse o golpe de mestre, a estocada perfeita, indefensável, a mais apurada criação gerada pelo talento humano, modelo de inspiração e eficácia. Dom Jaime havia se dedicado à sua busca desde o primeiro dia em que cruzou o florete com um adversário. Sua demanda do graal, como ele próprio a denominava, se mostrava estéril até então. E, já iniciada a linha descendente da sua decadência física e intelectual, o velho mestre-de-armas sentia como o vigor começava a escapar de seus braços ainda rijos e como o talento que inspirava seus movimentos profissionais ia se desvanecendo sob o peso dos anos. Quase diariamente, na solidão do seu modesto gabinete, inclinado à luz tênue de um lampião sobre as folhas de papel que o tempo já amarelava, Jaime Astarloa tentava inutilmente arrancar dos recônditos da sua mente aquela chave que ele sabia, por inexplicável intuição, oculta em algum lugar onde se empenhava em não ser descoberta. Passava assim muitas noites acordado até o amanhecer. Outras, tirado do sono por alguma súbita inspiração, levantava-se de camisolão para, empunhando com desesperada violência um dos seus floretes, colocar-se diante dos espelhos que cobriam as paredes da sua pequena sala de armas. Ali, tentando concretizar o que minutos antes havia sido apenas uma fugaz centelha de lucidez em sua mente adormecida, abismava-se na agônica e inútil perseguição, medindo seus movimentos e sua inteligência num silencioso duelo com a própria imagem, cujo reflexo parecia sorrir-lhe com sarcasmo desde as sombras.

Jaime Astarloa saiu à rua com o estojo dos floretes debaixo do braço. A manhã estava muito quente; Madri enlanguescia sob um sol de rachar. Em todas as rodas, as conversas giravam em torno do calor e da política: falava-se da elevada temperatura à maneira de introdução e entrava-se no assunto, enumerando uma depois da outra as conspirações em curso, boa parte da quais costumava ser de domínio público. Todo o mundo conspirava naquele verão de 1868. O velho Narváez morrera em março e González Bravo acreditava-se forte o bastante para governar com mão-de-ferro. No Palácio de Oriente, a rainha dirigia ardentes olhares aos jovens oficiais da sua guarda e rezava com fervor o rosário, já preparando seu próximo veraneio no Norte. Outros não tinham mais remédio senão veranear no exílio. A maior parte dos personagens de destaque, como Prim, Serrano, Sagasta ou Ruiz Zorrilla, encontrava-se desterrada, confinada ou sob discreta vigilância, enquanto dedicava seus esforços ao grande movimento clandestino denominado *A Espanha com honra*. Todos concordavam em afirmar que Isabel II estava com seus dias contados e, enquanto o setor mais moderado especulava sobre a abdicação da rainha em favor do filho Alfonsito, os radicais acalentavam abertamente o sonho republicano. Dizia-se que dom Juan Prim chegaria de Londres de um momento para o outro; mas o lendário herói da batalha de Castillejos já viera uma ou duas vezes e vira-se obrigado a picar a mula. Como dizia uma canção na moda, o figo não estava maduro. Outros achavam, porém, que o figo começava a apodrecer, de tanto continuar pendurado na árvore. Tudo era uma questão de opinião.

Seus rendimentos modestos não lhe possibilitavam luxos excessivos, de forma que Jaime Astarloa fez com a cabeça um sinal negativo ao cocheiro que lhe oferecia os serviços de um desconjuntado fiacre. Foi pelo Paseo del Prado, entre desocupados passantes que buscavam a sombra das árvores. De vez em quando, encontrava um rosto conhecido, que cumprimentava cortesmente, como era de seu costume, tirando a cartola cinzenta. Havia aias de uniforme que conversavam em pequenos grupos sentadas nos bancos de madeira, vigiando de longe meninos com trajes de marinheiro que corriam ao redor dos chafarizes. Algumas damas passeavam em coches descobertos, protegendo-se do sol com sombrinhas orladas de renda.

Embora vestisse um leve redingote de verão, dom Jaime sufocava de calor. Tinha de atender a outros alunos de manhã, em seus respectivos domicílios. Todos eram rapazolas de boa família, cujos pais consideravam a esgrima um saudável e higiênico exercício, dos poucos que um cavalheiro podia realizar sem que a dignidade familiar sofresse menoscabo. Com esses honorários, e os de outros três ou quatro clientes que iam à sua sala de esgrima à tarde, o mestre-de-armas sobrevivia de modo razoável. Afinal de contas, os gastos pessoais eram mínimos: aluguel da sua moradia na Calle Bordadores, almoço e jantar numa taberna próxima, café e uma fatia de pão tostado no Progreso... Era a ordem de pagamento firmada pelo marquês de los Alumbres, pontualmente recebida no primeiro dia do mês, o que lhe permitia regalar-se algumas comodidades suplementares e, também, poupar uma pequena soma, cuja renda lhe evitaria terminar num asilo quando os anos o impedissem de continuar desempenhando seu ofício. Coisa que, como amiúde matutava com tristeza, não se faria esperar muito.

O conde de Sueca, deputado nas Cortes, cujo filho mais velho era um dos escassos alunos de dom Jaime, passeava a cavalo ostentando magníficas botas de montar inglesas.

— Bom dia, mestre. — O conde tinha sido seu discípulo, seis ou sete anos antes. Por causa de um desafio em que andou envolvido, viu-se obrigado a solicitar os serviços de Jaime Astarloa para aperfeiçoar seu estilo às vésperas do duelo. O resultado foi satisfatório, o adversário viu-se com uma polegada de aço metida no corpo e desde então o conde mantinha com o professor de esgrima uma relação cordial, que agora se estendia ao seu filho. — Vejo que o senhor traz seus utensílios profissionais debaixo do braço... Fazendo seu percurso matinal, suponho.

Dom Jaime sorriu, enquanto acariciava com ternura a caixa dos floretes. Seu interlocutor o cumprimentara tocando a aba do chapéu, amavelmente mas sem desmontar. Pensou mais uma vez que, salvo raras exceções, como Luis de Ayala, o trato que os clientes lhe dispensavam era sempre assim: cortês, mas mantendo sutilmente a distância. Afinal de contas, pagavam-lhe por seus serviços. No entanto, o mestre-de-armas tinha idade suficiente para não mais sentir-se mortificado com aquilo.

— Como o senhor vê, dom Manuel... De fato, o senhor me encontra em plena ronda matutina, prisioneiro desta Madri asfixiante. Mas trabalho é trabalho.

O conde de Sueca, que nunca havia trabalhado na vida, fez um gesto para dar a entender que compreendia, enquanto reprimia um movimento impaciente da sua cavalgadura, uma bela égua isabelina. Olhava distraído à sua volta, cofiando a barba com o mindinho, interessado numas damas que passeavam junto à grade do Jardim Botânico.

— E Manolito, como vai indo? Espero que faça progressos.

— Faz, faz. O rapaz tem jeito. Ainda é fogoso demais, mas aos dezessete anos isso pode ser considerado uma virtude. O tempo e a disciplina vão temperá-lo.

— Está em suas mãos, mestre.

— Muito honrado, Excelência.

— Tenha um bom dia.
— Igualmente. Meus respeitos à senhora condessa.
— Os dela ao senhor.

O conde seguiu seu caminho e dom Jaime, o dele. Subiu pela Calle de las Huertas, detendo-se por um instante diante da vitrine de uma livraria. Comprar livros era uma das suas paixões, mas também representava um luxo. E ele só podia dar-se a luxos muito de vez em quando. Observou amorosamente as lombadas douradas sobre a pele das encadernações e suspirou com melancolia, ao rememorar outros tempos em que não era preciso andar sempre às voltas com sua precária economia doméstica. Resolvendo voltar ao presente, enfiou os dedos na algibeira do casaco e consultou o relógio, que trazia na ponta de uma comprida corrente de ouro que datava de dias melhores. Faltavam quinze minutos para apresentar-se em casa de dom Matías Soldevilla (Paños Soldevilla Hermanos, Fornecedores da Casa Real e das Tropas de Ultramar) e dedicar uma hora a inculcar laboriosamente na estúpida cabeça de seu filho, Salvadorín, algumas noções de esgrima: *"Defender, engajar, recuar, perfilar-se corretamente... Um, dois, Salvadorín, um, dois, assim, marchar, esta finta, muito bem, evite o floreio, tire, assim, parada, mal, muito mal, péssimo, outra vez, guarnecendo-se, um, dois, defender, engajar, recuar, perfilar-se. O rapaz progride, dom Matías, progride. Ainda está verde, mas tem intuição, tem queda. Tempo e disciplina, só precisa disso...".* Tudo isso por sessenta reais ao mês.

O sol caía a pino, fazendo ondular as imagens sobre o calçamento. Um aguadeiro passou pela rua, anunciando sua refrescante mercadoria. Sentada junto das cestas de legumes e frutas, uma verdureira esbaforia-se à sombra, afastando com um gesto mecânico o enxame de moscas que revoava ao seu redor. Dom Jaime tirou o chapéu para enxugar o suor com um velho lenço que guardava na manga. Contemplou brevemente o brasão de armas bordado com fio azul — já descorado pelo tempo e as lavagens contínuas —, sobre a seda gasta pelo uso, e continuou seu caminho rua acima, os ombros vergados sob o sol implacável. Sua sombra era apenas uma pequena mancha escura debaixo dos seus pés.

Mais que um café, o Progreso era um antônimo. Meia dúzia de mesinhas de mármore rachado, cadeiras centenárias, um assoalho de madeira que rangia debaixo dos pés, cortinas empoeiradas e meia luz. Fausto, o velho encarregado, cochilava perto da porta da cozinha, pela qual chegava o agradável aroma de café fervendo em seu bule. Um gato esquelético e remelento deslizava com ar furtivo por sob as mesas, à espreita de hipotéticos camundongos. No inverno, o lugar recendia constantemente a umidade, e grandes manchas amarelavam o papel de parede. Nesse ambiente, seus freqüentadores quase nunca tiravam as roupas de frio, o que implicava uma crítica manifesta à decrépita estufa de ferro, que costumava avermelhar-se fracamente num canto.

No verão era diferente. O café Progreso parecia um oásis de penumbra e frescor na canícula madrilena, como se conservasse dentro das suas paredes e atrás das pesadas cortinas o frio soberano que nele se alojava nos dias invernais. Era essa a razão pela qual a modesta tertúlia de Jaime Astarloa ali se instalava todas as tardes, mal se iniciavam os rigores estivais.

— O senhor está tergiversando com minhas palavras, dom Lucas. Como de costume.

Agapito Cárceles parecia um padre que largou a batina, o que de fato era. Quando discutia, erguia o indicador para o alto, como se invocasse o céu por testemunha, hábito adquirido durante o breve período em que — por uma inexplicável negligência que o bispo da sua diocese ainda lamentava — a autoridade eclesiástica lhe permitira pregar aos fiéis de um púlpito. Sobrevivia dando facadas nos conhecidos ou escrevendo inflamadas diatribes radicais em jornais de escassa circulação sob o pseudônimo de "O patriota encapuzado", o que se prestava a freqüentes caçoadas de seus companheiros de café. Autoproclamava-se republicano e federalista, recitava sonetos antimonárquicos compostos por ele mesmo à base de rimas paupérrimas, espalhava aos quatro ventos que Narváez tinha sido um tirano, Espartero um medroso e que Serrano e Prim lhe davam calafrios, soltava citações em latim que nada tinham a ver com o assunto e mencionava o tempo todo Rousseau, que nunca havia lido nesta vida. As coisas por que tinha maior ojeriza eram o clero e a monarquia, e ele sustentava com ardor que as duas contribuições decisivas para a história da humanidade foram a imprensa e a guilhotina.

Tac. Tac. Tac. Dom Lucas Rioseco tamborilava na mesa; sua impaciência era visível. Torcia o bigode entre contínuos *hum-hum*, olhando para as manchas do teto como se esperasse encontrar nelas paciência suficiente para escutar os disparates do seu colega de mesa.

— A coisa está clara — sentenciava Cárceles. — Rousseau deu uma resposta para a questão de saber se o homem é bom ou mau por natureza. E seu raciocínio, cavalheiros, é definitivo. Definitivo, dom Lucas, fique sabendo. Todos os homens são bons; logo, devem ser livres. Todos os homens são livres; logo, devem ser iguais. E agora vem o melhor: todos os homens são iguais, *ergo* são soberanos. Isso mesmo. Dessa bondade natural do homem resultam, portanto, a liberdade, a igualdade e a soberania nacional. O resto — soco na mesa — é baboseira.

— Mas também há homens maus, meu caro amigo — interveio dom Lucas com malícia, como se acabasse de pescar Cárceles em sua própria rede.

O jornalista sorriu, desdenhoso e olímpico.

— Claro que há. Disso quem duvida? Acaso não tínhamos o guerreiro de Loja, que deve estar apodrecendo no inferno? Não temos González Bravo e sua corja, a Corte...? Os obstáculos tradicionais, como se sabe. Pois bem. Para cuidar deles todos, a Revolução Francesa criou uma máquina engenhosa: uma lâmina que sobe e desce. Zás! Arquivado. Zás! Arquivado. Assim se liquidam todos os obstáculos, os tradicionais e os outros. *Nox atra cava circunvolat umbra.* E, para o povo livre, igual e soberano, a luz da razão e do progresso.

Dom Lucas estava indignado. Era um cavalheiro decadente de boa família, emproado e com fama de misantropo, beirando os sessenta. Viúvo, sem filhos nem fortuna, todo mundo estava cansado de saber que não via um duro de prata desde os tempos do falecido Fernando VII e que vivia de rendimentos magérrimos, e graças à caridade de umas boas vizinhas. Era, porém, muito cioso das aparências. Sua pouca roupa estava sempre meticulosamente passada e não havia um só conhecido que deixasse de admirar a elegância com que dava o nó na sua única gravata e sustentava no olho esquerdo o monóculo de madrepérola. Suas idéias eram reacionárias: definia-se como monarquista, católico e, antes de mais nada, homem honrado. Vivia em permanente desavença com Agapito Cárceles.

Além de Jaime Astarloa, participavam da roda Marcelino Romero, professor de piano num colégio de moças, e Antonio Carreño, funcionário da Secretaria de Abastecimento. Romero era insignificante, tísico, sensível e melancólico. Suas esperanças de obter um nome no mundo da música tinham se reduzido, já fazia tempo, a ensinar a umas duas dezenas de jovens da boa sociedade como martelar razoavelmente um piano. Quanto a Carreño, tratava-se de um sujeito ruivo e magro, de barba acobreada muito bem cuidada, semblante fechado e amigo de poucas palavras.

Dava-se ares de conspirador e maçom, embora não fosse nem uma coisa nem outra.

Dom Lucas retorcia o bigode amarelo de nicotina enquanto fulminava Cárceles com o olhar.

— O senhor acaba de fazer, pela enésima vez — disse em tom mordaz —, sua habitual exposição destrutiva da realidade nacional. Ninguém a pediu, mas tivemos de suportá-la. Muito bem. Sem dúvida a veremos publicada amanhã num desses libelos revolucionários que lhe dão abrigo em suas panfletárias páginas... Pois ouça bem, amigo Cárceles. Eu também, pela enésima vez, lhe digo não. Eu me nego a continuar escutando seus argumentos. O senhor soluciona tudo à base da degola. Daria um belo ministro da Justiça! Lembre-se do que seu querido populacho fez em 34: oitenta frades assassinados pela chusma agitada por demagogos sem consciência.

— O senhor disse oitenta? — Cárceles se deleitava deixando dom Lucas fora de si, o que acontecia todo santo dia. — Poucos, parece-me. E sei do que estou falando. Como sei! Conheço a batina por dentro, se conheço!... Com o clero e os Bourbons, não há homem honrado que agüente este país!

— O senhor, claro, resolveria o caso aplicando suas consabidas fórmulas...

— Só tenho uma: ao padre e ao Bourbon, pólvora e chumbo do bom. Fausto! Mais cinco pães tostados, por conta de dom Lucas.

— Nem pensar! — O digno ancião reclinou-se no encosto da cadeira, com os polegares no bolso do casaco e o monóculo orgulhosamente incrustado sob a sobrancelha. — Eu pago qualquer coisa para os meus amigos, sempre que dispuser de moeda sonante, o que não é o caso. Mas nego-me a fazê-lo para um fanático vendilhão da pátria.

— Prefiro ser um fanático vendilhão da pátria, como o senhor diz, a passar a vida gritando *vivam os grilhões*!

O resto do grupo achou que era hora de mediar. Jaime Astarloa pediu serenidade, cavalheiros, enquanto mexia o café com a colherinha. Marcelino Romero, o pianista, abandonou sua melancólica contemplação da morte da bezerra para rogar moderação e tentou introduzir, sem sucesso, a música como tema alternativo.

— Não mude de assunto — interpelou-o Cárceles.
— Não estou mudando — protestou Romero. — A música também tem um conteúdo social. Cria a igualdade no âmbito da sensibilidade, supera fronteiras, une os povos...
— A única música que este senhor tolera é o hino dos liberais!
— Não vamos começar tudo de novo, dom Lucas.

O gato pensou avistar um rato e saiu em sua perseguição por entre as pernas dos companheiros. Antonio Carreño tinha molhado o indicador na água de um copo e traçava misteriosos sinais no gasto mármore da mesa.

— Em Valencia, Fulano. Em Valladolid, Sicrano. Dizem que Topete, em Cádiz, recebeu emissários, mas vá saber! E Prim chegou, quando menos se esperava. Desta vez a encrenca vai ser da grossa!

E pôs-se a descrever, enigmático e parco em detalhes, a conspiração em marcha da qual sabia, de fonte segura, cavalheiros, graças a certas confidências que lhe haviam feito destacados personagens da mesma loja maçônica sua, cujos nomes preferia manter no anonimato. O fato de a intriga a que se referia ser de domínio público, como outra meia dúzia mais, não diminuía em nada seu entusiasmo. Em voz baixa, com olhares furtivos lançados à volta, meias palavras e outras precauções de rigor, Carreño foi enumerando os pormenores da empresa em que, confio em sua discrição, cavalheiros, ele se achava metido até o pescoço, ou pouco menos. As lojas — costumava se referir às lojas maçônicas com a mesma familiaridade com que outros falavam de seus parentes — estavam se movimentando muito. Claro, nada de Carlos VII; além do mais, sem o velho Cabrera, o sobrinho de Montemolín estava longe de dar conta do recado. Alfonsito, descartado; chega de Bourbons. Um príncipe estrangeiro, quem sabe, constitucional e tudo o mais, embora dissessem que Prim se inclinava pelo cunhado da rainha, Montpensier. Se não, a *Gloriosa*, que tão feliz faria o amigo Cárceles.

— Gloriosa e federal — completou o jornalista, olhando para dom Lucas com manifesta má intenção. — Para os lacaios ficarem sabendo o que é bom para a tosse.

Dom Lucas acusou o golpe. Era um alvo facílimo de ser espicaçado.

— Isso, isso — exclamou, bufando de desalento. — Federativa, democrática, anticlerical, livre-pensadora, popularesca e desastrosa. Todos iguais e uma guilhotina na Puerta del Sol, com dom Agapito manejando o engenhoso mecanismo. Nem cortes, nem meias cortes. Assembléias populares em Cuatro Caminos, em Ventas, em Vallecas, em Carabanchel... É o que propõem os correligionários do senhor Cárceles. Somos a África da Europa!

Fausto chegou com os pães tostados. Jaime Astarloa molhou pensativo o seu no café. Aborreciam-lhe soberanamente as intermináveis polêmicas que seus companheiros travavam, mas eles não eram uma companhia nem melhor nem pior que outra qualquer. As poucas horas que todas as tardes passava com eles ajudavam-no, pelo menos, a aliviar a solidão. Com todos os defeitos, rabugentos e mal-humorados, deblaterando contra qualquer bicho vivo, pelo menos proporcionavam uns aos outros a vantagem de poder se comunicar em voz alta suas respectivas frustrações. No reduzido círculo, cada um dos seus integrantes encontrava tacitamente nos outros o consolo de saber que seu fracasso não era um fato isolado, mas sim compartilhado, em maior ou menor medida, pelos demais. Era isso o que, acima de tudo, os unia, mantendo-os fiéis ao seu encontro diário. Apesar das freqüentes altercações, das suas discrepâncias políticas e da diversidade de humores, os cinco companheiros cultivavam uma solidariedade retorcida que, embora por todos seria negada caso devesse ser abertamente formulada, poderia se comparar com a daqueles seres solitários que se apertam uns contra os outros em busca de calor.

Dom Jaime correu os olhos a seu redor e eles se encontraram com os do professor de música, graves e doces. Marcelino Romero, beirando os quarenta, vivia há alguns anos atormentado por um amor impossível, uma honesta mãe de família cuja filha tinha aprendido com ele os rudimentos musicais. Encerrada havia meses a relação professor-aluna-mãe, o pobre homem passava todos os dias sob certa sacada da Calle Hortaleza, ruminando estoicamente uma ternura não correspondida e sem esperança.

O mestre de esgrima sorriu para Romero com simpatia, e o outro respondeu distraidamente, absorto sem dúvida em seus tormentos interiores. Dom Jaime pensou que era impossível não encontrar uma sombra agridoce de mulher na memória de qualquer homem. Ele também tinha a sua, mas isso já fazia muito tempo...

O relógio dos Correios bateu as sete. O gato continuava sem achar um rato para pôr na boca e Agapito Cárceles recitava um soneto anônimo dedicado ao falecido Narváez, cuja autoria tentava atribuir a si próprio, em meio ao ceticismo galhofeiro dos presentes:

Se um belo dia à Loja vais indo
e no chão vês um chapéu andaluz...

Dom Lucas bocejava ostensivamente, mais para implicar com o amigo do que por outra coisa. Duas senhoras distintas passaram pela rua, junto da vidraça do café, lançando sem se deter um olhar para dentro. Todo o grupo se inclinou cortesmente, salvo Cárceles, concentrado em sua declamação:

> ... detém o teu passo, ó bom peregrino,
> que ali pois repousa — dê graças à Cruz! —
> o herói de mais pose e menos bom tino
> que Espanha regeu qual bronco lapuz...

Um pregoeiro ambulante ia pela rua oferecendo pirulitos de Havana, virando-se de vez em quando para espantar uns meninos maltrapilhos que o seguiam, olhando cheios de cobiça para sua mercadoria. Um grupo de estudantes entrou no café para tomar um refresco. Traziam jornais na mão e discutiam animadamente sobre a última intervenção da Guarda Civil, a que aludiam jocosamente como *Guarda Assim Vil*. Alguns deles pararam, divertidos, para ouvir Cárceles recitar a elegia fúnebre do duque de Valencia:

> ... Guerreiro sem pugnas, mas cheio de sorte,
> a luxúria incensou qual sua deusa adorada
> e entre esta e a gula topou com a morte.
> Queres pois lhe prestar reverência adequada?
> Levanta o chapéu, depois cospe bem forte
> e dá-lhe na tumba uma bela cagada.

Os jovens aclamaram Cárceles e este fez uma mesura, emocionado com a reação favorável da improvisada audiência. Deram vivas à democracia e o jornalista foi convidado a uma rodada. Dom Lucas torcia o bigode, ébrio de santa ira. O gato se enroscava em suas pernas, remelento e patético, como se quisesse lhe transmitir seu miserável consolo.

O ruído dos floretes ecoava na sala de armas.

— Atenção a esta marcha... Isso, muito bem. Em quarta. Bom. Em terceira. Bom. Primeira. Bom. Agora dois em primeira, isso... Calma. Recuar, guarneça-se, isso mesmo. Atenção agora. Sobre as armas. A mim! Não tem importância. Repita. A mim! Obrigue-me a defender em primeira duas vezes. Bom. Firme! Esquive. Isso. Direto agora! Ataque!... Bom. *Touché*. Excelente, dom Álvaro.

Jaime Astarloa pôs o florete debaixo do braço esquerdo, tirou a máscara e respirou forte. Alvarito Salanova esfregava os pulsos; sua voz insegura, de adolescente, soou atrás da malha metálica que lhe cobria o rosto:

— Como me saí, mestre?

O professor de esgrima sorriu, aprovador.

— Muito bem, meu senhor. Muito bem — respondeu, indicando com um gesto o florete que o jovem segurava na mão direita. — Mas o senhor continua deixando-se ganhar os terços da arma com certa facilidade. Se tornar a ver-se em apuros, não hesite em recuar, dando um passo atrás.

— Sim, mestre.

Dom Jaime virou-se para os outros alunos que, equipados e com a máscara debaixo do braço, haviam assistido ao combate:

— Deixar-se ganhar os terços é ficar à mercê do adversário... Estamos todos de acordo?

Três vozes juvenis entoaram em coro uma resposta afirmativa. Como Alvarito Salanova, tinham entre catorze e dezessete anos. Dois eram irmãos — os Cazorlas —, louros e extraordinariamente parecidos, filhos de militar. O outro era um jovem de pele avermelhada por uma infinidade de pequenas espinhas, que lhe davam um aspecto desagradável. Chamava-se Manuel de Soto, era filho do conde de Sueca, e o mestre fazia tempo perdera a esperança de fazer dele um esgrimista razoável. Possuía um temperamento nervoso demais e, com cruzar quatro vezes o florete, já armava uma confusão dos demônios. O jovem Salanova, um rapagão moreno e bem-posto, de ótima família, era sem dúvida o melhor. Em outros tempos, com o preparo e a disciplina adequados, teria brilhado nos salões como um esgrimista de primeira; mas naquela altura do século, pensava dom Jaime com amargor, seus dotes logo seriam anulados por seu ambiente, onde outro tipo de diversão atraía mais a juventude: viagens, equitação, caça e frivolidades sem fim. Infelizmente, o mundo moderno oferecia aos jovens tentações demais, que afastavam de seus espíritos a têmpera necessária para encontrar plena satisfação numa arte como a esgrima.

Levou a mão esquerda à ponta protegida do florete e envergou ligeiramente a lâmina.

— Agora, cavalheiros, gostaria que um dos senhores praticasse um pouco com dom Álvaro esta parada em segunda, que todos achamos tão complicada. — Decidiu ser piedoso com o jovem cheio de espinhas, designando o Cazorla mais moço. — Sua vez, dom Francisco.

O rapaz se adiantou, colocando a máscara. Como seus companheiros, estava vestido de branco da cabeça aos pés.

— Em linha!

Os dois jovens empunharam seus floretes, pondo-se frente a frente.

— Em guarda!

Cumprimentaram erguendo a arma, antes de adotar a posição clássica de combate, avançando a perna direita, flexionando levemente ambas as pernas, braço esquerdo para trás, em ângulo reto com a mão vazia, caída para a frente.

— Lembrem-se do velho princípio. O punho deve ser segurado como se tivéssemos um pássaro nas mãos: com suavidade precisa para não esmagá-lo, mas com firmeza suficiente para que não

37

alce vôo... Isso vale principalmente para o senhor, dom Francisco, que mostra uma irritante tendência a ser desarmado. Entendido?
— Sim, mestre.
— Não percamos mais tempo. Ao que vieram, cavalheiros.

Soaram suavemente as lâminas de aço. O jovem Cazorla iniciou o ataque com graça e êxito; era rápido de pernas e de punho, movimentando-se com a leveza de uma pluma. Por sua vez, Alvarito Salanova guarnecia-se com bastante desenvoltura, retrocedendo um passo em vez de pular para trás em momentos de perigo, defendendo de forma impecável toda vez que seu adversário lhe oferecia o movimento. Passado um instante, os papéis se inverteram e foi a vez de Salanova atacar em a fundo várias vezes, para que seu companheiro resolvesse o problema com o florete em segunda. Assim ficaram, atacando e defendendo, até que Paquito Cazorla cometeu um erro que o fez baixar excessivamente a guarda após uma malsucedida estocada. Com um grito de triunfo, deixando-se levar pela excitação do assalto, seu oponente abandonou toda precaução para desferir-lhe no peito dois rápidos toques.

Dom Jaime franziu o cenho e pôs fim à luta, interpondo seu florete entre os dois jovens.

— Devo fazer-lhes uma advertência, cavalheiros — disse com severidade. — A esgrima é uma arte, por certo; porém, antes de mais nada, é uma ciência útil. Quando se empunha um florete ou um sabre, mesmo que estes tenham um botão na ponta ou o gume embotado, nunca se deve encará-la como uma brincadeira. Quando os senhores tiverem vontade de brincar, recorram ao aro, ao pião ou aos soldadinhos de chumbo. Estou sendo claro, senhor Salanova?

O rapaz fez um movimento brusco com a cabeça, coberta pela máscara de esgrima. Os olhos cinzentos do mestre fitaram-no com dureza.

— Não tive o prazer de ouvir sua resposta, senhor Salanova — acrescentou, severo. — E não estou acostumado a me dirigir a pessoas cujo rosto não posso ver.

O jovem balbuciou uma desculpa e tirou a máscara. Estava vermelho como um pimentão e olhava, envergonhado, para a ponta das sapatilhas.

— Eu lhe perguntava se estava sendo claro.

— Sim.

— Não ouvi sua resposta.

— Sim, mestre.

Jaime Astarloa olhou para os outros alunos. Os jovens rostos estavam ao seu redor, graves e expectantes.

— Toda a arte, toda a ciência que tento inculcar nos senhores se resume numa só palavra: eficácia...

Alvarito Salanova ergueu os olhos e cruzou com o jovem Cazorla um olhar de mal dissimulado rancor. Dom Jaime falava com o botão do florete encostado no chão e as duas mãos sobre o botão do punho.

— Nosso objetivo — acrescentou — não é encantar ninguém com um formoso floreio, nem realizar discutíveis façanhas, como aquelas com que dom Álvaro acaba de nos brindar, façanha que podia lhe ter custado caro num assalto à ponta nua... Nossa meta é deixar fora de combate o adversário de forma limpa, rápida e eficaz, com o menor risco possível de nossa parte. Nunca duas estocadas, se uma só basta; na segunda, pode nos chegar uma perigosa resposta. Nunca poses ousadas ou exageradamente elegantes, se elas desviarem nossa atenção do fim supremo: evitar morrer e, se for inevitável, matar o adversário. A esgrima é, antes de mais nada, um exercício prático.

— Meu pai disse que a esgrima é boa porque é higiênica — protestou comedidamente o Cazorla mais velho. — É o que os ingleses chamam de *sport*.

Dom Jaime encarou o discípulo como se acabasse de ouvir uma heresia.

— Não duvido que o senhor seu pai tenha seus motivos para afirmar tal coisa. Não duvido, em absoluto. Mas garanto ao senhor que a esgrima é muito mais que isso. É uma ciência exata, matemática, em que a soma de determinados fatores leva invariavelmente ao mesmo produto: o triunfo ou o fracasso, a vida ou a morte... Não lhes dedico meu tempo para que os senhores façam *sport*, mas para que aprendam uma técnica altamente apurada que, um dia, a pedido da pátria ou da honra, pode lhes ser muito útil. Não me interessa se os senhores são fortes ou fracos, elegantes ou desajeitados, se estão tísicos ou perfeitamente sadios. O que me importa é que, com florete ou sabre na mão, possam sentir-se iguais ou superiores a qualquer outro homem do mundo.

— Mas existem as armas de fogo, mestre — aventurou timidamente Manolito de Soto. — A pistola, por exemplo: parece muito mais eficaz do que o florete, e iguala todo mundo. — Coçou o nariz. — Como a democracia.

Jaime Astarloa franziu as sobrancelhas. Seus olhos cinzentos cravaram-se no rapaz com inaudita frieza.

— A pistola não é uma arma, mas uma impertinência. Se quiserem matar-se, os homens devem fazê-lo cara a cara, e não de longe, como infames salteadores de beira de estrada. A arma branca tem uma ética que falta a todas as outras... E se puxarem pela minha língua, diria que tem até uma mística. A esgrima é uma mística de cavalheiros. Muito mais ainda nos tempos que correm.

Paquito Cazorla ergueu a mão com ar de dúvida.

— Mestre, li semana passada na *Ilustración* um artigo sobre esgrima... As armas modernas a estão tornando inútil, dizia ele mais ou menos. E a conclusão era que sabres e floretes terminarão sendo peças de museu.

Dom Jaime balançou lentamente a cabeça, como se já estivesse cansado de ouvir aquela cantilena. Contemplou a própria imagem nos espelhos da sala de armas: o velho mestre rodeado pelos últimos discípulos que permaneciam fiéis, velando a seu lado. Até quando?

— Mais uma razão para continuar a ser leal — respondeu com tristeza, sem deixar claro se se referia à esgrima ou a ele mesmo.

Com a máscara debaixo do braço e o florete apoiado na sapatilha do pé direito, Alvarito Salanova fez uma careta cética:

— Talvez um dia não haja mais mestres de esgrima — comentou.

Fez-se um longo silêncio. Jaime Astarloa olhava distraído para longe, como se observasse o mundo além das paredes da sala de armas.

— Talvez — murmurou, absorto na contemplação de imagens que só ele podia ver. — Mas deixe-me lhe dizer uma coisa... O dia em que se extinguir o último mestre-de-armas, o que ainda há de nobre e honroso na ancestral luta do homem contra o homem irá para o túmulo com ele. Só haverá lugar então para o trabuco e a faca, a emboscada e as facadas.

Os quatro rapazes ouviam-no, moços demais para compreender. Dom Jaime fitou-os um a um, detendo-se finalmente em Alvarito Salanova.

— Na verdade — as rugas se franziam em torno dos seus olhos sorridentes, amargos e zombeteiros —, não invejo os senhores pelas guerras que viverão daqui a uns vinte ou trinta anos.

Naquele instante, bateram na porta, e nada voltou a ser igual na vida do mestre de esgrima.

2. Falso ataque duplo

Os falsos ataques duplos são usados para enganar o adversário. Começam por um ataque simples.

Subiu a escada apalpando o cartão que levava na algibeira do redingote cinza. A verdade é que não parecia muito explícito:

Dona Adela de Otero pede ao mestre-de-armas D. Jaime Astarloa que faça o obséquio de comparecer a seu domicílio, Calle de Riaño, 14, amanhã, às sete da tarde.

Mui atenciosamente,
A. d. O.

Antes de sair de casa, tinha se vestido com apuro, decidido a causar boa impressão àquela que, sem dúvida, era mãe de um futuro aluno. Ao chegar à porta, ajeitou cuidadosamente a gravata, batendo depois a pesada aldrava de bronze, que pendia da boca de uma agressiva cabeça de leão. Tirou o relógio da algibeira e consultou-o: um minuto para as sete. Aguardou satisfeito, enquanto escutava o som de passos femininos aproximando-se por um comprido corredor. Após um rápido correr de ferrolhos, o rosto gracioso de uma criada sorriu-lhe sob uma touca branca. Enquanto a jovem se afastava com seu cartão de visita, dom Jaime entrou num pequeno vestíbulo mobiliado com elegância. As persianas estavam abaixadas e, pelas janelas abertas, ouvia-se o ruído das carruagens que passavam pela rua, dois andares abaixo. Havia vasos com plantas exóticas, alguns quadros bons nas paredes e cadeiras ricamente forradas com veludo de seda carmesim. Pensou que ia ter um bom cliente, o que o fez sentir-se otimista. Não era coisa pouca nos tempos que corriam.

A criada voltou ao cabo de um instante, para pedir-lhe que passasse ao salão, após encarregar-se de suas luvas, bengala e cartola. Seguiu-a na penumbra do corredor. A sala estava vazia, de modo que cruzou as mãos nas costas e fez um breve reconhecimento do aposento. Deslizando através das cortinas entreabertas, os últimos raios do sol poente agonizavam devagar sobre as discretas flores azuis pálidas que empapelavam as paredes. Os móveis eram de extraordinário bom gosto; sobre um sofá inglês destacava-se um quadro de época autêntico, mostrando uma cena setecentista: uma moça de vestido rendado passeava malemolente num jardim, olhando ansiosa por cima do ombro, como se aguardasse a iminente chegada de alguém muito desejado. Havia também um piano com a tampa do teclado aberta e partituras na estante. Aproximou-se para dar uma olhada: *Polonaise em fá sustenido menor*. Frédéric Chopin. Sem dúvida, a dona do piano era uma senhora enérgica.

Havia deixado para o fim a decoração sobre a grande lareira de mármore: uma panóplia com pistolas de duelo e floretes. Acercou-se, observando as armas brancas com olhos peritos. Tratava-se de duas excelentes peças, de empunhadura francesa uma e italiana a outra, com guarnição adamascada. Achou-as em bom estado, sem sinal de ferrugem no metal, apesar das tênues mossas nas respectivas lâminas indicarem que tinham sido muito utilizadas.

Ouviu passos às suas costas e virou-se devagar, com uma saudação cortês à flor dos lábios. Adela de Otero estava longe de ser como havia imaginado.

— Boa tarde, senhor Astarloa. Agradeço-lhe por ter vindo ao encontro marcado por uma desconhecida.

Havia um tom agradável, suavemente rouco, em sua voz, modulada por um quase imperceptível sotaque estrangeiro, impossível de identificar. O mestre de esgrima inclinou-se sobre a mão que lhe era oferecida e roçou-a com os lábios. Era fina, com o mindinho graciosamente curvado para dentro; a pele tinha um tom agradável, moreno e fresco. Usava unhas bem curtas, quase como de homem, sem verniz nem esmalte. O único adorno era um anel, um fino aro de prata.

Levantou o rosto e fitou os olhos. Eram grandes, cor de violeta com pequenas irisações douradas que pareciam aumentar de tamanho quando recebiam diretamente a luz. O cabelo era negro, abundante, preso na nuca com uma fivela de nácar em forma de cabeça de águia. Para uma mulher, sua estatura era elevada: apenas umas duas polegadas menos que dom Jaime. Suas proporções podiam ser consideradas regulares, talvez um pouco mais magra que o tipo comum de mulher, com uma cintura que não precisava recorrer ao espartilho para ser fina e elegante. Vestia uma saia preta, sem adornos, e blusa de seda crua com busto rendado. Havia um levíssimo toque masculino nela, acentuado talvez por uma pequena cicatriz na comissura direita da boca, que imprimia nesta um permanente e enigmático sorriso. Estava naquela idade difícil de precisar, tratando-se de uma mulher, entre os vinte e os trinta anos. O mestre de esgrima pensou que aquele bonito rosto certamente o teria levado a cometer certas loucuras em sua remota juventude.

Ela convidou-o a sentar-se, e ambos se instalaram frente a frente, junto de uma mesinha baixa situada diante do amplo jardim-de-inverno.

— Café, senhor Astarloa?

Aceitou, com prazer. Sem que tivesse sido chamada, a criada entrou silenciosamente com uma bandeja de prata, na qual tilintava um delicado jogo de porcelana. A própria dona da casa serviu as duas xícaras e passou uma a dom Jaime. Esperou que este tomasse o primeiro sorvo, enquanto parecia estudar seu convidado. Então entrou diretamente no assunto.

— Quero aprender a estocada dos duzentos escudos.

O mestre de esgrima ficou com o pires e a xícara na mão, mexendo desconcertado a colher. Achou não ter entendido direito.

— Perdão?

Ela molhou os lábios no café, depois fitou-o com total confiança em si.

— Informei-me devidamente — disse com naturalidade — e sei que o senhor é o melhor mestre-de-armas de Madri. O último dos clássicos, garantiram-me. Também sei que o senhor detém o segredo de uma célebre estocada, criada pelo senhor mesmo, que ensina aos discípulos nela interessados pelo preço de mil e duzentos reais. O custo é alto, sem dúvida; mas posso pagá-lo. Desejo contratar seus serviços.

Jaime Astarloa protestou debilmente, sem sair do espanto.

— Desculpe, cara senhora. Isso... Creio que é um tanto irregular. O segredo dessa estocada de fato me pertence e a ensino pela soma que a senhora acaba de mencionar. Mas rogo-lhe que compreenda. Eu... bem, a esgrima... Nunca uma mulher. Quero dizer...

Os olhos cor de violeta mediram-no de cima a baixo. A cicatriz acentuava o sorriso enigmático.

— Sei o que quer dizer — Adela de Otero depositou pausadamente a xícara vazia na mesinha e juntou as pontas dos dedos, como se se dispusesse a rezar. — Mas não creio que venha ao caso o fato de eu ser mulher. Para tranqüilizá-lo sobre a minha capacidade, se é isso que o preocupa, direi que possuo as noções adequadas da arte que o senhor pratica.

— Não se trata disso. — O mestre-de-armas se remexeu inquieto no assento, passando um dedo pelo colarinho da camisa. Começava a sentir calor, muito calor. — O que tento lhe explicar é que uma mulher como aluna de esgrima... Peço que me desculpe. Mas é algo incomum.

— Está querendo me dizer que não seria bem-visto?

Olhou fixamente para ela, com a xícara de café quase intacta na mão. Aquele sorriso permanente e cativante produzia nele um embaraçoso mal-estar.

— Peço-lhe que me desculpe, senhora, mas essa é uma das razões. Seria impossível, para mim, e reitero meu pedido de desculpas. Nunca me vi em semelhante situação.

— Teme por seu prestígio, mestre?

Havia uma nota de sarcástica provocação nas entrelinhas da pergunta. Dom Jaime depositou cuidadosamente a xícara na mesa.

— Não é usual, cara senhora. Não é o costume. Talvez no exterior, mas aqui não. Não eu, em todo caso. Quem sabe alguém mais... flexível.

— Quero possuir o segredo dessa estocada. Além do mais, o senhor é o melhor.

Dom Jaime sorriu, benevolente, ante a lisonja.

— Sim. É possível que eu seja o melhor, como a senhora me faz a honra de afirmar. Mas também já sou velho demais para mudar meus hábitos. Tenho cinqüenta e seis anos, e faz mais de trinta que exerço meu ofício. Os clientes que passaram por minha sala de armas sempre foram, exclusivamente, homens.

— Os tempos mudam, meu senhor.

O mestre de esgrima suspirou com tristeza.

— É bem verdade. Sabe de uma coisa? Pode ser que venham mudando depressa demais para o meu gosto. Permita-me, portanto, que continue fiel a minhas velhas manias. São, creia-me, o único patrimônio de que disponho.

A jovem senhora encarou-o em silêncio, meneando devagar a cabeça, como se pesasse os argumentos dele. Depois levantou-se para dirigir-se à panóplia da lareira.

— Dizem que é impossível defender sua estocada.

Dom Jaime esboçou um sorriso modesto.

— Exageram, senhora. Uma vez conhecida, defendê-la é o que há de mais fácil. A estocada impossível de defender ainda não consegui descobrir.

— E seus honorários são duzentos escudos?

O mestre-de-armas voltou a suspirar. O singular capricho daquela dama estava deixando-o numa situação incômoda.

— Rogo-lhe que não insista, senhora.

Ela lhe dava as costas, acariciando com os dedos a empunhadura de um florete.

— Gostaria de saber quanto cobra por seus serviços ordinários.

Dom Jaime pôs-se lentamente de pé.

— Entre sessenta e cem reais por mês, por aluno, o que inclui quatro aulas por semana. E agora, se me desculpa...

— Se me ensinar a estocada dos duzentos escudos, eu lhe pagarei dois mil e quatrocentos reais.

Pestanejou, aturdido. Aquela soma superava quatrocentos escudos, o dobro do que recebia para ensinar a estocada, quando encontrava clientes interessados nela, o que não era trivial. Também supunha o equivalente a três meses de trabalho.

— Talvez não se dê conta da quantia que está me oferecendo, senhora.

Ela se virou com brusquidão e Jaime Astarloa vislumbrou por uma fração de segundo um lampejo de cólera nos olhos cor de violeta. Muito a contragosto, pensou que não era tanto desatino assim imaginá-la com um florete na mão.

— Considera pouco dinheiro? — ela perguntou, insolente.

O mestre de esgrima ergueu-se com um pálido sorriso. Houvesse escutado aquele comentário da boca de um homem, este teria em poucas horas recebido a visita dos seus padrinhos. Mas Adela de Otero era mulher, e belíssima ainda por cima. Deplorou mais uma vez ver-se envolvido naquela cena penosa.

— Minha cara senhora — disse serenamente, com gélida cortesia. — Essa estocada, pela qual tanto se interessa, tem o preço exato do valor que a ela atribuo, nem um oitavo a mais. Por outro lado, só decido ensiná-la a quem considero conveniente, direito esse que penso continuar conservando com sumo zelo. Nunca me passou pela cabeça especular com ela, muito menos discutir esse preço como um vulgar mercador. Boa tarde.

Pegou cartola, luvas e bengala das mãos da criada e desceu as escadas com ar taciturno. Do segundo andar chegavam a ele as notas da *Polonaise* de Chopin, arrancadas do piano por mãos que golpeavam o teclado com furiosa determinação.

Parada em quarta. Bom. Parada em terceira. Bom. Semicírculo. Outra vez, por favor. Isso. Em marcha e avance. Bom. Em retirada e recuando. A mim. Engaje em quarta, isso. Tempo em quarta. Bom. Parada em quarta baixa. Excelente, dom Fulano. Paquito tem jeito. Tempo e disciplina, como sabe.

Passaram-se vários dias. Continuava-se aguardando a chegada de Prim, e a rainha dona Isabel iniciava uma viagem para tomar banhos de mar em Lequeitio, muito recomendados pelos médicos para atenuar a doença de pele de que padecia desde menina.

Acompanhavam-na seu confessor e o rei consorte, com nutrida bagagem de parasitas, duquesas, intrigantes, pessoal de serviço e o costumeiro séquito de elementos da Casa Real. Dom Francisco de Asís fazia muxoxos de bom menino sobre o ombro do seu fiel secretário Meneses, e Marfori, ministro de Ultramar, a todos menosprezava pavoneando orgulhosamente suas garras, conquistadas com brio em proezas de alcova, de gavião real da moda. De ambos os lados dos Pireneus, emigrados e generais conspiravam sem o menor pudor, arvorando uns e outros suas nunca saciadas aspirações. Os deputados — passageiros de um trem de terceira — haviam aprovado o último orçamento do Ministério da Guerra, sabendo perfeitamente que a maior parte deste se destinava à inútil tentativa de acalmar a ambição das espadas dos quartéis, que cobravam sua lealdade à Coroa em galões e prebendas, indo para a cama moderados e dela levantando liberais, conforme as vicissitudes das patentes. Enquanto isso, Madri passava as tardes sentada à sombra, folheando jornais clandestinos com a moringa ao alcance da mão. Nas esquinas, os vendedores apregoavam suas mercadorias. Refresco de chufa. Olha o refresco de chufa.

O marquês de los Alumbres negava-se a ir veranear e continuava mantendo com Jaime Astarloa o já velho rito do florete e do cálice de xerez. No café Progreso, eram proclamadas pela boca de Agapito Cárceles as excelências da república federativa, enquanto Antonio Carreño, mais moderado, fazia sinais maçônicos e quebrava lanças pela república unitária, sem descartar, todavia, uma monarquia constitucional, como Deus manda. Dom Lucas clamava aos céus toda santa tarde, e o professor de música acariciava o mármore da mesa, espiando pela janela com olhos doces e tristes. Quanto ao mestre de esgrima, não podia afastar da mente a imagem de Adela de Otero.

Foi no terceiro dia que bateram à sua porta. Jaime Astarloa tinha voltado do passeio matinal e se asseava antes de descer para comer na taberna da Calle Mayor.

Em mangas de camisa, enquanto friccionava o rosto e as mãos com água-de-colônia para aliviar o calor, ouviu a campainha e parou, surpreso. Não estava esperando ninguém. Passou rapidamente o pente pelos cabelos e envergou um velho robe de seda, lembrança de tempos melhores, cuja manga esquerda fazia tempo necessitava de uma boa cerzida. Saiu do quarto, atravessou o pequeno salão que também lhe servia de escritório e, ao abrir a porta, deu de cara com Adela de Otero.

— Bom dia, senhor Astarloa. Posso entrar?

Havia uma ponta de humildade em sua voz. Usava um vestido de passeio azul-celeste, amplamente decotado, com rendas brancas nos punhos, na gola e na beira da saia. Cobria-se com um chapéu de palhinha, adornado com um ramalhete de violetas combinando com seus olhos. Nas mãos, cobertas por luvas trabalhadas *à jour* com a mesma renda dos adornos do vestido, trazia uma diminuta sombrinha azul. Estava muito mais bonita do que em seu elegante salão da Calle de Riaño.

O mestre de esgrima hesitou um instante, desconcertado com a aparição inesperada.

— Naturalmente, senhora — disse, ainda sem se recuperar da surpresa. — Quero dizer... Claro. Faça o favor.

Fez um gesto convidando-a a entrar, embora a presença da jovem, após o áspero desfecho da conversa entabulada dias antes, lhe causasse certo embaraço. Como se adivinhasse seu estado de espírito, ela lhe dedicou um prudente sorriso.

— Obrigada por me receber, dom Jaime. — Os olhos cor de violeta fitaram-no do fundo das compridas pestanas, fazendo a inquietação do mestre de esgrima aumentar. — Temia que... Mas não esperava menos do senhor. Alegra-me não ter me equivocado.

Jaime Astarloa levou alguns segundos para compreender que ela havia receado que lhe batesse a porta na cara, e esse pensamento sobressaltou-o: ele era, antes de mais nada, um cavalheiro. Por outro lado, a jovem havia pronunciado seu nome de batismo pela primeira vez, o que não contribuiu em nada para serenar o estado de espírito do velho mestre, que recorreu à sua habitual cortesia para ocultar sua perturbação.

— Permita-me, senhora.

Convidou-a com um gesto galante a atravessar o pequeno vestíbulo e dirigir-se à sala de visitas. Adela de Otero deteve-se no centro do cômodo apertado e eclético, observando com curiosidade os objetos que constituíam a história de Jaime Astarloa. Com a maior desenvoltura, passou um dedo na lombada de alguns dos muitos livros arrumados nas empoeiradas estantes de carvalho: uma dúzia de velhos tratados de esgrima, folhetins encadernados de Dumas, Victor Hugo, Balzac... Havia também as *Vidas paralelas*, um Homero gasto, o *Henrique de Ofterdingen* de Novalis, vários títulos de Chateaubriand e Vigny, assim como diversos volumes de *Memórias* e tratados técnicos de análise das campanhas militares do Primeiro Império, a maioria em francês. Dom Jaime desculpou-se um instante e, passando ao quarto, trocou o robe por um redingote, pondo com a maior rapidez de que foi capaz uma gravata no colarinho da camisa. Quando voltou à sala, a moça contemplava um velho óleo escurecido pelos anos, pendurado na parede entre espadas antigas e adagas enferrujadas.

— Algum parente? — ela perguntou, apontando para o rosto jovem, fino e severo que os contemplava numa moldura. O personagem vestia à moda do começo do século e seus olhos claros contemplavam o mundo como se neste houvesse algo que não chegava a convencê-lo totalmente. A fronte ampla e o ar de digna austeridade que emanava da sua fisionomia proporcionavam-lhe uma acentuada semelhança com Jaime Astarloa.

— Era meu pai.

Adela de Otero dirigiu o olhar alternadamente do retrato a dom Jaime e dele novamente ao retrato, como se desejasse confirmar a veracidade das suas palavras. Pareceu satisfeita.

— Bonito homem — disse com uma agradável modulação ligeiramente rouca. — Que idade tinha quando mandou fazer o retrato?

— Não sei. Morreu aos trinta e um anos, dois meses antes do meu nascimento, lutando contra as tropas de Napoleão.

— Era militar? — A jovem parecia sinceramente interessada pela história.

— Não. Era um fidalgo aragonês, um desses homens de cabeça erguida que se irritam sobremaneira com quem lhes digam faça isto, faça aquilo... Lançou-se ao assalto de um monte com um destacamento de aragoneses da cidade de Jaca e matou franceses até ser morto, por sua vez. — A voz do mestre de esgrima se comoveu com um distante estremecimento de orgulho. — Contam que morreu sozinho, acossado como um cão, insultando em excelente francês os soldados que o cercavam com suas baionetas.

Ela ficou mais um momento com os olhos fitos no retrato, do qual não os havia desviado enquanto ouvia. Mordia levemente o lábio inferior, pensativa, enquanto na comissura da boca permanecia indelével o enigmático sorriso da sua pequena cicatriz. Voltou-se, então, lentamente para o velho mestre-de-armas.

— Sei que minha presença aqui o incomoda, dom Jaime.

Dom Jaime desviou o olhar, sem saber o que responder. Adela de Otero tirou o chapéu, deixando-o com a sombrinha em cima da escrivaninha coberta de papéis em desordem. Trazia o cabelo preso na nuca, como durante o primeiro encontro. Jaime Astarloa pensou que o vestido azul dava uma insólita nota colorida à austera decoração do gabinete.

— Posso sentar-me? — Encanto e sedução. Era evidente que não se tratava da primeira vez que ela recorria àquelas armas. — Vinha passeando, e este calor me deixa sufocada.

O mestre murmurou uma desculpa apressada por sua negligência, convidando-a a descansar num sofá de couro gasto e lanhado pelo uso. Puxou um banquinho, colocando-se a distância razoável, teso e circunspecto. Limpou a garganta, decidido a não se deixar levar por um terreno cujos perigos intuía.

— Diga-me, senhora de Otero.

O tom frio e cortês acentuou o sorriso da bela desconhecida. Porque, embora soubesse seu nome, pensou dom Jaime, tudo o que rodeava aquela mulher parecia envolto em mistério. Muito a contragosto, sentiu que aquilo que a princípio havia sido tão-só um rasgo de curiosidade crescia agora dentro de si, ganhando terreno com rapidez. Fez um esforço para dominar seus sentimentos, enquanto esperava uma resposta. Ela não falou de imediato, mas tomou seu tempo com uma tranqüilidade que pareceu exasperante ao mestre de esgrima. Os olhos cor de violeta vagavam pelo aposento, como se esperassem descobrir ali indícios capazes de valorizar o homem que tinham diante deles. Dom Jaime aproveitou para estudar aquelas feições que tanto tinham ocupado seu pensamento nos últimos dias. A boca era carnuda e bem desenhada, como corte de faca numa fruta de polpa vermelha e apetitosa. Pensou mais uma vez que a cicatriz da comissura, longe de enfeá-la, dava-lhe um atrativo especial, sugerindo ecos de obscura violência.

Desde que ela apareceu na porta, Jaime Astarloa tinha se preparado para, fossem quais fossem seus argumentos, reafirmar a negativa inicial. Jamais uma mulher. Esperava súplicas, eloqüência feminina, intervenção de sutis artimanhas próprias do belo sexo, apelo a determinados sentimentos... Nada daquilo adiantaria, prometeu-se. Tivesse vinte anos menos, talvez houvesse se mostrado mais interessadamente flexível, subjugado, quem sabe, pelo incontestável fascínio que a dama suscitava. Mas já era velho demais para que aquelas circunstâncias alterassem seu ânimo. Não esperava obter nada daquela formosa solicitante; na sua idade, as emoções que aquela proximidade despertava podiam ser, em certos momentos, perturbadoras, mas eram sem dúvida controláveis. Jaime Astarloa tinha resolvido mostrar-se, mais uma vez, educado, porém inamovível diante do que lhe parecia um pueril capricho feminino, mas não esperava em absoluto ouvir a pergunta que veio em seguida:

— Como o senhor responderia, dom Jaime, se durante um assalto seu oponente lhe fizesse um duplo ataque em terceira?

O mestre de esgrima pensou ter ouvido mal. Fez um gesto para a frente, como para pedir desculpa, e se deteve no meio, surpreso e confuso. Passou uma mão pela testa, apoiou ambas nos joelhos e ficou olhando para Adela de Otero como se exigisse uma explicação. Aquilo era ridículo.

— Perdão?

Ela o encarava, divertindo-se, com uma centelha de malícia nos olhos. Sua voz soou com desconcertante firmeza.

— Gostaria de saber sua abalizada opinião, dom Jaime.

O mestre suspirou, remexendo-se no banquinho. Tudo era diabolicamente insólito.

— Interessa-lhe mesmo?

— Claro.

Dom Jaime levou o punho à boca para conter uma tossidela.

— Bem... Não sei até que ponto... Quero dizer, bem, naturalmente, se a senhora acha que o tema... Duplo em terceira, disse?

— Afinal de contas, era uma pergunta como outra qualquer, embora estranha, vinda de quem vinha. Talvez não tão estranha assim, pensando bem. — Bom, suponho que, se meu adversário fingisse atacar em terceira, eu oporia meia estocada. Compreende? É elementar.

— E se à sua meia estocada ele respondesse desengajando e atacando imediatamente em quarta?
O mestre fitou a jovem, dessa vez com visível perplexidade. Ela havia exposto a seqüência correta.
— Nesse caso — disse —, pararia em quarta, atacando imediatamente em quarta. — Dessa vez não acrescentou o "compreende?", pois estava claro que Adela de Otero compreendia. — É a única resposta possível.
Ela jogou a cabeça para trás com inesperada alegria, como se fosse soltar uma gargalhada, mas limitou-se a sorrir silenciosamente. Depois olhou para ele com uma expressão encantadora.
— Está querendo me decepcionar, dom Jaime? Ou me pôr à prova? O senhor sabe perfeitamente que essa *não* é a única resposta possível. Nem mesmo é certo que seja a melhor.
O mestre não podia esconder sua perturbação. Nunca imaginara uma conversa como aquela. Alguma coisa lhe dizia que estava adentrando um terreno desconhecido, mas sentiu ao mesmo tempo tomar corpo em si um irresistível impulso de curiosidade profissional. De modo que resolveu baixar a guarda um pouco, o estrito necessário para continuar o jogo e ver aonde aquilo tudo iria parar.
— Por acaso tem uma alternativa a sugerir, cara senhora? — perguntou, com a dose de ceticismo suficiente para não ser descortês.
A jovem meneou a cabeça afirmativamente, com certa veemência, e em seus olhos brilhou um lampejo de excitação que deu muito a pensar a Jaime Astarloa.
— Sugiro no mínimo duas — respondeu com uma segurança em que não havia nenhuma presunção. — Poderia defender em quarta, como o senhor, mas cortando sobre a ponta do florete inimigo e atirando, depois, uma estocada em quarta no braço. Parece-lhe correto?

Dom Jaime teve de reconhecer, muito a contragosto, que não só era correto, mas brilhante.

— A senhora falou de outra opção — disse.

— É verdade. — Adela de Otero falava movendo a mão direita como se reproduzisse os gestos do florete. — Defender em quarta e devolver um ataque ao flanco. O senhor há de convir que qualquer golpe é sempre mais rápido e eficaz se feito na mesma direção da parada. Ambos devem formar um só movimento.

— O ataque ao flanco não é de fácil execução. — Agora dom Jaime estava realmente interessado. — Onde o aprendeu?

— Na Itália.

— Quem foi seu mestre-de-armas?

— Seu nome não vem ao caso. — O sorriso da jovem suavizava sua negativa. — Limitemo-nos a dizer que era considerado um dos melhores da Europa. Ele me ensinou as nove estocadas, suas diversas combinações e como defendê-las. Era um homem paciente — salientou o adjetivo com um olhar carregado de intenção — e não considerava uma desonra ensinar sua arte a uma mulher.

Dom Jaime preferiu passar por cima da alusão.

— Qual o principal risco de executar o ataque ao flanco? — perguntou, olhando-a nos olhos.

— Receber um ataque contrário em segunda.

— Como se evita?

— Inclinando a sua estocada para baixo.

— Como se pára um ataque ao flanco?

— Com segunda e quarta baixa. Está parecendo um exame, dom Jaime.

— É um exame, senhora de Otero.

Os dois ficaram se encarando em silêncio, com um ar tão cansado como se houvessem de fato cruzado floretes. O mestre observou demoradamente a jovem, detendo-se pela primeira vez na sua mão direita, forte, sem perder com isso sua graça feminina. A expressão dos seus olhos, os gestos efetuados enquanto descrevia os movimentos de esgrima eram eloqüentes. Jaime Astarloa sabia, por ofício, reconhecer os sinais que denunciavam boas condições para ser um esgrimista. Dirigiu uma reprimenda muda a si mesmo por ter permitido que seus preconceitos o cegassem daquele modo.

Naturalmente, até então tudo tinha se desenrolado no âmbito da pura teoria, e o velho mestre-de-armas compreendeu que, agora, precisava verificar a aplicação prática. *Touché!* Aquela moça endiabrada estava a ponto de conseguir o impossível: despertar nele, aos trinta anos de profissão, a necessidade de ver uma mulher esgrimir. Ela.

Adela de Otero fitava-o com gravidade, aguardando o veredicto. Dom Jaime pigarreou:

— Devo confessar, com toda honradez, que estou surpreso.

A jovem não respondeu, nem fez nenhum gesto. Permaneceu impassível, como se a surpresa do mestre fosse algo com que ela contasse de antemão, mas que não constituía o motivo da sua presença ali.

Jaime Astarloa tinha tomado uma decisão, embora em seu foro íntimo preferisse não questionar, por enquanto, a facilidade com que se rendia.

— Espero-a amanhã às cinco da tarde. Se a prova for satisfatória, marcaremos a data para a estocada dos duzentos escudos. Procure vir... — e apontou para o vestido, experimentando um incômodo acesso de pudor. — Quero dizer, tente equipar-se de maneira apropriada.

Esperava uma exclamação de alegria, um bater palmas ou algo do gênero — qualquer uma das habituais manifestações a que a natureza feminina costumava mostrar-se tão predisposta. Mas ficou decepcionado. Adela de Otero limitou-se a olhar fixamente para ele, em silêncio, com uma expressão tão enigmática que, sem que o mestre de esgrima conseguisse explicar-se por quê, fez correr por seu corpo um absurdo calafrio.

A luz do lampião de querosene fazia dançar as sombras no aposento. Jaime Astarloa estendeu a mão para acionar o mecanismo da mecha, elevando-a um pouco até a claridade aumentar. Traçou mais duas linhas a lápis na folha de papel, formando o vértice de um ângulo, e rematou os extremos com um arco. Setenta e cinco graus, mais ou menos. Aquela era a margem em que o florete devia se mover. Anotou o número e suspirou. Meia estocada em quarta sem perder o contato com o ferro; talvez fosse esse o caminho. Mas e depois? O adversário cruzaria em quarta, logicamente. Mas cruzaria mesmo? Bom, maneiras de forçá-lo a tanto é que não faltavam. Depois seria preciso voltar imediatamente em quarta, talvez com meia estocada, com um falso ataque sem perder o contato... Não. Era óbvio demais. Largou o lápis na mesa e imitou o movimento do florete com a mão, contemplando a sombra na parede. Desanimado, pensou que era absurdo; que sempre terminava em movimentos clássicos, conhecidos, que podiam ser previstos e esquivados pelo adversário. A estocada perfeita era outra coisa. Devia ser algo certeiro e rápido como um raio, inesperado, impossível de defender. Mas como era?

    Nas estantes, o lume de querosene produzia suaves reflexos dourados nas lombadas dos livros. O pêndulo do relógio de parede oscilava com monotonia; seu tique-taque suave era o único som a encher a sala quando o lápis não corria no papel. Deu leves socos na mesa, respirou fundo e olhou pela janela aberta. Os telhados de Madri não passavam de sombras confusas, apenas insinuadas pela débil claridade de uma lua no ápice, fina como um fio de prata.

Tinha de descartar o início em quarta. Pegou novamente o lápis, mordido numa ponta, e traçou novas linhas e arcos. Talvez opondo uma parada de contra em terceira, unhas abaixo e apoiando o corpo no quadril esquerdo... Era arriscado, pois expunha o executante a receber uma estocada em pleno rosto. A solução, portanto, consistia em jogar a cabeça para trás, desengajando em terceira... Quando atacar? Claro que no instante em que o adversário levantasse o pé, a fundo em terceira ou quarta no braço. Tamborilou com os dedos no papel, exasperado. Aquilo não levava a nada; a resposta a ambos os movimentos estava em qualquer tratado de esgrima. Que mais se podia fazer depois de desengajar em terceira? Traçou novas linhas e arcos, anotou graus, consultou notas e livros que tinha dispostos em cima da mesa. Nenhuma das opções lhe pareceu adequada; todas estavam longe de proporcionar a base que necessitava para a sua estocada.

Levantou-se bruscamente, empurrou a cadeira para trás e pegou o lampião para iluminar o caminho até a sala de armas. Colocou-o no chão junto de um dos espelhos, tirou o robe e empunhou um florete. Iluminando-o de baixo para cima, a luz desenhava sinistras sombras em seu rosto, como se fosse uma assombração. Marcou vários movimentos em direção à sua própria imagem. Parada de contra em terceira. Destaque. Parada de contra. Desengajar. Por três vezes chegou a tocar com o botão da ponta o reflexo gêmeo deste, que se movia simultaneamente na superfície do espelho. Parada de contra. Desengajar. Talvez dois falsos ataques seguidos, sim, mas e depois? Cerrou os dentes com ira. Tinha de haver um jeito!

Ao longe, o relógio dos Correios deu três badaladas. O mestre de esgrima deteve-se, exalando o ar dos pulmões. Aquilo tudo era totalmente absurdo. Nem mesmo Lucien de Montespan tinha conseguido:

— A estocada perfeita não existe — costumava dizer o mestre dos mestres, quando lhe faziam a pergunta. — Ou, para ser exato, existem muitas. Todo golpe que alcança seu objetivo é perfeito, porém nada mais. Qualquer estocada pode ser defendida com o movimento oportuno. Assim, um assalto entre dois esgrimistas tarimbados poderia se prolongar eternamente... O que acontece é que o Destino, a que apraz temperar as coisas com o imprevisto, acaba decidindo que aquilo deve ter um fim e faz que um dos adversários, mais cedo ou mais tarde, cometa um erro. A questão está, portanto, em se concentrar, refreando o Destino, ao menos durante o tempo necessário para que seja o outro quem cometa o erro. O resto são quimeras.

Jaime Astarloa nunca tinha se deixado convencer. Continuava sonhando com o golpe magistral, a estocada de Astarloa, seu Graal. Aquela única ambição, descobrir o movimento inesperado, infalível, agitava sua alma desde os anos da sua primeira juventude, nos remotos tempos da escola militar, quando se dispunha a entrar para o Exército.

O Exército. Como sua vida teria sido diferente! Jovem oficial com praça privilegiada, por ser órfão de um herói da Guerra de Independência, tendo como primeiro destino a Guarda Real de Madri, a mesma em que havia servido Ramón María Narváez... Uma carreira promissora, a do tenente Astarloa, truncada quase na raiz por uma loucura de juventude. Porque houve uma vez uma mantilha rendada sob a qual luziam olhos com brilho de azeviche, e uma mão branca e fina que movia com graça um leque. Porque houve uma vez um jovem oficial apaixonado até a medula e houve, como costumava acontecer nesse tipo de história, um terceiro, um oponente que veio cruzar com insolência seu caminho. Houve um amanhecer frio e brumoso, clangor de sabres, um gemido e uma mancha vermelha sobre uma camisa empapada de suor, que se espalhava sem que ninguém fosse capaz de estancar sua fonte. Houve um jovem pálido, aturdido, contemplando incrédulo a cena, rodeado de graves rostos de companheiros que o aconselhavam a fugir, para conservar a liberdade que aquela tragédia punha em risco. Depois, a fronteira numa tarde de chuva, um trem que corria para o nordeste através dos campos verdes, sob um céu cor de chumbo. E houve uma pensão miserável à beira do Sena, numa cidade cinzenta e desconhecida que chamavam de Paris.

Um amigo casual, um exilado que gozava ali de boa posição, recomendou-o como aluno-aprendiz a Lucien de Montespan, na época o mais prestigioso mestre-de-armas de França. Interessado pela história do jovem duelista, monsieur de Montespan tomou-o a seu serviço após descobrir nele dotes notáveis para a arte da esgrima. Empregado como preboste, Jaime Astarloa teve inicialmente como única missão oferecer toalhas aos alunos, cuidar da manutenção das armas e resolver pequenos assuntos que o mestre lhe confiava. Mais tarde, à medida que progredia, foram-lhe sendo atribuídas tarefas secundárias, mas já diretamente relacionadas ao ofício. Dois anos depois, quando Montespan mudou-se para a Áustria e para a Itália, seu jovem preboste acompanhou-o na viagem. Acabava de fazer vinte e quatro anos e ficou fascinado com Viena, Milão, Nápoles e, principalmente, Roma, onde ambos passaram uma longa temporada num dos mais afamados salões da cidade do Tibre. O prestígio de Montespan não tardou a firmar-se naquela cidade estrangeira, onde seu estilo clássico e sóbrio, na mais pura linha da velha escola de esgrima francesa, contrastava com a fantasia e a liberdade de movimentos, um tanto anárquicas, a que tão afeitos eram os mestres-de-armas italianos. Foi ali que, graças a seus dotes pessoais, Jaime Astarloa amadureceu em sociedade como perfeito cavalheiro e consumado esgrimista, ao lado de seu mestre, ao qual já o uniam laços afetuosos e para quem exercia as funções de ajudante e secretário. Monsieur de Montespan confiava-lhe os alunos de nível social mais baixo ou os que precisavam iniciar-se nos movimentos básicos, antes que o prestigioso professor passasse a cuidar deles.

Em Roma, Jaime Astarloa apaixonou-se pela segunda vez, e também lá teve um segundo duelo à ponta nua. Dessa vez não houve relação entre uma coisa e outra. O amor foi apaixonado e sem conseqüências, extinguindo-se mais tarde naturalmente. Quanto ao duelo, foi levado a cabo de acordo com as mais estritas regras do código social em voga, com um aristocrata romano que havia posto publicamente em dúvida os méritos profissionais de Lucien de Montespan. Antes que o velho mestre enviasse seus padrinhos, o jovem Astarloa já se havia adiantado, enviando os deles ao ofensor, um tal Leonardo Capoferrato. A questão foi resolvida dignamente e ao florete, num frondoso pinheiral do Lácio, com um classicismo formal perfeito. Capoferrato, reputado como temível esgrimista, teve de reconhecer que, embora houvesse exprimido certo juízo sobre a valia de monsieur de Montespan, seu ajudante e aluno, o signore Astarloa, havia sido largamente capaz de enfiar-lhe duas polegadas de aço num flanco, atingindo-lhe o pulmão com ferimento não mortal, mas de razoável gravidade.

Passaram-se assim três anos, de que Jaime Astarloa se lembraria para sempre com singular prazer. Mas no inverno de 1839 Montespan descobriu os primeiros sintomas de uma doença que, poucos anos depois, o levaria ao túmulo, e resolveu voltar a Paris. Jaime Astarloa não quis abandonar seu mentor, e ambos empreenderam o retorno à capital da França. Uma vez lá, o próprio mestre aconselhou seu pupilo a se estabelecer por conta própria, comprometendo-se a apadrinhá-lo para seu ingresso na fechada sociedade dos mestres-de-armas. Após um prazo prudente, Jaime Astarloa, que mal completara vinte e sete anos, passou satisfatoriamente no exame da Academia de Armas de Paris, a mais reputada da época, e obteve o diploma que lhe permitiria, dali em diante, exercer sem empecilhos a profissão que havia escolhido. Transformou-se, dessa forma, num dos mais jovens mestres da Europa e, embora essa sua juventude causasse certo receio entre os clientes de categoria, inclinados a recorrer a professores cuja idade parecia garantir maior conhecimento, sua competência e as cordiais recomendações de monsieur de Montespan lhe permitiram conseguir logo um bom número de alunos distintos. Pendurou em sua sala o antigo escudo do solar dos Astarloas: uma bigorna de prata em campo de sinople, com a divisa *A mí*. Era espanhol, possuía um sonoro sobrenome de fidalgo e tinha razoável direito de ostentar um brasão de armas. Além do mais, manejava o florete com diabólica destreza. Tendo a seu favor todas essas circunstâncias, o êxito do novo mestre de esgrima estava mais do que medianamente assegurado na Paris da época. Ganhou dinheiro e experiência. Também naquele tempo, chegou a aperfeiçoar, sempre em busca do golpe genial, um tiro da sua lavra, cujo segredo guardou zelosamente, até o dia em que a insistência de amigos e clientes forçou-o a incluí-lo no repertório de estocadas magistrais que oferecia aos alunos. Era esse o célebre golpe dos duzentos escudos. Ele conquistou notoriedade entre os duelistas da alta sociedade, que pagavam de bom grado essa soma quando precisavam de algo definitivo com que resolver questões de honra diante de adversários experientes.

Enquanto permaneceu em Paris, Jaime Astarloa manteve estreita amizade com seu ex-mestre, a quem visitava com freqüência. Também com freqüência jogavam esgrima, embora a doença já se arraigasse solidamente no corpo do mestre. Chegou, assim, o dia em que, por seis vezes consecutivas, Lucien de Montespan foi tocado, sem que o botão do seu florete sequer roçasse o peito do discípulo. No sexto toque, Jaime Astarloa parou como se houvesse sido atingido por um raio e jogou o florete no chão, murmurando uma desculpa sentida. Mas o velho professor limitou-se a sorrir com tristeza.

— Eis que o aluno supera o mestre — disse. — Você não tem mais nada a aprender. Em boa hora.

Nunca mais voltaram a mencionar o sucedido, mas foi a última vez que os dois cruzaram ferros. Poucos meses depois, quando o jovem foi visitá-lo, Montespan recebeu-o sentado ao lado da lareira, com as pernas escondidas sob a toalha da mesinha do braseiro. Três dias antes havia fechado sua academia de esgrima, recomendando Jaime Astarloa à totalidade dos seus clientes. O láudano já não bastava para aliviar-lhe a dor, e ele pressentia sua morte. Acabava de chegar-lhe aos ouvidos que o ex-discípulo tinha pendente um novo desafio, um duelo de florete com certo indivíduo que exercia a atividade de mestre-de-armas, sem possuir o diploma da Academia. Atrever-se a isso sem os requisitos correspondentes causava o desagrado dos mestres que o eram de direito, expondo-se a duras penas. Era um desses casos, e a Academia, muito criteriosa nesse tipo de assunto, resolvera dar-lhe um basta. A defesa da honra da corporação havia recaído sobre o mais jovem dos seus membros, Jaime Astarloa.

Professor e ex-aluno conversaram longamente sobre o tema. Montespan havia obtido valiosas referências sobre o sujeito que originara a querela, que se fazia chamar Jean de Rolandi, e pôs o defensor da Academia a par dos usos do seu contendor. Era bom esgrimista, sem ser extraordinário, mas tinha alguns defeitos técnicos que podiam ser utilizados contra ele. Era canhoto, e embora isso supusesse certo risco para um oponente que, como Jaime Astarloa, estava acostumado a homens que se batiam com a direita, Montespan não tinha a menor dúvida de que seu jovem discípulo sairia vencedor do duelo.

— Você deve levar em conta, filho, que um canhoto não tem muita aptidão para achar o tempo certo, nem para executar o ata-

que ao flanco, pela dificuldade que tem de formar uma reta oposição... Com esse tal de Rolandi, a guarda deve ser quarta por fora, sem sombra de dúvida. Concorda?
— Concordo, mestre.
— Quanto às estocadas, lembre-se de que, segundo minhas referências, ao manejar a esquerda, ele não perfila muito bem a guarda. Embora a princípio costume levantar o punho duas ou três polegadas mais que o adversário, no calor do assalto acaba baixando a mão. Quando perceber que ele abaixa o punho, não hesite em acertar-lhe uma estocada de tempo.
Jaime Astarloa franzia o cenho. Apesar do desdém do velho professor, Rolandi era um homem hábil:
— Disseram-me que é um bom parador a curta distância...
Montespan balançou a cabeça.
— Baboseiras! Quem diz isso é pior que Rolandi. E que você. Não me diga que esse farsante o preocupa!
O jovem enrubesceu com a insinuação.
— O senhor me ensinou a não subestimar nenhum adversário.
O ancião sorriu levemente:
— Tem razão. E também o ensinei a não supervalorizá-los. Rolandi é canhoto, nada mais. Isso, que supõe ser um risco para você, também é uma vantagem, de que você deve saber tirar proveito. Falta a esse indivíduo precisão. Trate de lhe dar um golpe de tempo, quando perceber que ele baixa o punho, que já está se movendo para guarnecer-se, defender, surpreender ou recuar. Em qualquer desses casos, antecipe-se a seus movimentos durante o gesto do punho ou quando levantar o pé. Se você aproveitar a oportunidade com uma estocada sobre a dele, tocará o Rolandi antes que ele acabe de se mover; porque você terá feito um só movimento, enquanto ele faz dois.
— Assim será, mestre.
— Não tenho a menor dúvida — respondeu o ancião, satisfeito. — Você é o melhor aluno que já tive; o mais frio e sereno com

um florete ou um sabre na mão. No desafio que o espera, sei que você será digno do seu nome e do meu. Limite-se a estocadas diretas e simples, paradas banais, em círculo e semicírculo, principalmente as de contra e dupla contra de quarta... E não hesite em utilizar a mão esquerda nas paradas que achar necessárias. Os amaneirados a desaconselham, porque dizem que estraga a graça; mas em duelos em que se joga a vida, não se deve descartar nada que sirva para a defesa, contanto que não contrarie as normas da honra.

O encontro se deu três dias depois, no bosque de Vincennes, entre o forte e Nogent, diante de uma numerosa assistência. A história viera a público, a ponto de adquirir conotações de acontecimento social. Até os jornais o noticiavam. A multidão de curiosos que se formou foi mantida a distância pelas forças da ordem, destacadas especialmente ao local. Embora houvesse normas proibindo os duelos, como estava em jogo a reputação da Academia francesa, as instâncias oficiais haviam resolvido deixar as coisas correrem. Alguém criticou o fato de ser espanhol o defensor escolhido para tão digna missão; mas afinal Jaime Astarloa era mestre pela Academia de Paris, vivia na França fazia tempo e seu mentor era o renomado Lucien de Montespan: triplo argumento que não demorou a convencer os mais reticentes. Entre o público e os padrinhos, vestidos de preto e com solene semblante, encontravase a totalidade dos mestres-de-armas de Paris, e alguns vindos das províncias para presenciar o embate. Só faltava o velho Montespan, a quem os médicos haviam desaconselhado formalmente que saísse de casa.

Rolandi era moreno, miúdo de corpo, olhos pequenos e vivos. Rondava os quarenta, tinha cabelos ralos e encaracolados. Sabia que não gozava da simpatia da opinião pública e, na verdade, gostaria de estar bem longe dali. Mas o desenrolar dos acontecimentos não lhe deixava outra saída, senão bater-se, sob pena de expor-se a um ridículo que o perseguiria por toda a Europa. Em três oportunidades tinha-lhe sido negado o título de mestre-de-armas, embora fosse hábil com o florete e o sabre. De origem italiana, ex-soldado da cavalaria, dava aulas de esgrima num humilde quartinho para sustentar mulher e quatro filhos. Enquanto se realizavam os preparativos, lançava nervosos olhares de soslaio na direção de Jaime Astarloa, que se mantinha tranqüilo e a distância, com calça preta justa e uma folgada camisa branca, que acentuava sua magreza. "*O jovem dom Quixote*", assim o chamou um dos jornais que falava do caso. Estava no auge da profissão e sabia-se respaldado pela fraternidade dos mestres da Academia, o grupo grave e enlutado que aguardava a poucos passos, sem se misturar com a multidão, ostentando bengalas, condecorações e cartolas.

O público havia esperado um combate de titãs, mas ficou decepcionado. Mal se iniciou o assalto, Rolandi baixou fatalmente o punho um par de polegadas, enquanto preparava uma estocada com que contava surpreender o adversário. Jaime Astarloa atacou em a fundo pela pequena abertura, com um golpe de tempo, e a lâmina do seu florete deslizou limpamente ao longo e por fora do braço de Rolandi, entrando sem resistência sob a axila. O infeliz caiu para trás, arrastando o florete na queda e, quando se virou na relva, um quarto de lâmina ensangüentada aparecia através do seu ombro. O médico ali presente não pôde fazer nada para salvar-lhe a vida. Do chão, ainda espetado no florete, Rolandi dirigiu um olhar turvo a seu matador, e expirou com um vômito de sangue.

Ao receber a notícia, o velho Montespan murmurou apenas um "*bom*", sem desviar os olhos das achas que crepitavam na lareira. Morreu dois dias depois, sem que seu discípulo, que tinha saído de Paris até os ecos do caso se abafarem, tornasse a vê-lo com vida.

Ao regressar, Jaime Astarloa soube por alguns amigos do falecimento do seu velho mestre. Ouviu em silêncio, sem nenhuma expressão de dor, depois saiu para dar um longo passeio pelas margens do Sena. Parou um instante junto do Louvre, contemplando a suja corrente que fluía rio abaixo. Ficou assim, imóvel, até perder a noção do tempo. Já era noite quando pareceu voltar a si e tomar o caminho de casa. Na manhã seguinte, soube que, no testamento, Montespan tinha lhe deixado a única fortuna que possuía: suas velhas armas. Comprou um buquê de flores, alugou uma berlinda e fez-se levar ao cemitério de Père Lachaise. Ali, sobre a anônima lápide de pedra cinzenta, sob a qual jazia o corpo do mestre, depositou as flores e o florete com que havia matado Rolandi.

Tudo isso havia acontecido quase trinta anos antes. Jaime Astarloa contemplou sua imagem no espelho da sala de esgrima. Inclinando-se, pegou o lampião e estudou cuidadosamente o rosto, ruga por ruga. Montespan tinha morrido aos cinqüenta e nove anos, com apenas três anos mais do que ele tinha agora, e a última recordação que conservava do seu mestre era a imagem de um ancião encolhido junto da lareira. Passou a mão pelos cabelos brancos. Não se arrependia de ter vivido: havia amado, havia matado, nunca fizera nada que desonrasse o conceito que tinha de si; acumulava recordações suficientes para justificar sua vida, embora elas constituíssem o único patrimônio de que dispunha... Só o que lamentava era não ter, como Lucien de Montespan tivera, alguém a quem legar suas armas quando morresse. Sem braço que lhes desse vida, não seriam mais que objetos inúteis; terminariam em algum lugar, no canto mais obscuro de uma lojinha de antiquário, cobertas de poeira e de ferrugem, definitivamente silenciosas, tão mortas quanto seu proprietário. E ninguém depositaria um florete no seu túmulo.

Pensou em Adela de Otero e sentiu uma pontada de angústia. Aquela presença de mulher tinha ingressado tarde demais na sua vida. Mal seria capaz de arrancar algumas palavras de comedida ternura de seus lábios emurchecidos.

3. Tempo incerto sobre falso ataque

No tempo incerto, como em qualquer outro movimento arriscado, quem sabe esgrimir deve prever as intenções do adversário, estudando cuidadosamente seus movimentos e conhecendo os resultados que estes podem obter.

Meia hora antes, contemplou pela sexta vez sua imagem no espelho, obtendo uma impressão satisfatória. Poucos dos seus conhecidos ostentavam um aspecto semelhante, na sua idade. De longe, teria sido tomado por um jovem, devido à esbelteza e à agilidade de movimentos, conservados pelo exercício contínuo da profissão. Tinha se barbeado conscienciosamente com sua velha navalha inglesa de cabo de marfim e aparado com cuidado maior que de costume o fino bigode grisalho. O cabelo branco, um pouco crespo na nuca e nas têmporas, estava penteado para trás com esmero; a risca, alta, à esquerda, era tão impecável como se houvesse sido traçada com uma régua.

Estava bem-disposto, iludido como um cadete que, estreando o uniforme, fosse ao seu primeiro encontro amoroso. Longe de incomodá-lo, aquela quase esquecida sensação o revigorava, comprazido. Pegou o único frasco de água-de-colônia e deixou cair umas gotas nas mãos, dando depois tapinhas suaves nas faces, para impregná-las do discreto aroma. As rugas que rodeavam seus olhos cinzentos se acentuaram num sorriso íntimo.

É claro que não esperava nada de equívoco do encontro. Jaime Astarloa tinha uma consciência demasiado clara da situação para dar guarida a sonhos estúpidos. No entanto, não lhe escapava que aquilo tudo encerrava um atrativo especial. Que pela primeira vez na vida tivesse uma mulher como cliente e que ela fosse precisamente Adela de Otero dava à situação um matiz singular, que em seu foro íntimo qualificava de estético, embora sem saber muito bem por quê. O fato de seu novo cliente pertencer ao sexo oposto era algo que já havia assimilado; dominada a resistência inicial, rechaçados os preconceitos para um canto em que mal os ouvia protestar debilmente, seu lugar era ocupado agora pela grata sensação de que algo novo estava acontecendo em sua até então monótona existência. E o mestre de esgrima se entregava, de bom grado, ao que, parecia-lhe, seria um outonal e inofensivo flerte, um sutil jogo de sentimentos recém-recuperados, do qual ele seria o único protagonista consciente.

Às quinze para as cinco fez uma derradeira inspeção na casa. No gabinete que servia de sala de visitas, tudo estava em ordem. A porteira, que limpava os apartamentos três vezes por semana, havia brunido cuidadosamente os espelhos da sala de esgrima, onde as pesadas cortinas e as janelas semicerradas criavam um agradável ambiente de dourada penumbra. Às dez para as cinco, olhou-se pela última vez num espelho e retificou com apressados toques o que lhe pareceu um descuido na sua indumentária. Vestia-se como de costume quando trabalhava em casa: camisa, calça justa de esgrima, meias e sapatilhas de pele macia, tudo de imaculada brancura. Para a ocasião, havia posto uma casaca azul-escura de tecido inglês, fora de moda e um tanto gasta pelo uso, mas cômoda e leve, que ele sabia lhe dava um ar de negligente elegância. Ao pescoço, pôs um fino lenço de seda branca. Quando o pequeno relógio de parede estava a ponto de dar as cinco batidas, foi sentar-se no sofá do gabinete, cruzou as pernas e abriu distraidamente um livro que estava na mesinha ao lado, uma surrada edição *in quarto* do *Memorial de Santa Helena*. Passou duas ou três páginas sem prestar atenção ao que lia e olhou para os ponteiros do relógio: cinco e sete. Divagou uns instantes sobre a falta de pontualidade feminina, depois foi assaltado pelo temor de que ela houvesse desistido. Já começava a se preocupar quando bateram na porta.

Os olhos cor de violeta fitavam-no com irônica animação.

— Boa tarde, mestre.

— Boa tarde, senhora de Otero.

Ela virou-se para a criada que aguardava no patamar da escada. Dom Jaime reconheceu a moça morena que lhe abrira a porta no apartamento da Calle de Riaño.

— Venha me buscar daqui a uma hora, Lucía.

A criada entregou à patroa uma pequena sacola de viagem e, fazendo uma leve mesura, desceu à rua. Adela de Otero tirou o comprido alfinete com que prendia o chapéu e confiou este e a sombrinha às mãos solícitas de dom Jaime. Em seguida, deu uns passos pelo gabinete, detendo-se como da outra vez diante do retrato na parede.

— Era bonito — repetiu, como no dia anterior.

O mestre de esgrima tinha pensado muito sobre a recepção que devia dispensar à dama, inclinando-se enfim por uma atitude estritamente profissional. Pigarreou, dando a entender que Adela de Otero não estava ali para fazer comentários sobre a fisionomia dos seus antepassados, e com um gesto, que procurou fosse frio e cortês ao mesmo tempo, convidou-a a passar à sala de armas sem mais demora. Ela o encarou por um instante com divertida surpresa, depois meneou lenta e afirmativamente a cabeça, como aluna obediente. A pequena cicatriz na comissura direita mantinha em sua boca aquele enigmático sorriso que tanto inquietava dom Jaime.

Chegando à sala de esgrima, o mestre abriu uma das cortinas para deixar entrar uma luz caudalosa, multiplicada pelos grandes espelhos. Os raios de sol incidiram na jovem, emoldurando-a contra a luz num halo dourado. Ela olhou à volta, visivelmente satisfeita com o ambiente daquela sala, enquanto na musselina do seu vestido cintilava uma pedra cor de violeta. O mestre pensou que Adela de Otero sempre usava algo que combinasse com seus olhos, dos quais sabia tirar indubitável proveito.

— É fascinante — disse ela, com genuína admiração. Dom Jaime olhou por sua vez para os espelhos, as velhas espadas, o estrado do chão, e deu de ombros.

— É apenas uma sala de esgrima — protestou, secretamente lisonjeado.

Ela negou com a cabeça; contemplava sua própria imagem nos espelhos.

— Não, é mais que isso. Com esta luz e as antigas panóplias nas paredes, essas velhas cortinas e tudo o mais. — Seus olhos se detiveram excessivamente nos do mestre-de-armas, que desviou o olhar com certo pudor. — Deve ser um prazer trabalhar aqui, dom Jaime. Tudo é tão...

— Pré-histórico?

Ela franziu os lábios, sem apreciar a piada.

— Não se trata disso — sua voz levemente rouca buscava o termo apropriado. — Quero dizer que é... decadente — repetiu a palavra, como se lhe produzisse um prazer todo especial. — Decadente, no belo sentido do termo, como uma flor que murcha num vaso, como uma boa gravura antiga. Quando conheci o senhor, pensei que sua casa tinha de ser assim.

Jaime Astarloa moveu os pés, inquieto. A proximidade da jovem, sua desenvoltura que chegava às raias do descaramento, aquela vitalidade que parecia emanar da sua atraente figura produziam nele uma perturbação estranha. Decidiu não se deixar levar pelo feitiço e tratou de centrar a conversa no tema pelo qual ali estavam. Para tanto, manifestou em voz alta a esperança de que ela houvesse trazido uma roupa apropriada. Adela de Otero tranqüilizou-o, mostrando sua sacola de viagem.

— Onde posso me trocar?

Dom Jaime acreditou descobrir um matiz oculto de provocação na sua voz, mas descartou tal pensamento, incomodado consigo mesmo. Talvez começasse a sentir-se demasiado atraído pelo jogo, disse para si mesmo, dispondo-se mentalmente a repelir com o máximo rigor qualquer indício de senil desvario de sua parte. Com absoluta gravidade, apontou à jovem a porta de um pequeno cômodo destinado ao que ela perguntara, enquanto se mostrava repentinamente interessadíssimo em verificar a solidez suspeita de uma das tábuas do estrado. Quando Adela passou, a caminho do vestiário, olhou para ela de soslaio e acreditou perceber um tênue sorriso, obrigando-se de imediato a pensar que se tratava apenas da pequena cicatriz, que tão enganosa expressão imprimia à sua boca. Ela puxou a porta atrás de si, deixando-a entreaberta apenas duas polegadas. Dom Jaime engoliu em seco, tentando manter a mente vazia. A pequena fresta atraía seu olhar como um ímã. Manteve os olhos cravados na ponta dos sapatos, lutando contra aquele turvo magnetismo. Ouviu o farfalhar das anáguas e por um segundo passou por sua mente a imagem de uma pele morena na cálida penumbra. Afastou de imediato aquela visão, sentindo-se desprezível.

"Pelo amor de Deus!", seu pensamento brotou em forma de súplica, embora não tivesse a menor certeza sobre a quem a formulava. "Trata-se de uma dama!" Deu alguns passos na direção das janelas, levantou o rosto e conseguiu encher a mente de sol.

Adela de Otero tinha trocado o vestido de musselina por uma saia de amazona de cor castanha, leve e sem nenhum adorno, curta o bastante para não atrapalhar os movimentos do pé e suficientemente comprida para que só umas poucas polegadas de tornozelo, cobertas por meias brancas, ficassem descobertas. Tinha calçado sapatilhas de esgrima, sem salto, que davam a seus movimentos a graça que só era possível encontrar nos passos de uma bailarina. Completava sua indumentária uma blusa branca de fio, fechada atrás até o pescoço redondo, sem rendas, justo o bastante para realçar suas formas, que o velho professor imaginou serem de uma inquietante suavidade. Ao caminhar, a sapatilha baixa imprimia ao seu corpo uma suave cadência de beleza animal, associando certa masculinidade, que dom Jaime já havia notado, a uma ligeireza de movimentos flexível e firme ao mesmo tempo. Sem sapatos de salto, pensou o mestre-de-armas, aquela jovem se movia como uma gata.

Os olhos cor de violeta fitaram-no com atenção, espreitando o efeito. Dom Jaime procurou manter-se impenetrável.

— Qual seu florete preferido? — perguntou o mestre, semicerrando as pálpebras, ofuscado pela luz que parecia abrasá-la voluptuosamente. — Francês, espanhol ou italiano?

— Francês. Gosto de sentir liberdade nos dedos.

O mestre rendeu-lhe discreta homenagem pela escolha fazendo uma satisfeita mesura com a cabeça. Também preferia o florete de tipo francês, sem guarda-mãos, com empunhadura livre até a guarnição. Aproximou-se de uma das panóplias da parede e estudou pensativo as armas ali dispostas. Calculando a altura e o comprimento dos braços da jovem, escolheu o florete apropriado, uma excelente peça com lâmina de Toledo, flexível como um bambu. Adela de Otero recebeu a arma, observando-a com suma atenção; fechou a mão direita em torno da empunhadura, sopesou o florete e depois, virando-se para a parede, experimentou contra ela a lâmina, pressionando-a para que se curvasse até a ponta ficar a umas vinte polegadas da guarnição. Satisfeita com a qualidade do aço, olhou para dom Jaime; seus dedos acariciavam o metal bem temperado com a inequívoca admiração de quem sabia reconhecer a qualidade de uma peça como aquela.

Jaime Astarloa ofereceu-lhe um colete acolchoado e, solícito, ajudou a jovem a pôr o acessório protetor, prendendo seus colchetes nos ombros. Ao fazê-lo, roçou involuntariamente com a ponta dos dedos o fino tecido da blusa, enquanto chegava a ele um suave perfume de água-de-rosas. Terminou sua tarefa com certa precipitação, perturbado pela proximidade daquele bonito colo que se inclinava para a frente e cuja epiderme morena se oferecia com discreta nudez sob o cabelo recolhido pela fivela de madrepérola. Ao enganchar o último colchete, o mestre de esgrima percebeu desolado que seus dedos tremiam; para dissimulá-lo, ocupou imediatamente as mãos, desabotoando os botões da casaca, e fez um comentário banal sobre a utilidade do colete nos assaltos. Adela de Otero, que estava pondo as luvas de pele, dirigiu-lhe um olhar de estranheza por aquele acesso de gratuita loquacidade.

— O senhor nunca usa colete, mestre?

Jaime Astarloa torceu o bigode com um sorriso tolerante.

— Às vezes — respondeu e, tirando a casaca e o lenço, foi até a panóplia, pegando um florete francês com empunhadura de seção quadrada, ligeiramente inclinada em quarta. Com ele debaixo do braço, foi se postar diante da jovem, que aguardava no estrado, ereta, a ponta da arma apoiada no chão, junto aos pés que havia colocado em ângulo reto, o calcanhar do direito em frente ao tornozelo do esquerdo, em posição impecável, pronta para pôr-se em guarda. Dom Jaime estudou-a uns instantes, sem ver, muito a contragosto, a menor incorreção em seu porte. Fez um gesto de aprovação, pôs as luvas e apontou para as máscaras protetoras alinhadas numa prateleira. Ela meneou a cabeça com desdém.

— Creio que deve proteger o rosto, senhora de Otero. A esgrima, a senhora sabe...

— Talvez mais tarde.

— É correr um risco inútil — insistiu dom Jaime, admirado com o sangue-frio da nova cliente. Sem dúvida ela sabia que um golpe inoportuno, alto demais, podia lhe causar no rosto uma desgraça irreparável. Adela de Otero pareceu adivinhar seu pensamento: sorriu, ou talvez a pequena cicatriz é que tenha sorrido.

— Confio na sua destreza, mestre, para não ficar desfigurada.

— Sua confiança muito me honra, cara senhora. Mas eu me sentiria mais tranqüilo se...

Os olhos da jovem produziam agora irisações douradas e brilhavam de uma forma estranha.

— O primeiro assalto com rosto descoberto. — Parecia que introduzir outro fator de risco tinha para ela um atrativo especial.

— Prometo-lhe que só desta vez.

O mestre-de-armas não saía do seu espanto: aquela moça tinha a cabeça dura como o diabo. E era tremendamente orgulhosa.

— Senhora, declino de toda responsabilidade. Deploraria...

— Por favor.

Dom Jaime suspirou. A primeira escaramuça estava irremediavelmente perdida. Era hora de passar aos floretes.

— Não falemos mais.

Ambos se cumprimentaram, preparando-se para o assalto. Adela de Otero guarneceu-se com absoluta correção; empunhava o florete com uma firmeza sem excesso, o polegar na empunhadura, anular e mindinho bem apertados, mantendo a guarnição à altura do peito e a ponta um pouco mais alta que o punho. Posicionava-se com plena ortodoxia, à italiana, oferecendo ao mestre de esgrima apenas seu perfil direito, florete, braço, ombro, quadril e pé na mesma linha, joelhos ligeiramente flexionados, braço esquerdo levantado e mão caída com aparente negligência sobre o pulso. Dom Jaime admirou a graciosa figura que a jovem lhe oferecia, pronta para o ataque, como um felino a ponto de dar o bote. Tinha os olhos entreabertos, brilhantes como se a febre ardesse atrás deles; a mandíbula, cerrada. Os lábios, naturalmente formosos, apesar da marca na comissura direita, estavam reduzidos agora a uma fina linha. Todo o corpo parecia em tensão, como uma mola prestes a disparar; e o velho mestre-de-armas, captando-o num só olhar profissional, compreendeu desconcertado que, para Adela de Otero, aquilo significava muito mais do que um mero passatempo de caprichosa excentricidade. Foi só pôr uma arma na mão dela, para que a bonita moça se transformasse num agressivo adversário. E, acostumado a conhecer a condição humana por aquele tipo de atitude, Jaime Astarloa intuiu que a misteriosa mulher guardava algum segredo fascinante. Por isso, quando ergueu o florete e pôs-se, por sua vez, em guarda diante dela, o mestre de esgrima o fez com a mesma calculada precaução que adotaria enfrentando um adversário à ponta nua. Pressentia que um perigo espreitava em algum lugar, que o jogo estava longe de ser uma diversão inocente. Seu velho instinto profissional nunca o enganava.

    Mal cruzaram os ferros, compreendeu que Adela de Otero assimilara os ensinamentos de um excelente mestre-de-armas. Dom Jaime fez uma ou duas fintas sem outro fim que sondar as reações da sua contendora, constatando que ela respondia com serenidade, mantendo a distância e atenta à defesa, consciente de que o adversário era um homem extraordinariamente tarimbado. Em geral, bastava observar as posições adotadas por um atirador e experimentar a firmeza do seu aço, para que o velho professor o catalogasse no ato, e aquela moça, sem dúvida nenhuma, sabia se bater. Fazia-o com uma curiosa combinação de agressiva serenidade; estava pronta para lançar-se em a fundo, mas era fria o bastante para não subestimar um temível adversário, por mais que este lhe oferecesse seguidamente aparentes ocasiões para tentar desferir-lhe uma estocada decisiva. Por isso, Adela de Otero mantinha-se prudentemente em quarta, procurando apoiar sua defesa no terço superior do aço, pronta para escapar quando o mestre mudava de tática e a apertava. Como um esgrimista tarimbado, não olhava para a lâmina dos floretes, mas diretamente nos olhos do adversário.

Dom Jaime marcou uma meia estocada em terceira, o que supunha um falso ataque, antes de atacar em quarta, mais que outra coisa, para testar a reação da moça, pois ainda não desejava tocá-la com o botão da arma. Para sua surpresa, Adela de Otero manteve-se firme, e o mestre viu relampaguear a ponta do florete inimigo a poucas polegadas da sua barriga, quando ela lançou com inesperada rapidez uma estocada baixa em segunda, ao mesmo tempo que de seus lábios crispados brotava um rouco grito de combate. O mestre se safou, não sem certa dificuldade, furioso consigo mesmo por ter se descuidado de tal modo. A moça se recompôs, retrocedeu dois passos, avançou um, de novo em quarta, lábios apertados e olhando nos olhos do seu oponente por entre suas pálpebras semicerradas, em atitude de absoluta concentração.

— Excelente — murmurou dom Jaime, em voz suficientemente alta para que ela pudesse ouvi-lo, mas a moça não exteriorizou satisfação alguma com o elogio. Tinha uma leve ruga vertical entre as sobrancelhas, e uma gota de suor escorria pela bochecha, desde a base dos cabelos, na altura da têmpora. A saia não parecia atrapalhar muito seus movimentos; empunhava o florete com o braço levemente flexionado, atenta ao menor gesto de Jaime Astarloa. Ele pensou que nessa atitude ela estava menos bela; não perdera seus atrativos, mas estes se apoiavam agora naquela tensão que parecia a ponto de fazer seu corpo vibrar. Tinha algo de varonil, sim. Mas também de obscuro e selvagem.

Adela de Otero não se movimentava lateralmente, mas mantinha a linha à frente e atrás, conservando a marcha reta que os puristas tanto exaltavam e que o próprio dom Jaime recomendava a seus alunos. O mestre avançou três passos, ao que ela respondeu retrocedendo outros três. Ele atirou uma estocada em terceira, a que a moça opôs uma impecável parada de contra em quarta, descrevendo um pequeno círculo com seu florete em torno do ferro inimigo, que foi desviado na conclusão da manobra. O mestre admirou silenciosamente a limpa execução daquela defesa, considerada a principal entre as paradas principais; quem dominava o seu segredo era dono do mais elevado requisito da esgrima. Esperou que Adela de Otero se lançasse imediatamente em quarta, o que ela fez, neutralizou o ataque e atirou contra ela uma estocada no braço, que teria acertado o alvo, se não a houvesse detido voluntariamente a pouco mais de uma polegada do objetivo. A moça percebeu a manobra, deu um passo atrás sem baixar o florete e fitou-o com olhos que ardiam de fúria.

— Não lhe pago para brincar comigo, como se eu fosse um dos seus principiantes, dom Jaime! — Sua voz tremia de mal contida ira. — Se for para tocar, toque!

O mestre balbuciou uma desculpa, estupefato com tão irada reação. Ela se limitou a franzir de novo o cenho, com obstinada concentração, e lançou-se de repente em a fundo, com tamanha violência que o mestre mal teve tempo de opor seu florete em quarta, embora a força do ataque o tivesse obrigado a retroceder. Atacou em quarta para manter distância, mas ela prosseguiu a investida, engajando, atacando e avançando com inaudita rapidez, enquanto marcava cada movimento com um grito rouco. Menos desconcertado com o tipo de ataque do que com o apaixonado empenho da moça, dom Jaime foi retrocedendo enquanto contemplava, como que hipnotizado, a terrível expressão que contraía as feições da sua oponente. Recuou e ela continuou avançando. Recuou outra vez, opondo em quarta, mas Adela de Otero avançou de novo, engajando e atirando em quinta. O mestre voltou a retroceder e, dessa vez, ela engajou em quinta e atacou em segunda. "Chega", pensou dom Jaime, decidido a terminar com aquela absurda situação. Mas a moça engajou em terceira e atacou em quarta por fora do braço, antes que ele se recuperasse por completo. Safou-se a duras penas daquele aperto e, firmando-se, esperou que ela apresentasse o florete para desarmá-la com um golpe seco e firme na lâmina. Quase no mesmo movimento, levantou a ponta protegida e deteve-a diante da garganta de Adela de Otero. A arma da moça rolou no chão, enquanto ela dava um pulo para trás, fitando a ameaçadora ponta do florete do mestre, como se houvesse estado a ponto de ser mordida por uma cobra.

 Mediram-se com os olhos, num prolongado silêncio. Para sua estranheza, o mestre de esgrima notou que a moça já não parecia furiosa. A cólera que havia crispado suas feições durante o assalto cedia lugar a um sorriso em que bailava um matiz de ironia. Percebeu que estava satisfeita por tê-lo feito passar um mau momento, e aquilo o deixou um tanto irritado.

 — O que pretendia com isso?... Num assalto à ponta nua, uma coisa dessas podia ter lhe custado a vida, cara senhora. A esgrima não é uma brincadeira.

 Ela jogou a cabeça para trás e soltou uma gargalhada de imensa alegria, como uma menina que houvesse feito uma magnífica travessura. Suas bochechas estavam vermelhas por causa do esforço realizado e havia minúsculas gotas de transpiração sobre seu lábio superior. Suas pestanas também pareciam úmidas, e pela mente de dom Jaime passou a idéia — de imediato afastada — de que devia ser aquela sua expressão depois de fazer amor.

— Não se zangue comigo, mestre. — A voz e o semblante haviam, de fato, mudado por completo; estavam agora cheios de doçura, conferindo-lhe um carinhoso encanto, uma cálida beleza. A respiração ainda entrecortada agitava seu peito sob o colete.

— Só queria lhe mostrar que não há razão para o senhor se mostrar paternal. Quando tenho um florete na mão, detesto a deferência que se costuma dedicar a uma mulher. Como o senhor pôde verificar, sou perfeitamente capaz de dar boas estocadas — acrescentou, num tom em que o mestre acreditou discernir um remoto eco de ameaça. — E uma estocada é uma estocada, venha de quem vier...

Jaime Astarloa não teve outro remédio senão inclinar-se diante do argumento:

— Nesse caso, senhora, rogo-lhe que aceite minhas desculpas.

Ela retribuiu a mesura com uma graça extrema.

— Aceito-as, mestre — os cabelos presos na nuca tinham se desalinhado um pouco e uma negra mecha caía sobre seus ombros; ergueu os braços e voltou a prendê-los com a fivela de madrepérola. — Podemos continuar?

Dom Jaime assentiu, pegando o florete no chão e entregando-lhe. Estava admirado com a têmpera daquela moça; durante o assalto, o botão metálico que protegia a ponta da sua arma lhe havia roçado perigosamente o rosto, várias vezes, sem que ela se mostrasse receosa ou preocupada em nenhum momento.

— Agora deveríamos usar as máscaras — disse ele. Adela de Otero concordou. Ambos ajustaram as máscaras e puseram-se em guarda. Dom Jaime lamentou que a malha metálica velasse quase por completo as feições da moça. Podia perceber, porém, o brilho dos seus olhos e a alva linha dos dentes, quando ela relaxava os lábios e respirava profundamente por um instante, para depois atacar em a fundo. Dessa vez, o exercício transcorreu sem incidentes. A moça se batia com absoluta serenidade, marcando os tempos de forma impecável, com grande precisão de movimentos. Embora em nenhuma ocasião tenha conseguido tocar seu oponente, este teve de recorrer a toda a sua ciência para esquivar algumas estocadas que, sem dúvida, teriam atingido seu objetivo contra alguém menos hábil que ele. Enquanto o metálico crepitar dos floretes enchia a sala de esgrima, pensou o velho professor que Adela de Otero estava à altura de qualquer um dos mais dignos esgrimistas que conhecia. Ele próprio, embora sem ceder de todo aos desejos da moça, viu-se obrigado por fim a levar os assaltos a sério. Em duas oportunidades, foi forçado a tocar sua oponente, para não ser tocado. No total, Adela de Otero recebeu naquela tarde cinco golpes no peito, o que não era muito, haja vista a qualidade do seu veterano adversário.

Quando o relógio bateu seis vezes, pararam ambos, sufocados pelo calor e pelo esforço. Ela tirou a máscara, enxugando o suor com uma toalha que dom Jaime pôs à sua disposição. Depois fitou-o com olhos interrogativos, à espera do veredicto.

O mestre sorria.

— Nunca teria imaginado — confessou com franqueza, e a moça estreitou contente as pálpebras, como uma gata ao receber uma carícia. — Faz tempo que pratica a esgrima?

— Desde os dezoito anos. — Dom Jaime tentou calcular mentalmente sua idade a partir desse dado, e ela adivinhou sua intenção. — Estou com vinte e sete.

O mestre fez uma expressão de galante surpresa, dando a entender que a imaginava mais moça.

— Não me incomodo — acrescentou ela. — Sempre achei uma tolice esconder a idade ou pretender aparentar menos anos do que se tem. Renegar a idade é renegar a própria vida.

— Sábia filosofia.
— Apenas sensatez, mestre. Apenas sensatez.
— Não é uma qualidade muito feminina — ele sorriu.
— O senhor ficaria espantado se soubesse a quantidade de qualidades femininas que me faltam.

Bateram na porta, e Adela de Otero fez uma careta de pesar.

— Deve ser Lucía. Disse que viesse me buscar passada uma hora.

Dom Jaime pediu licença e foi abrir. Era, de fato, a criada. Quando voltou à sala de armas, a moça já estava trocando de roupa no vestiário. Deixara de novo a porta entreaberta.

O mestre pôs os floretes de volta em suas panóplias e pegou as máscaras no chão. Quando Adela de Otero apareceu novamente, estava vestida de musselina e penteava os cabelos, segurando a fivela de madrepérola com os dentes. Tinha o cabelo comprido, bem abaixo dos ombros, muito escuro e bem cuidado.

— Quando vai me ensinar sua estocada?

Jaime Astarloa teve de reconhecer que aquela mulher tinha o direito de aprender o golpe dos duzentos escudos.

— Depois de amanhã, à mesma hora — respondeu. — Meus serviços incluem ensinar a dar a estocada e como defendê-la. Com sua experiência, bastarão duas ou três lições para que a domine por completo.

Ela pareceu satisfeita.

— Acho que vou gostar de praticar com o senhor, dom Jaime — disse num tom desenvolto, como de espontânea confidência. — É um prazer medir-se com alguém tão... encantadoramente clássico. É evidente que o senhor pertence à antiga escola de esgrima francesa: corpo ereto, perna estendida e só ataca em a fundo quando é preciso. Já não se encontram muitos esgrimistas do seu estilo.

— Infelizmente, cara senhora. Infelizmente.

83

— Também notei — ela acrescentou — que o senhor possui uma qualidade especial num esgrimista... Aquilo que os entendidos chamam... Como é mesmo? *Sentiment du fer.* Não é verdade? Ao que parece, só os atiradores talentosos o possuem.

Dom Jaime fez um vago gesto afirmativo, menoscabando a importância do assunto, embora, no fundo, estivesse lisonjeado com a perspicácia da moça.

— É apenas o fruto de um longo trabalho — respondeu. — Essa qualidade consiste numa espécie de sexto sentido, que permite prolongar até a ponta da arma a sensibilidade tátil dos dedos que empunham o florete... É um instinto especial, que avisa sobre as intenções do adversário e permite, às vezes, prever seus movimentos uma pequena fração de tempo antes de se produzirem.

— Também gostaria de aprender isso — disse a moça.

— Impossível. Isso é só uma questão de prática. Não tem segredo, nada que se possa adquirir com dinheiro. Para tê-lo, é necessária toda uma vida. Uma vida como a minha.

Ela pareceu lembrar-se de uma coisa.

— Sobre os seus honorários — disse —, gostaria de saber se o senhor prefere em espécie ou uma ordem de pagamento contra uma sociedade bancária. O Banco da Itália, por exemplo. Uma vez aprendida a estocada, tenho interesse em continuar esgrimindo com o senhor por um tempo.

O mestre protestou cortesmente. Dadas as circunstâncias, considerava um prazer oferecer seus serviços à senhora sem compensação alguma, etcétera. De modo que era improcedente falar de dinheiro.

Ela encarou-o com frieza e lhe fez saber que utilizava os serviços profissionais de um mestre de esgrima, que como tal deviam ser remunerados. Depois, dando por encerrado o assunto, prendeu o cabelo na nuca com a fivela, num movimento tão rápido quanto preciso.

Jaime Astarloa vestiu a casaca e acompanhou a nova cliente até o gabinete. A criada aguardava na escada, mas Adela de Otero não parecia ter pressa em ir embora. Pediu um copo d'água e ficou um instante observando com descarada curiosidade os títulos dos livros alinhados nas estantes.

— Daria meu melhor florete para saber quem foi seu mestre de esgrima, senhora de Otero.

— E qual é o seu melhor florete? — perguntou ela, sem virar a cabeça, enquanto passava delicadamente o dedo pela lombada das *Memórias* de Tayllerand.

— Uma lâmina milanesa, forjada por D'Arcadi.

A moça franziu os lábios, como se avaliasse, divertida, a questão.

— A oferta é tentadora, mas não aceito. Se uma mulher quiser conservar algo da sua atração, precisa se envolver de um pouquinho de mistério. Limitemo-nos a considerar que era um bom mestre.

— Pude ver. E a senhora mostrou-se uma notável aluna.

— Obrigada.

— É a pura verdade. Em todo caso, se me permite aventurar um juízo, eu me atreveria a jurar que era italiano. Alguns dos seus movimentos são característicos de tão honorável escola.

Adela de Otero levou docemente um dedo aos lábios.

— Falaremos disso outro dia, mestre — replicou em voz baixa, com o tom de quem compartilha um segredo. Olhou em volta e indicou o sofá com um gesto. — Posso sentar-me?

— Por favor.

Deixou-se cair na desgastada pele cor de tabaco, com um suave farfalhar de saias. Jaime Astarloa permaneceu de pé, sentindo-se vagamente incomodado.

— Onde o senhor se iniciou em esgrima, mestre?

O velho professor fitou-a, zombeteiro.

— Sua desenvoltura me encanta, cara senhora. Nega-se a me instruir sobre a sua jovem vida e, ato contínuo, interroga-me sobre a minha... Não é justo.

Ela lhe dedicou um sorriso sedutor.

— Nunca somos injustas o bastante com os homens, dom Jaime.

— É uma resposta cruel.

— E sincera.

O mestre de esgrima olhou pensativo para a moça.

— Dona Adela — disse ao cabo de um instante, repentinamente sério, com uma simplicidade tão arrasadora que situava suas palavras muito longe de qualquer fanfarronada cortês. — Eu daria qualquer coisa para enviar um cartão e meus padrinhos ao homem que pôs em seus lábios tão amarga reflexão.

Ela fitou-o, divertida a princípio e gratamente surpresa depois, quando pareceu compreender que seu interlocutor não brincava. Esteve a ponto de dizer alguma coisa, mas se deteve, lábios entreabertos, satisfeita, como que saboreando o que acabava de escutar.

— É a mais galante cortesia que já ouvi na minha vida.

Jaime Astarloa apoiou-se no encosto de uma cadeira. Estava com o cenho franzido e refletia, um tanto perturbado. O caso é que não fora sua intenção parecer galante, limitando-se a comentar em voz alta um sentimento. Agora temia ter se expressado de forma ridícula. Na sua idade.

Ela se deu conta do embaraço e, querendo socorrê-lo, voltou com naturalidade ao tema inicial da conversa.

— O senhor ia me contar como se iniciou na esgrima, mestre.

Dom Jaime sorriu, agradecido, enquanto imitava com resignação o gesto de baixar a guarda.

— Quando estava no Exército.

Ela fitou-o com renovado interesse.

— O senhor foi militar?

— Sim. Por um breve período da minha vida.

— Devia ser muito atraente de uniforme. Ainda é.

— Senhora, rogo-lhe que não prepare ardis para minha vaidade. Os velhos são muito sensíveis a esse tipo de coisas, especialmente quando provêm de uma linda jovem, cujo esposo, sem dúvida...

Deixou as palavras no ar e permaneceu à espreita, sem resultado. Adela de Otero limitou-se a olhar para ele como se esperando que terminasse a frase. Passado um momento, tirou um leque da bolsa e manteve-o entre os dedos, sem abrir. Quando falou, a expressão dos seus olhos tinha se endurecido.

— Pareço-lhe uma linda jovem?

O mestre-de-armas titubeou, confuso.

— Claro que sim — respondeu, após um instante, com a maior naturalidade de que foi capaz.

— É assim que me definiria diante dos seus amigos, no cassino? Uma linda jovem?

Jaime Astarloa empertigou-se, como se houvesse recebido um insulto.

— Senhora de Otero, creio ser meu dever lhe comunicar que não freqüento cassinos, nem tenho amigos. E considero oportuno acrescentar que, no improvável caso de que ocorressem ambas as circunstâncias, jamais cometeria a baixeza de pronunciar ali o nome de uma dama.

Ela fitou-o demoradamente, como se calculasse a sinceridade das suas palavras.

— Como quer que seja — completou dom Jaime —, não faz muito que a senhora me qualificou de atraente, e não me ofendi. Nem lhe perguntei se me definiria assim entre suas amigas, na hora do chá.

A moça riu gostosamente, e Jaime Astarloa acabou fazendo o mesmo. O leque escorregou até o tapete, e o mestre de esgrima

87

apressou-se a pegá-lo. Devolveu-o, ainda com um joelho no chão e, nesse momento, seus rostos ficaram a apenas algumas polegadas um do outro.

— Não tenho amigas nem tomo chá — disse ela, e dom Jaime contemplou longamente os olhos cor de violeta, que nunca tinha visto de tão perto. — O senhor teve amigos um dia? Quero dizer, amigos de verdade, gente a cujas mãos teria confiado sua vida...

Dom Jaime endireitou-se devagar. Responder àquela pergunta não exigia nenhum esforço de memória.

— Um dia, mas não se tratava exatamente de amizade. Tive a honra de passar vários anos ao lado do mestre Lucien de Montespan. Foi ele que me ensinou tudo o que sei.

Adela de Otero repetiu o nome em voz baixa. Era evidente que lhe soava desconhecido. Jaime Astarloa sorriu.

— Claro, a senhora é jovem demais... — Olhou um instante para o vazio e, em seguida, para ela. — Era o melhor. Ninguém, na sua época, conseguiu superá-lo. — Meditou um momento sobre sua afirmação. — Absolutamente ninguém.

— O senhor exerceu seu ofício na França?

— Sim. Onze anos como mestre-de-armas. Voltei à Espanha em meados do século, em 1850.

Os olhos cor de violeta fitaram-no fixamente, como se sua dona experimentasse certa mórbida satisfação por trazer à luz as nostalgias do velho mestre de esgrima.

— Certamente tinha saudade do seu país. Sei o que é isso.

Jaime Astarloa demorou para responder. Dava-se perfeitamente conta de que aquela moça o estava forçando a falar de si mesmo, hábito a que sua natureza não era muito dada. No entanto, emanava de Adela de Otero uma estranha atração que o convidava, doce e perigosamente, a se confiar cada vez mais.

— Sim, havia um pouco disso — disse por fim, rendendo-se à magia da sua interlocutora. — Mas, na realidade, tratava-se de algo mais... complexo. De certo modo, poderia ser definido como uma fuga.

— Fuga? O senhor não parece ser dos que fogem.

Dom Jaime sorriu inquieto. Sentia as reminiscências virem à tona mornamente, e isso era mais do que desejava conceder a Adela de Otero.

— Falava em sentido figurado — replicou, como que reavaliando suas palavras. — Bem, talvez não tanto. Afinal de contas, é possível que se tratasse de uma fuga mesmo.

Ela mordeu o lábio inferior, interessada.

— O senhor tem de me contar essa história, mestre.

— Quem sabe um dia desses, cara senhora. Pode ser, um dia desses... Na realidade, não é uma história que me alegra rememorar. — Deteve-se, como se acabasse de recordar uma coisa. — E a senhora se equivoca, quando diz que não pareço com os que fogem: todos nós fugimos uma vez na vida. Até eu.

Adela de Otero ficou pensativa, com os lábios entreabertos, observando dom Jaime como se estivesse medindo-o. Depois cruzou as mãos sobre o colo e encarou-o com simpatia.

— Talvez me conte um dia. Refiro-me à sua história. — Fez uma pausa para observar o visível embaraço do mestre de esgrima.

— Não entendo como alguém com sua fama... Não é minha intenção ofendê-lo... Ouvi dizer que conheceu tempos melhores.

Jaime Astarloa aprumou-se com altivez. Talvez, como a moça acabava de dizer, não fosse sua intenção ofendê-lo. Mas sentia-se ofendido.

— Nossa arte cai em desuso, senhora — respondeu, ferido em seu amor-próprio. — Os duelos com arma branca se fazem raros, pois a pistola é de mais fácil manejo e não requer uma disciplina tão rigorosa. Por outro lado, a esgrima se transformou num passatempo frívolo. — Saboreou com desprezo suas próprias palavras. — Chamam-na agora de *sport*, como se se tratasse de fazer ginástica de camiseta!

Ela abriu o leque, cujo abano, decorado à mão, era pontilhado pelas manchas brancas de estilizadas amendoeiras em flor.

— O senhor, é claro, se nega a considerar a questão desse modo...

— É claro. Ensino uma arte, e o faço tal como a aprendi: com seriedade e respeito. Sou um clássico.

A moça fez as varetas de madrepérola estalarem e moveu a cabeça com ar ausente. Talvez por sua mente desfilassem imagens que só ela podia ver e interpretar.

— O senhor nasceu tarde, dom Jaime — disse por fim, com voz neutra. — ... Ou não morreu no momento oportuno.

Fitou-a, sem ocultar sua surpresa.

— É curioso que diga isso.

— O quê?

— Morrer no momento oportuno. — O mestre de esgrima fez um gesto evasivo, como se se desculpasse por continuar vivo. O rumo da conversa parecia diverti-lo, mas era evidente que não brincava. — Neste século e a partir de certa idade, morrer como se deve está cada vez mais difícil.

— Gostaria muito de saber o que o senhor chama, mestre, de morrer como se deve.

— Creio que a senhora não entenderia.

— Tem certeza?

— Não, não tenho. Pode ser que entenda, mas para mim tanto faz. Não se trata de coisas que se possam contar a...

— A uma mulher?

— A uma mulher.

Adela de Otero fechou o leque e ergueu-o devagar, até roçar com ele a cicatriz da boca.

— O senhor deve ser um homem muito solitário, dom Jaime.

O mestre-de-armas olhou fixamente para a moça. Já não havia diversão em seus olhos cinzentos; o brilho tinha ficado opaco.

— E sou. — A voz soou cansada. — Mas não responsabilizo ninguém por isso. Na realidade, trata-se de uma espécie de fascínio: um estado de graça egoísta, íntimo, que só se obtém montando guarda nos velhos caminhos esquecidos, pelos quais ninguém transita... Pareço-lhe um velho absurdo?

Ela negou com a cabeça. Seus olhos estavam meigos agora.

— Não. Simplesmente estou aterrada com sua falta de senso prático.

Jaime Astarloa fez uma careta.

— Uma das muitas virtudes que eu prezo não possuir, senhora, é o senso prático da vida. Sem dúvida já deve ter se dado conta... Mas não tenho a pretensão de lhe fazer crer que haja nisso algum móvel moral. Limitemo-nos, eu lhe rogo, a considerar o assunto como uma questão de pura estética.

— Estética não se come, mestre — murmurou ela fazendo uma cara zombeteira, como se inspirada por pensamentos que se abstinha de expressar em voz alta. — Garanto que disso entendo bem.

Dom Jaime olhou para a ponta das sapatilhas sorrindo com timidez; sua expressão era a de um menino confessando um desliz.

— Se a senhora, por infelicidade, entende bem disso, eu lamento, creia-me — disse em voz baixa. — No que me diz respeito, deixe-me lhe dizer que, pelo menos, isso me permite olhar com franqueza para meu rosto quando me barbeio ao espelho todas as manhãs. E isso, cara senhora, é bem mais do que podem afirmar muitos dos homens que conheço.

Os primeiros lampiões da rua começavam a se acender, iluminando trechos das ruas com sua luz de gás. Munidos de compridos varões, os funcionários municipais realizavam a tarefa sem muita pressa, parando de vez em quando numa taberna para matar a sede. Ainda havia, para os lados do Palácio de Oriente, um vestígio de claridade, sobre a qual se recortava a silhueta dos telhados próximos ao Teatro Real. As janelas, abertas para a morna brisa do crepúsculo, se iluminavam com a luz oscilante dos lampiões de querosene domésticos.

Jaime Astarloa murmurou um "boa-noite" ao passar por um grupo de vizinhos que conversavam na esquina da Calle Bordadores, sentados à fresca em cadeiras de vime. Naquela manhã houve, nas cercanias da Plaza Mayor, uma algazarra de estudantes; coisa pouca, no dizer dos seus amigos do café Progreso, que o haviam informado do incidente. Segundo dom Lucas, um grupo de desordeiros que gritava "Prim, Liberdade, abaixo os Bourbons!" tinha sido dissolvido de forma contundente pelas forças da ordem. É claro que a versão de Agapito Cárceles diferia muito da proporcionada — inflexão desdenhosa, suspiro libertário — pelo senhor Rioseco, acostumado a ver desordeiros onde só havia patriotas sedentos de justiça. As forças da repressão, único sustentáculo em que se apoiava a cambaleante monarquia de *la Señora* — tom zombeteiro, expressão maliciosa — e sua nefasta camarilha, haviam, mais uma vez, esmagado a golpes de sabre e porrete a sagrada causa, etcétera e tal. O caso é que, conforme dom Jaime pôde verificar, alguns pares de guardas civis ainda rondavam pelas proximidades, sombras de mau agouro sob os tricórnios de couro envernizado.

Ao chegar diante do Palácio, o mestre de esgrima observou os alabardeiros que montavam guarda e foi debruçar-se na balaustrada que dava para os jardins. A Casa de Campo era uma grande mancha escura, em cujo horizonte a noite comprimia a última tênue linha de claridade azulada. Aqui e ali, alguns passeantes permaneciam imóveis, como dom Jaime, contemplando os derradeiros estertores do dia que se apagava naquele instante, com plácida mansidão.

Sem saber exatamente por quê, o mestre de esgrima sentia-se derivar para a melancolia. Por seu caráter, mais inclinado a se distrair com o passado do que a considerar o presente, o velho professor gostava de acalentar consigo mesmo suas nostalgias íntimas; e isso costumava suceder sem estridência, de uma maneira que não lhe causava nenhum amargor, mas, ao contrário, o instalava num estado de prazenteiro devaneio, que se poderia definir como agridoce. Distraía-se com isso de forma consciente e quando, por acaso, resolvia dar forma concreta a suas divagações, costumava resumi-las como sua parca bagagem pessoal, a única riqueza que havia sido capaz de acumular na vida e que desceria com ele ao túmulo, extinguindo-se com seu espírito. Encerrava-se nela todo um universo, uma vida de sensações e recordações cuidadosamente conservadas. Era nisso que Jaime Astarloa se fiava para manter o que ele definia como serenidade: a paz da alma, único assomo de sabedoria a que a imperfeição humana podia aspirar. A vida inteira diante dos seus olhos, mansa, ampla e já definitiva; tão pouco sujeita a incertezas quanto um rio no curso final em direção à sua foz. E, no entanto, havia bastado o aparecimento casual de um par de olhos cor de violeta para que a fragilidade daquela paz interior se manifestasse em toda a sua inquietante natureza.

Restava verificar se era possível paliar o desastre considerando que, no fim das contas, já estando seu espírito bem distante das paixões que outrora teriam se manifestado no ato, só encontrava agora dentro de si uma sensação de ternura outonal, velada de suave tristeza. "É só isso?", perguntava-se a meio caminho entre o alívio e a decepção, enquanto, apoiado na balaustrada, distraía-se com o espetáculo das sombras que triunfavam no horizonte. "É só isso que posso esperar dos meus sentimentos?" Sorriu, pensando em si mesmo, em sua própria imagem, em seu vigor já em declínio, em seu espírito que, embora também velho e cansado, se rebelava de tal forma contra a indolência imposta pela lenta degeneração do seu organismo. E naquela sensação que o embargava, tentando-o com seu doce risco, o mestre de esgrima soube reconhecer o débil canto do cisne, proferido, a modo de extrema e patética rebeldia, por seu espírito ainda orgulhoso.

4. Estocada curta

A estocada curta em extensão normalmente expõe quem a executa sem tino nem prudência. Por outro lado, nunca se deve fazer a extensão em terreno obstruído, desigual ou escorregadio.

Entre calores e rumores, os dias transcorriam lentamente. Dom Juan Prim, conde de Reus, dava seus nós conspiratórios às margens do Tâmisa, enquanto longas fileiras de prisioneiros serpenteavam através dos campos calcinados pelo sol, a caminho dos presídios da África. Aquilo tudo era indiferente a Jaime Astarloa, mas dos seus efeitos ele não podia escapar. Os ânimos estavam exaltados no café Progreso. Agapito Cárceles brandia como uma bandeira o exemplar de *La Nueva Iberia*, com data atrasada. Num editorial de grande repercussão, intitulado "A última palavra", revelavam-se certos acordos secretos estabelecidos em Bayonne entre os partidos de esquerda exilados e a União Liberal, com vistas à destruição do regime monárquico e a eleição por sufrágio universal de uma Assembléia Constituinte. O tema já era de algum tempo, mas *La Nueva Iberia* havia levantado a lebre. Toda Madri falava no assunto.

— Antes tarde do que nunca — assegurava Cárceles, agitando, provocador, o jornal ante o bigode ranzinza de dom Lucas Rioseco. — Quem dizia que esse pacto era contra a natureza? Quem? — Soco exultante no papel impresso, já bastante manuseado pelo grupo. — Os obstáculos tradicionais estão com os dias contados, cavalheiros. *La Niña*, ali na esquina!

— Nunca! Revolução, nunca! E república muito menos! — Apesar da sua indignação, dom Lucas estava um tanto atarantado pelas circunstâncias. — No máximo, no máximo, estou dizendo, dom Agapito, Prim previu uma solução alternativa para manter a monarquia. Ele jamais daria livre trânsito ao marasmo revolucionário. Jamais! Afinal de contas, é um soldado. E todo soldado é um patriota. E como todo patriota é monarquista, ora...

— Não tolero insultos! — bramiu Cárceles, exaltado. — Exijo que se retrate, senhor Rioseco.

Dom Lucas, pego de surpresa, olhou para seu antagonista com visível desconcerto.

— Não o insultei, senhor Cárceles.

Congestionado pela ira, o jornalista invocou o céu e os companheiros de mesa como testemunhas:

— Diz que não me insultou! Diz que não me insultou, quando todos os senhores ouviram perfeitamente esse cavalheiro garantir, de forma gratuita e inoportuna, que sou monarquista!

— Não disse que o senhor...

— Negue agora! Negue, dom Lucas, o senhor, que se diz um homem honrado! Negue, ante o juízo da História que o contempla!

— Digo-me e sou um homem honrado, dom Agapito. E para o juízo da História não ligo a mínima. Além do mais, não vem ao caso... Raios! O senhor tem a virtude de me fazer perder o fio da meada. De que diabo estávamos falando?

O dedo acusador de Cárceles apontou para o terceiro botão do casaco de seu interlocutor.

— Do senhor, meu caro. O senhor acaba de afirmar que todo patriota é monarquista. É ou não é verdade?

— É verdade.

Cárceles soltou uma gargalhada sarcástica, de acusador público, a ponto de enviar o réu convicto e confesso ao vil garrote.

— Por acaso sou monarquista? Por acaso sou monarquista, senhores?

Todos os presentes, inclusive Jaime Astarloa, se apressaram a declarar que de jeito nenhum. Triunfante, Cárceles voltou-se para dom Lucas.

— Viu?

— O que é que eu tenho a ver com isso?

— Não sou monarquista e, no entanto, sou um patriota! O senhor me insultou e exijo satisfação.

— O senhor não é um patriota nem se encharcado de vinho, dom Agapito!

— Eu não...?

Neste ponto foi necessária a ritual intervenção dos outros para evitar que Cárceles e dom Lucas fossem às vias de fato. Serenados os ânimos, a conversação geral tornou a discorrer sobre as especulações políticas que se faziam sobre uma eventual sucessão de Isabel II.

— Quem sabe o duque de Montpensier — sugeriu Antonio Carreño a meia-voz. — Embora garantam que foi vetado por Napoleão III.

— Sem descartar — apontou dom Lucas, ajustando o monóculo caído durante a recente refrega — a possível abdicação em favor do infante dom Alfonso...

Aqui Cárceles voltou a dar um pinote, como se houvessem xingado sua mãe:

— O Puigmoltejo*? Está sonhando, senhor Rioseco. Chega de Bourbons! Acabou. *Sic transit gloria bourbonica* e outros latins que prefiro calar. Nós, espanhóis, já tivemos de sofrer demais com o avô e a mãe. Sobre o pai, não me pronuncio, por falta de provas.

Antonio Cárceles interveio, com sensatez de funcionário técnico, detalhe que o punha a salvo do desemprego, viessem os tiros de onde viessem.

— O senhor há de reconhecer, dom Lucas, que as gotas encheram o copo da paciência espanhola. Algumas das crises palacianas organizadas por Isabelita correspondem a motivos que enrubesceriam o mais corado.

— Calúnias!

— Bem, calúnias ou não, nas Lojas consideramos que os limites do tolerável foram ultrapassados...

Dom Lucas, o rosto congestionado de fervor monarquista, defendia-se nas últimas trincheiras sob o olhar galhofeiro de Cárceles. Virou-se para Jaime Astarloa, num angustiado pedido de socorro.

— Está ouvindo, dom Jaime?... Diga alguma coisa, por Deus. O senhor é um homem razoável.

O aludido deu de ombros, enquanto mexia pacatamente o café com a colher.

— Meu assunto é a esgrima, dom Lucas.

— Esgrima? Quem pensa em esgrima, estando a monarquia em perigo?

* A rainha Isabel II colecionou amantes. Um deles foi o capitão Enrique Puig Moltó (seu grande amor, ao que consta), a quem atribuíam a paternidade do infante, por ter a rainha lhe dado de lembrança o berço de Alfonsito, quando Puig Moltó se despediu da Corte. Daí o apelido "o Puigmoltejo"... (N. T.)

Marcelino Romero, o professor de música, apiedou-se do acossado dom Lucas. Parando de mastigar sua fatia de pão tostado, fez uma cândida observação sobre o refinamento e a simpatia, isso ninguém podia negar, da rainha. Soou o risinho sardônico de Carreño, enquanto Agapito Cárceles arrojava-se contra o pianista, com clamorosa indignação:

— Com refinamento não se governam reinos, caro senhor! — espetou. — Para tanto é preciso ter patriotismo — olhou de soslaio para dom Lucas — e orgulho!

— Orgulho de toureiro — reforçou Carreño, frívolo.

Dom Lucas bateu com a bengala no chão, impaciente diante de tanto desaforo.

— Como é fácil condenar! — exclamou, meneando tristemente a cabeça. — Como é fácil fazer lenha da pobre árvore a ponto de tombar! E logo o senhor, dom Agapito, que foi padre...

— Alto lá! — interrompeu o jornalista. — Isso foi na pré-história!

— Foi, foi, embora isso lhe pese — insistiu dom Lucas, satisfeito por ter tocado num ponto que tanto incomodava seu companheiro de mesa.

Cárceles levou a mão ao peito e invocou o céu aberto por testemunha.

— Renego a batina que vesti num momento de juvenil obsessão, negro símbolo do obscurantismo!

Antonio Carreño aprovou gravemente, prestando muda homenagem a tal alarde retórico. Dom Lucas continuou batendo na mesma tecla:

— O senhor que foi padre, dom Agapito, deve saber uma coisa melhor do que ninguém: a caridade é a mais excelsa das virtudes cristãs. Há que ser generoso e ter caridade quando se julga a figura histórica da nossa soberana.

— Sua soberana do senhor, dom Lucas.

— Chame-a como queira.

— Chamo-a de tudo: caprichosa, volúvel, supersticiosa, inculta e outras coisas que calo.

— Não estou disposto a tolerar suas impertinências.

Os colegas de café viram-se novamente na obrigação de pedir calma. Nem dom Lucas nem Agapito Cárceles eram capazes de matar uma mosca, mas aquilo fazia parte da liturgia repetida todas as tardes.

— Temos de levar em conta — dom Lucas torcia as pontas do bigode, procurando não se dar por achado com o olhar galhofeiro que lhe dirigia Cárceles — o desgraçado casamento da nossa soberana, ao arrepio de qualquer atrativo físico, com dom Francisco de Asís... As desavenças conjugais, que são de domínio público, facilitaram a atuação de camarilhas cortesãs e políticos sem escrúpulos, favoritos e ladrões. Esses, e não a pobre senhora, é que são os responsáveis pela triste situação que hoje vivemos.

Cárceles já tinha se contido por tempo demais:

— Vá contar essas lorotas aos patriotas presos na África, aos deportados para as Canárias e as Filipinas, aos emigrados que pululam pela Europa! — O jornalista amassava *La Nueva Iberia* entre as mãos, embargado de ira revolucionária. — O atual governo de Sua Majestade Cristianíssima está dando saudade dos anteriores, o que já diz o bastante. Será que o senhor não enxerga o panorama? Até politiqueiros e figurões que não têm uma gota de sangue democrata nas veias foram desterrados pelo simples fato de serem suspeitos ou por acharem duvidosa sua adesão à infame política de González Bravo. Passe em revista, dom Lucas. Passe em revista: de Prim a Olózaga, passando por Cristino Martos e os outros. Até na União Liberal, como acabamos de ler, puseram a canga, enquanto o velho O'Donnell passou desta para melhor. A causa de Isabel não tem outro apoio, além das divididas e ruinosas forças moderadas, que andam às turras porque o poder lhes escapa das mãos e não sabem mais a que santo se encomendar... A monarquia dos senhores faz água por todos os lados, dom Lucas. Água e mais água.

— A verdade é que Prim está a ponto de chegar — sussurrou confidencialmente Antonio Carreño, num rasgo de originalidade que seus companheiros de café acolheram com sarcasmo.

Cárceles mudou a direção da sua implacável artilharia.

— Prim, como nosso amigo dom Lucas salientava há pouco, é um militar. Um *miles* mais ou menos *gloriosus*, mas *miles* mesmo assim. Não confio de jeito nenhum nele.

— O conde de Reus é um liberal — protestou Carreño.

Cárceles deu um murro na mesinha de mármore, quase derramando o café das xícaras.

— Liberal? Não me faça rir, dom Antonio. Prim, um liberal! Qualquer democrata autêntico, qualquer patriota comprovado como o abaixo assinado, deve desconfiar em princípio do que um militar tem na cabeça, e Prim não é uma exceção. Os senhores se esquecem do seu passado autoritário? Das suas ambições políticas? No fundo, por mais que as circunstâncias o obriguem a conspirar em meio à neblina britânica, qualquer general precisa ter na mão um rei do baralho para continuar a ser o valete de espadas... Digam, senhores: quantos golpes de Estado tivemos neste século? Quantos foram para proclamar a República?... Estão vendo? Ninguém dá de presente ao povo o que só o povo é capaz de exigir e conquistar. Cavalheiros, a mim, Prim dá calafrios. Podem ter certeza de que, assim que chegar, vai nos tirar um rei da manga da camisa. Como dizia o grande Virgílio, *Timeo Danaos et dona ferentis*.

Ouviu-se um alvoroço na Calle Montera. Um grupo de transeuntes se acotovelava do outro lado da janela, apontando para a Puerta del Sol.

— O que está acontecendo? — perguntou avidamente Cárceles, esquecendo-se de Prim. Carreño tinha se aproximado da porta. Alheio às comoções políticas, o gato cochilava no seu canto.

— Parece que temos encrenca, senhores! — informou Carreño. — É bom ir dar uma olhada!

Saíram juntos à rua. Grupos de curiosos se congregavam na Puerta del Sol. Via-se um movimento de carruagens e de guardas que convidavam os desocupados a tomar outro caminho. Várias mulheres subiam a rua com pressa e sufoco, lançando temerosos olhares por cima dos ombros. Jaime Astarloa aproximou-se de um guarda.

— Alguma desgraça?

O soldado deu de ombros. Saltava aos olhos que os acontecimentos estavam muito além da sua capacidade de análise.

— Não entendi muito bem, cavalheiro — disse com visível embaraço, tocando com os dedos a pala do quepe ao notar o aspecto distinto de quem o interpelava. — Parece que prenderam meia dúzia de generais... Dizem que vão levá-los para a prisão militar de San Francisco.

Dom Jaime pôs seus companheiros a par, sendo suas notícias acolhidas com exclamações consternadas. Ecoou na metade da Calle Montera a voz triunfante do irredutível Agapito Cárceles:

— Senhores, é o jogo cantado! As coisas vão de mal a pior! É a última patada da repressão cega!

Estava diante dele, bela e enigmática, com um florete na mão e atenta aos gestos do mestre-de-armas.

— É muito simples. Observe bem, por favor. — Jaime Astarloa ergueu seu aço e cruzou-o suavemente com o dela, num contato tão leve que parecia uma carícia metálica. — A estocada dos duzentos escudos se inicia com o que chamamos *tempo marcado*: um falso ataque apresentando ao adversário um convite em quarta, para incitá-lo a atacar nessa posição... Isso, isso. Responda-me em quarta. Perfeito. Eu paro com a contra de terceira, está vendo?... Desengajo e ataco, mantendo sempre o convite para induzi-la a me opor uma contra de terceira e a voltar a atacar em quarta de imediato... Muito bem. Como pode ver, até aqui não há segredo.

Adela de Otero parou, pensativa, com os olhos cravados no florete do mestre de esgrima.

— Não é perigoso oferecer duas vezes esse convite ao adversário?

Dom Jaime negou com a cabeça.

— Em absoluto, cara senhora. Contanto que se domine a contra de terceira, o que é o seu caso. É evidente que minha estocada encerra certo risco, claro; mas só no caso de quem recorrer a ela não ser uma pessoa tarimbada em nossa arte e não a dominar com perfeição. Nunca me ocorreria ensiná-la a um aprendiz de esgrimista, porque tenho certeza de que ele se faria matar no ato, ao executá-la... Compreende agora a reserva inicial, quando a senhora me deu a honra de solicitar meus serviços?

A moça dirigiu-lhe um sorriso encantador.

— Peço-lhe que me desculpe, mestre. O senhor não podia saber...

— De fato. Não podia saber. E ainda agora não sei me explicar direito como a senhora... — interrompeu-se brevemente, fitando-a absorto. — Bem, chega de conversa. Prosseguimos?

— Em frente.

— Bem. — Os olhos do mestre eludiam os da jovem, ao falar. — Mal o adversário ataca pela segunda vez, no preciso instante em que os ferros se roçam, deve-se redobrar com esta parada de contra, assim, atacando imediatamente em quarta por fora do braço... Está vendo? É normal que o adversário recorra à parada de ponta alta, dobrando o cotovelo e levantando o florete quase na vertical para desviar o ataque. Isso.

Jaime Astarloa parou de novo, com a extremidade da sua arma apoiada no ombro direito de Adela de Otero. Sentiu que o bater do seu coração se alterava ao contato com a carne da moça, que parecia chegar a ele através do aço que segurava entre os dedos, como se aquele fosse um simples prolongamento destes... "*Sentiment du fer*", murmurou para dentro de si, enquanto estremecia imperceptivelmente. A moça olhou de soslaio para o florete, e a cicatriz da boca se acentuou, num sorriso sutil. Envergonhado, o mestre de esgrima levantou o aço uma polegada. Ela parecia ter adivinhado seus sentimentos.

— Bem. Vem agora o momento decisivo — continuou dom Jaime, esforçando-se para recuperar a concentração que durante uns instantes tinha lhe escapado por completo. — Em vez de lançar a estocada em toda a sua extensão, quando o adversário já iniciou o movimento, hesite um segundo, como se estivesse realizando um falso ataque com a intenção de lhe dar uma estocada diferente... Vou mostrar devagar, para que a senhora perceba bem: assim. Deve fazer, está vendo, de forma que o oponente não chegue a realizar a parada por completo, mas a interrompa na metade, dispondo-se a defender a outra estocada, que ele acredita virá a seguir.

Os olhos de Adela de Otero faiscaram de alegria. Tinha compreendido.

— É aqui que o adversário comete o erro! — exclamou toda contente, saboreando a descoberta.

O mestre fez uma expressão de benévola cumplicidade.

— Exato. É aqui que surge o erro que nos dá o triunfo. Observe: após a brevíssima hesitação, prosseguimos o movimento encurtando a distância no mesmo gesto, assim, para evitar que ele retroceda e deixando-lhe pouco espaço para agir. Neste ponto, gira-se o punho um quarto de volta, assim, de maneira que a ponta do florete suba não mais que um par de polegadas. Viu que simples? Se o movimento for bem executado, podemos atingir com facilidade o adversário na base do pescoço, junto da clavícula direita... Ou, se for para resolver o assunto, no meio da garganta.

A ponta protegida do florete roçou o pescoço da moça, que olhou para o mestre de esgrima com a boca entreaberta e os olhos relampejando de satisfação. Jaime Astarloa estudou-a detidamente: suas narinas estavam dilatadas, seu peito estremecia sob a blusa, com a respiração agitada. Ela estava radiante, como uma menina que acabasse de abrir o embrulho de um presente maravilhoso.

— Excelente, mestre. Incrivelmente simples — disse num sussurro, envolvendo-o com um olhar de cálida gratidão. — Incrivelmente simples! — repetiu pensativa, olhando depois, fascinada, para o florete que empunhava. Parecia subjugada pela nova dimensão mortal que, a partir daquele momento, aquela lâmina de aço adquiria.

— Talvez esteja aí seu mérito — comentou o mestre-de-armas.
— Em esgrima, o simples é inspiração. O complexo é técnica.

Ela sorriu, feliz.

— Possuo o segredo de uma estocada que não figura nos tratados de esgrima — murmurou, como se aquilo produzisse nela um íntimo prazer. — Quantas pessoas a conhecem?

Dom Jaime fez um gesto vago.

— Não sei. Dez, doze... Talvez mais alguns. Mas acontecerá que uns ensinarão a outros e em pouco tempo ela perderá sua eficácia. Como viu, é uma estocada fácil de defender, para quem a conhece.

— Matou alguém com ela?

O mestre de esgrima olhou para a moça sobressaltado. Aquela não era uma pergunta conveniente nos lábios de uma dama.

— Não creio que venha ao caso, cara senhora... Com todo o meu respeito, não creio em absoluto que venha ao caso. — Fez uma pausa, enquanto por sua mente passava a remota lembrança de um infeliz sangrando aos borbotões numa campina, sem que ninguém pudesse fazer nada para estancar a profunda sangria que brotava da sua garganta atravessada. — E ainda que tivesse acontecido, não vejo nisso nada de que me possa sentir especialmente orgulhoso.

Adela de Otero fez uma expressão zombeteira, como se aquela fosse uma questão discutível. E Jaime Astarloa pensou, preocupado, que havia um ponto de obscura crueldade no brilho daqueles olhos cor de violeta.

Foi Luis de Ayala o primeiro a levantar a questão. Tinham chegado até ele certos rumores.

— Inaudito, dom Jaime. Uma mulher! E o senhor diz que é boa esgrimista?

— Excelente. Fui o primeiro a ficar surpreso.

O marquês se inclinou, visivelmente interessado.

— Bonita?

Jaime Astarloa fez um gesto que pretendia ser imparcial.

— Muito.

— O senhor é o diabo em pessoa, mestre! — Luis de Ayala admoestou-o com um dedo, piscando para ele um olho cúmplice. — Onde achou essa jóia?

Dom Jaime protestou suavemente. Era absurdo pensar que, na sua idade, etcétera. Relação exclusivamente profissional. Certamente Vossa Excelência há de compreender.

Luis de Ayala compreendeu no ato.

— Preciso conhecê-la, dom Jaime.

O mestre de esgrima deu uma resposta ambígua. Não lhe agradava muito a perspectiva de o marquês de los Alumbres conhecer Adela de Otero.

— Naturalmente, Excelência. Um dia destes. Nenhum problema.

Luis de Ayala pegou-o pelo braço. Ambos passeavam sob os frondosos salgueiros do jardim. O calor se fazia sentir até à sombra, e o aristocrata vestia apenas uma leve calça de casimira e uma camisa de seda inglesa, fechada nos pulsos por abotoaduras de ouro com seu brasão.

— Casada?

— Não sei.

— Não conhece a casa dela?

— Estive lá uma vez. Mas só vi a ela e uma criada.

— Então vive sozinha!

— Foi a impressão que tive, mas não posso garantir. — Dom Jaime começava a sentir-se incomodado com aquele interrogatório e se esforçava para escapar dele sem pecar por descortesia com seu cliente e protetor. — A verdade é que dona Adela não fala muito de si. Já disse a Vossa Excelência que nossa relação, inútil insistir, é exclusivamente profissional: professor e cliente.

Pararam junto de uma das fontes de pedra, um anjinho rechonchudo que derramava água de um cântaro. Uns pardais voaram à aproximação dos passantes. Luis de Ayala observou-os até desaparecerem entre os galhos de uma árvore vizinha, depois virou-se para seu interlocutor. A fornida e vigorosa corpulência do marquês oferecia notável contraste com a enxuta distinção do mestre de esgrima. À primeira vista, qualquer um teria pensado que Jaime Astarloa é que era o aristocrata.

— Nunca é tarde demais, então, para rever certos princípios que pareciam imutáveis... — aventurou o marquês de los Alumbres, dando uma piscadela maliciosa. Dom Jaime sobressaltou-se, visivelmente vexado.

— Rogo-lhe que não siga por esse caminho, Excelência. — O tom saiu um tanto ofendido. — Eu nunca teria aceitado essa jovem como cliente se não houvesse visto nela indubitáveis dotes técnicos. Pode ter a mais completa certeza.

Luis de Ayala suspirou, amistosamente galhofeiro.

— O progresso, dom Jaime. Mágica palavra! Os novos tempos, os novos costumes alcançam todos nós. Nem mesmo o senhor está a salvo!

— Pedindo-lhe de antemão minhas desculpas, creio que se equivoca, dom Luis. — Era evidente que incomodava muito ao mestre-de-armas o rumo que a conversa estava tomando. — Admito que considere essa história toda um capricho profissional de um velho mestre, se quiser. Uma questão... estética. Mas daí a afirmar que tal coisa supõe abrir a porta ao progresso e aos novos costumes, há um abismo. Já tenho anos demais para encarar seriamente mudanças notáveis em meu modo de pensar. Considero-me a salvo tanto das loucuras da juventude como de dar maior importância ao que não passa, a meu ver, de um passatempo técnico.

O marquês de los Alumbres deu um sorriso de aprovação ante a comedida exposição de dom Jaime.

— Tem razão, mestre. Eu é que lhe peço desculpas. Por outro lado, o senhor nunca defendeu o progresso...

— Nunca. Toda a minha vida, limitei-me a sustentar certa idéia de mim mesmo, e isso é tudo. Há que conservar uma série de valores que não se depreciam com o passar do tempo. O resto são modas do momento, situações fugazes e mutáveis. Numa palavra, bobagens.

O marquês olhou fixamente para ele. O tom leve da conversa tinha se dissipado por completo.

— Dom Jaime, seu reino não é deste mundo. E entenda que digo isso com o máximo respeito, o respeito que o senhor me inspira... Já faz tempo que me honra com seu convívio, e no entanto continuo me surpreendendo cada dia com essa sua peculiar obsessão pelo senso do dever. Um dever nem dogmático, nem religioso, nem moral... Tão-somente, o que é insólito nestes tempos em que tudo se compra com dinheiro, um dever para consigo mesmo, imposto por sua própria vontade. O senhor sabe o que isso significa hoje em dia?

Jaime Astarloa franziu o cenho, com uma expressão obstinada. O novo rumo da conversa o incomodava mais ainda que o anterior.

— Não sei, nem me interessa, Excelência.

— É exatamente isso que é extraordinário no senhor, mestre. Não sabe, nem lhe interessa. Sabe de uma coisa? Às vezes eu me pergunto se, nesta nossa pobre Espanha, os papéis não estarão lamentavelmente invertidos e se a nobreza de direito não deveria corresponder ao senhor, em vez de a muitos dos meus conhecidos, e inclusive a mim mesmo.

— Por favor, dom Luis...

— Deixe-me falar, homem de Deus! Deixe-me falar... Meu avô, que Deus o tenha, comprou o título porque se enriqueceu comerciando com a Inglaterra durante a guerra contra Napoleão. Todo mundo sabe disso. Mas a nobreza autêntica, a antiga, não se fez contrabandeando tecidos ingleses, e sim pelo valor da espada. É verdade ou não? E não vá me dizer, querido mestre, que o senhor, com uma espada na mão, vale menos que qualquer um deles. Ou que eu.

Jaime Astarloa ergueu a cabeça e cravou seus olhos cinzentos nos de Luis de Ayala.

— Com uma espada na mão, dom Luis, valho tanto quanto qualquer outro.

Um leve sopro de ar quente agitou os galhos dos salgueiros. O marquês desviou o olhar para o anjinho de pedra e estalou a língua, como se tivesse ido longe demais.

— Como quer que seja, faz mal isolando-se desse modo, dom Jaime, permita a afetuosa opinião de um amigo... A virtude não é rentável, garanto. Nem divertida. Por Belzebu, não vá pensar que, na sua idade, tento fazer-lhe um sermão... Só pretendo lhe dizer que é apaixonante pôr a cabeça na rua e espiar o que acontece em torno. Ainda mais em momentos históricos como os que estamos vivendo... Sabe da última?

— Que última?

— A última conspiração.

— Não estou muito a par desses assuntos. Refere-se aos generais detidos?

— Qual! Esta já é velha. Estou falando do acordo entre os progressistas e a União Liberal, que acaba de vir à luz. Abandonando definitivamente o terreno da oposição legal, como se podia antever, decidiram apoiar a revolução militar. Programa: depor a rainha e oferecer o trono ao duque de Montpensier, que comprometeu na empreitada a bela quantia de três milhões de reais. Magoadíssima com o fato, Isabelita resolveu desterrar sua irmã e seu cunhado, dizem que para Portugal. Quanto a Serrano, Dulce, Zabala e os outros, foram deportados para as Canárias. Os partidários de Montpensier agora estão trabalhando Prim, para ver se conseguem que este o abençoe como candidato ao trono, mas nosso bravo guerreiro catalão não dá um pio. Neste pé estão as coisas.

— Belo embrulho!

— Não é? Por isso acho apaixonante acompanhar os detalhes da platéia, como faço. Que posso dizer! Há que temperar a salada com todos os molhos, dom Jaime, principalmente em matéria de política e de mulheres, sem deixar que nem aquela nem estas nos causem indigestão. Essa é a minha filosofia e cá estou: gozo a vida e suas surpresas, enquanto duram. O que vier a mais, é lucro. Disfarço-me com chapéu andaluz e capa, e vou farrear nas campinas de San Isidro com a mesma curiosidade científica que apliquei nos três meses em que respondi por aquela aborrecida secretaria do Ministério, com a qual me honrou meu falecido tio Joaquín... Temos de viver, dom Jaime. E quem lhe diz isso é um *bon-vivant* que ontem deixou três mil duros no pano verde do cassino, com um desdenhoso sorriso nos lábios, que foi muito comentado pelo respeitável público. Entende?

O mestre-de-armas sorriu com indulgência.

— Talvez.

— Não me parece muito convencido.

— O senhor me conhece suficientemente bem, Excelência, para saber minha opinião a esse respeito.

— Sei qual a sua opinião. O senhor é o homem que se sente estrangeiro em todos os lugares. Se Jesus Cristo lhe dissesse, "largue tudo e siga-me", seria fácil, para o senhor, obedecer. Não há uma maldita coisa que o senhor aprecie o bastante para lamentar sua perda.

— Há, sim: um par de floretes. Conceda-me pelo menos isso.

— Vá lá, os floretes. Supondo-se que o senhor fosse partidário de seguir Jesus Cristo, ou qualquer outro. Talvez seja supor demais. — O marquês parecia divertir-se com essa idéia. — Nunca lhe perguntei se o senhor é monarquista, dom Jaime. Refiro-me à monarquia como abstração, não à nossa lamentável farsa nacional.

— Ouvi-o dizer antes, dom Luis, que meu reino não é deste mundo.

— Nem do outro, tenho certeza. A verdade é que admiro sem reservas sua capacidade de situar-se à margem.

O mestre de esgrima levantou a cabeça; seus olhos cinzentos contemplavam as nuvens que corriam a distância, como se visse algo familiar nelas.

— É possível que eu seja egoísta demais — disse. — Um velho egoísta.

O aristocrata fez uma careta.

— Às vezes isso tem seu preço, meu caro. Um preço altíssimo.

Jaime Astarloa ergueu as mãos com as palmas para cima, resignado.

— A gente se acostuma a tudo, especialmente quando não há mais remédio. Se for preciso pagar, paga-se. É uma questão de atitude. Num momento da vida, adota-se uma postura, equivocada ou não, mas adota-se. Decide-se ser assim ou assado. Queimam-se as naus e não resta mais que tentar se manter à tona a qualquer preço, contra ventos e marés.

— Mesmo que seja evidente que se vive no erro?

— Mais que nunca nesse caso. Aí entra em jogo a estética.

A dentadura perfeita do marquês resplandeceu num amplo sorriso.

— A estética do erro. Belo tema acadêmico! Haveria muito o que falar a esse respeito.

— Não concordo. Na realidade, não existe nada sobre o que se tenha muito que falar.

— Salvo a esgrima.

— Salvo a esgrima, é verdade. — Jaime Astarloa ficou em silêncio, como se desse por encerrada a conversa; mas, ao cabo de um instante, meneou a cabeça e cerrou os lábios. — O prazer não se encontra apenas no exterior, como Vossa Excelência dizia há pouco. Também pode se encontrar na lealdade a determinados ritos pessoais, mais ainda quando tudo parece desmoronar à nossa volta.

O marquês adotou um tom irônico.

— Creio que Cervantes escreveu algo a respeito. Com a diferença de que o senhor é o fidalgo que não sai mundo afora, porque os moinhos de vento o senhor leva dentro de si.

— Em todo caso, um fidalgo introvertido e egoísta, não se esqueça, Excelência. O manchego queria consertar o mundo, eu só aspiro a que me deixem em paz. — Ficou um instante pensativo, analisando seus próprios sentimentos. — Ignoro se isso é compatível com a honestidade, mas na realidade só pretendo ser honesto, garanto. Honorável. Honrado. Qualquer coisa que tenha sua etimologia na palavra honra — acrescentou com simplicidade. Ninguém teria tomado seu tom pelo de um homem presunçoso.

— Original obsessão, mestre — comentou o marquês, sinceramente admirado. — Principalmente nos tempos que correm. Por que essa palavra, e não outra qualquer? Ocorrem-me dúzias de alternativas: dinheiro, poder, ambição, ódio, paixão...

— Creio que por ter um dia escolhido essa, e não outra. Talvez por acaso ou porque gostava do seu som. Talvez a relacionasse, de alguma maneira, à imagem do meu pai, cuja forma de morrer sempre me orgulhou. Uma boa morte justifica qualquer coisa. Até mesmo qualquer vida.

— Esse conceito do transitório — Ayala sorria, encantado em prolongar a conversa com o mestre de esgrima — tem um suspeitoso matiz católico, o senhor sabe. A boa morte como porta para a salvação eterna.

— Se for por esperar a salvação, ou seja lá o que for, a coisa já não tem tanto mérito... Eu me referia ao último combate no limiar de uma escuridão eterna, sem outra testemunha além de si mesmo.

— O senhor se esquece de Deus.

— Ele não me interessa. Deus tolera o intolerável, é irresponsável e inconseqüente. Não é um cavalheiro.

O marquês fitou dom Jaime com sincero respeito.

— Sempre sustentei, mestre — replicou após um silêncio —, que a Natureza faz as coisas tão bem que transforma os lúcidos em cínicos, para que possam sobreviver... O senhor é a única prova que conheço da inexatidão da minha teoria. E talvez seja precisamente isso o que aprecio em seu caráter, mais até que os golpes de esgrima. Reconcilia-me com certas coisas que eu teria jurado que só existem nos livros. É algo como minha consciência adormecida.

Ambos se calaram, ouvindo o barulho da fonte, e a suave brisa tépida voltou a agitar os galhos dos salgueiros. Então o mestre de esgrima pensou em Adela de Otero, olhou de viés para Luis de Ayala e percebeu dentro de si um ingrato murmúrio de remorso.

Alheio à agitação política que se produzia na corte, naquele verão, Jaime Astarloa cumpria pontualmente os compromissos assumidos com seus clientes, inclusive as três horas semanais dedicadas a Adela de Otero. As sessões transcorriam desprovidas de qualquer situação equívoca, restringindo-se ao aspecto técnico que motivava a relação entre ambos. À parte os assaltos, em que a moça continuava dando provas de uma destreza consumada, mal tinham a oportunidade de conversar brevemente sobre temas sem transcendência. Não se repetiu mais o caráter um tanto íntimo da conversa daquela tarde em que ela foi pela segunda vez à sala de armas. Em geral, agora se limitava a fazer a dom Jaime certas perguntas sobre esgrima, a que ele respondia com grande prazer e considerável alívio. Por sua vez, o mestre continha com aparente naturalidade seu interesse em conhecer detalhes sobre a vida da sua cliente e, quando alguma vez tocava no tema, ela se dava por desentendida ou o eludia com engenhosas evasivas. Daquilo tudo, só pôde tirar a limpo que ela vivia sozinha, sem parentes próximos, e que procurava, por razões cujo segredo somente ela possuía, manter-se à margem da vida social que, por sua posição, lhe corresponderia em Madri. Os únicos dados palpáveis eram a razoável fortuna de que parecia gozar, muito próxima do luxo, embora morasse no segundo andar de um edifício que não era o principal da Calle de Riaño, e o fato inconteste de que havia residido por alguns anos no estrangeiro, possivelmente na Itália, conforme supunha a partir de certos detalhes e expressões captados durante suas conversas com a moça. Por outro lado, não havia maneira de saber se era solteira ou viúva, embora sua forma de vida parecesse amoldar-se mais à segunda hipótese. A desenvoltura de Adela de Otero, o ceticismo que parecia impregnar todas as suas observações sobre a condição masculina não eram justificáveis numa moça solteira. Era evidente que aquela mulher tinha amado e sofrido. Jaime Astarloa vivera anos suficientes para reconhecer o equilíbrio que, ainda na juventude, só se pode alcançar mediante a superação de intensas e extremas experiências pessoais. A esse respeito, ignorava se era justo ou não qualificá-la daquilo que, em termos vulgares, se denominava uma aventureira. Talvez não fosse, no fim das contas. De fato, havia nela traços de tão insólita independência que era difícil catalogá-la entre as que o mestre-de-armas entendia como mulheres convencionais. No entanto, algo em seu foro íntimo lhe dizia que isso seria ceder com excessiva facilidade ao impulso de uma torpe simplificação.

Apesar da reticência de Adela de Otero na hora de revelar detalhes sobre si mesma, a relação que mantinha com o professor de esgrima podia ser considerada, em termos gerais, satisfatória para ele. A juventude e a personalidade da sua cliente, realçadas por sua beleza, produziam em Jaime Astarloa uma saudável animação, que se acentuava com o passar dos dias. Ela o tratava com respeito não isento de um coquetismo muito peculiar. Aquele jogo era acompanhado com agrado pelo velho mestre, a tal ponto que, conforme o tempo passava, aguardava com maior ansiedade o momento em que ela, com sua sacolinha de viagem debaixo do braço, se apresentava na sua sala de armas. Já estava habituado a que ela deixasse entreaberta a porta do vestiário, onde entrava mal ela se despedia, para respirar com outonal ternura o suave aroma de água-de-rosas que permanecia no ar como um rastro da sua presença. E havia momentos, quando os olhares se sustentavam mais que de costume, quando algum golpe de esgrima violento os levava à beira do contato físico, em que somente à força de muita autodisciplina o mestre conseguia ocultar, sob um manto de paternal cortesia, a perturbação que aquela mulher causava em seu espírito.

Chegou assim o dia em que, durante um assalto, ela se projetou para a frente numa estocada, com tanta força que se chocou contra o peito de dom Jaime. Ele sentiu o golpe do corpo feminino, morno e elástico entre seus braços, e por puro reflexo segurou a moça pela cintura, a fim de ajudá-la a recuperar o equilíbrio. Ela se endireitou com extrema rapidez, mas seu rosto, coberto pela malha metálica da máscara, ficou um instante virado para o do mestre, bem próximo, de forma que ele sentiu sua respiração e percebeu o brilho daqueles olhos que o fitavam intensamente. Depois, de novo em guarda, ele estava tão afetado pelo ocorrido que a moça acertou-lhe dois limpos golpes no peito, antes de ele conseguir pensar em opor uma defesa condigna. Feliz por ter realizado com sucesso dois ataques seguidos, Adela de Otero ia e vinha no estrado, acossando-o com estocadas rápidas como relâmpagos, com ataques e fintas que improvisava fogosamente, pulando cheia de alegria, como uma garotinha entregue de corpo e alma a um jogo que a entusiasmava. Jaime Astarloa, já refeito, observava-a enquanto a mantinha a distância com o braço estendido, experimentando o florete da moça, que tilintava contra o dele quando ela parava um instante, estudando sagazmente a defesa contrária, enquanto buscava uma abertura pela qual pudesse atacar a fundo com rapidez e vigor. O mestre de esgrima nunca a amara com tanta intensidade quanto naquele momento.

Mais tarde, quando ela voltava do vestiário, já com roupa de passeio, parecia alterada. Estava pálida e caminhava com pouca segurança. Passando a mão pela testa, deixou o chapéu cair no chão e se apoiou trêmula na parede. O mestre acudiu, solícito e preocupado.

— Está se sentindo bem?

— Acho que sim — sorria esmorecida. — É o calor.

Ofereceu-lhe o braço, em que ela se amparou. Inclinava a cabeça, quase roçando o ombro de dom Jaime com sua face.

— É o primeiro sinal de fraqueza que surpreendo na senhora, dona Adela.

Um sorriso iluminou o pálido rosto da moça.

— Considere isso um privilégio, então — disse ela.

Acompanhou-a até o gabinete, deleitando-se com a suave pressão que a mão dela exercia em seu braço, até que a moça a retirou para sentar-se no velho sofá de couro lanhado pelo tempo.

— A senhora precisa de um tônico. Quem sabe um gole de conhaque não lhe restituiria o vigor.

— Não se incomode. Já estou bem melhor.

Dom Jaime insistiu, afastando-se um instante. Voltou com um cálice na mão.

— Beba um pouco, por favor. Tonifica o sangue.

Ela molhou os lábios na bebida, fazendo uma graciosa careta. O mestre-de-armas abriu de par em par as folhas da janela para que o ar entrasse em abundância e foi sentar-se diante da moça, mantendo a distância conveniente. Assim permaneceram um instante, em silêncio. Dom Jaime observava-a, a pretexto de se interessar por seu estado, com maior insistência do que teria se atrevido em condições normais. Passou maquinalmente os dedos pelo braço onde ela havia apoiado a mão: ainda parecia senti-la ali.

— Tome mais um gole. Parece que lhe faz um efeito salutar.

Ela assentiu, obediente. Depois olhou-o nos olhos e sorriu, agradecida, apoiando no colo o cálice de conhaque que apenas havia provado. Já recobrava as cores quando fez um gesto com o queixo, assinalando os objetos que enchiam o aposento.

— Sabe que sua casa se parece com o senhor? — disse em voz baixa, como de confidência. — Tudo é tão amorosamente conservado que fica confortável e transmite segurança. Aqui, a gente parece ao abrigo de tudo, como se o tempo não passasse. Essas paredes conservam...

— Toda uma vida?

Ela fez um gesto como se fosse bater palmas, satisfeita por ele ter atinado com o termo justo.

— Toda a sua vida — respondeu, sedutora.

Jaime Astarloa levantou-se e deu uns passos pela sala, contemplando em silêncio os objetos a que ela se referia: o velho diploma da Academia de Paris, o brasão talhado em madeira com a divisa, *A mí*; um jogo de antigas pistolas de duelo numa urna de vidro; o galão de tenente da Guarda Real sobre fundo de veludo verde, numa pequena moldura pendurada na parede... Passou suavemente a mão pela lombada dos livros enfileirados nas estantes de carvalho. Adela de Otero fitava-o com os lábios entreabertos, atenta, tentando captar o distante rumor de todas as coisas que rodeavam o mestre de esgrima.

— É bonito não se resignar a esquecer — disse a moça, passados alguns instantes.

Fez um gesto de impotência, dando a entender que ninguém podia escolher suas recordações.

— Não estou muito certo de que bonito seja a palavra exata — replicou, apontando para as paredes cobertas de objetos e livros. — Às vezes creio estar num cemitério... A sensação é muito parecida: símbolos e silêncio. — Meditou sobre o que acabava de dizer e sorriu com tristeza. — O silêncio de todos os fantasmas que a gente foi deixando para trás. Como Enéias ao fugir de Tróia.

— Sei a que se refere.

— Sabe? Sim, talvez. Começo a acreditar que sabe mesmo.

— As sombras de quem poderíamos ter sido e não fomos... Não é isso? De quem sonhávamos quando nos acordaram... — Ela falava num tom monocórdio, sem inflexões, como se recitasse de cor uma lição aprendida muito tempo atrás. — As sombras daqueles que um dia amamos e nunca alcançamos, dos que nos amaram e cuja esperança matamos por maldade, estupidez ou ignorância...

— Sim. Vejo que sabe perfeitamente.

A cicatriz intensificou o sarcasmo do sorriso:

— E por que não haveria de saber? Ou o senhor crê que só os homens podem ter uma Tróia ardendo às suas costas?

Ficou olhando para ela, sem saber o que responder. A moça havia fechado os olhos, identificando vozes distantes que só ela podia escutar. Depois pestanejou, como se voltasse de um sonho, e seus olhos buscaram o mestre de esgrima.

— No entanto — disse —, não há amargura no senhor, dom Jaime. Nem rancor. Gostaria de saber de onde tira a força para se manter intacto, para não cair de joelhos e pedir misericórdia... Sempre esse ar de eterno estrangeiro, como que ausente. Parece até que, empenhado em sobreviver, acumula forças dentro de si, como um avaro.

O velho mestre deu de ombros.

— Não sou eu — disse em voz baixa, quase com timidez. — São meus quase sessenta anos de vida, com tudo de bom e ruim que houve nela. Quanto à senhora... — deteve-se, inseguro, e inclinou o queixo sobre o peito.

— Quanto a mim... — Os olhos cor de violeta tinham se tornado inexpressivos, como se um véu invisível houvesse caído sobre eles. Dom Jaime meneou a cabeça com inocência, tal como teria feito uma criança.

— A senhora é muito moça. Está no começo de tudo.

Ela encarou-o fixamente. Depois ergueu as sobrancelhas e riu sem alegria.

— Eu não existo — afirmou, numa voz suavemente rouca.

Jaime Astarloa olhou para ela confuso. A moça inclinou-se para deixar o cálice de conhaque sobre uma mesinha. Enquanto ela fazia o movimento, o mestre de esgrima contemplou o forte e bonito pescoço nu sob a massa azeviche do cabelo preso na nuca. Os últimos raios de sol chegavam à janela, que emoldurava um retângulo de nuvens avermelhadas. O reflexo de um vidro foi minguando na parede até sumir por completo.

— Curioso — murmurou dom Jaime. — Sempre me gabei de conhecer um semelhante depois de ter cruzado floretes com ele durante certo tempo. Não é difícil, exercitando o tato, calar fundo na pessoa. Cada um se mostra na esgrima tal como é.

Ela o fitava com um ar ausente, como se estivesse pensando em coisas remotas.

— É possível — murmurou inexpressiva.

O mestre pegou um livro ao acaso, segurou-o um instante nas mãos e devolveu-o distraidamente ao seu lugar.

— Com a senhora isso não acontece — disse. Ela pareceu voltar lentamente a si, seus olhos mostravam um leve brilho de interesse.

— Falo sério — ele continuou. — Da senhora, dona Adela, só fui capaz de adivinhar seu vigor, sua agressividade. Os movimentos são pausados e seguros, ágeis demais para uma mulher, graciosos demais para um homem. Emite certa sensação magnética, energia contida, disciplinada... Às vezes um rancor obscuro e inexplicável, não sei contra o quê. Ou contra quem. Talvez a resposta esteja sob as cinzas dessa Tróia que a senhora parece conhecer tão bem.

Adela de Otero pareceu meditar sobre aquelas palavras.

— Continue — convidou-o.

Jaime Astarloa fez um gesto de impotência.

— Não há muito mais o que dizer — confessou, em tom de desculpa. — Sou capaz, como vê, de adivinhar tudo isso, mas não consigo alcançar o motivo. Sou apenas um velho mestre de esgrima, sem pretensões de filósofo nem de moralista.

— Nada mal, tratando-se de um velho mestre de esgrima — observou a jovem, com um sorriso zombeteiro e indulgente. Alguma coisa parecia tremer com languidez sob a sua pele morena.

Do outro lado da janela, o céu escurecia sobre os telhados de Madri. Um gato passou pelo parapeito, furtivo e silencioso, lançou um olhar pela sala, que as sombras começavam a envolver, e seguiu seu caminho.

Ela se mexeu, num suave rumor de saias.

— Num momento equivocado — disse ela, pensativa e misteriosa. — Num dia equivocado... Numa cidade equivocada. — Inclinou os ombros, sorrindo de forma fugidia. — Pena — acrescentou.

Dom Jaime fitou-a, desorientado. Ao perceber a expressão dele, a moça entreabriu os lábios com doçura e, em graciosa mudança, deu umas palmadinhas no couro do sofá, a seu lado.

— Venha sentar-se aqui, mestre.

De pé junto à janela, Jaime Astarloa fez um gesto de cortês negativa. A sala já estava na penumbra, velada de cinza e sombras.

— Amou alguma vez? — ela perguntou. Suas feições começavam a se esfumar na escuridão crescente.

— Várias — ele respondeu com melancolia.

— Várias? — a moça pareceu surpreender-se. — Ah, entendi. Não, mestre, estou perguntando se alguma vez *amou*.

O céu escurecia rapidamente a oeste. Dom Jaime olhou para o lampião, sem se decidir a acendê-lo. Adela de Otero não parecia incomodar-se com a paulatina ausência de luz.

— Sim. Uma vez, em Paris. Faz muito tempo.

— Era bonita?

— Era. Tanto quanto... a senhora. Além do mais, Paris a embelezava: Quartier Latin, butiques elegantes da Rue Saint-Germain, bailes na Chaumière e em Montparnasse...

As lembranças vieram com uma pontada de saudade que lhe contraiu o estômago. Olhou de novo para o lampião.

— Acho que deveríamos...

— Quem deixou quem, dom Jaime?

O mestre de esgrima sorriu dolorosamente, consciente de que Adela de Otero não podia mais enxergar sua expressão.

— Foi mais complicado. Ao fim de quatro anos, obriguei-a a escolher. E ela escolheu.

A jovem era agora uma sombra imóvel.

— Casada?

— Era casada. E a senhora é uma moça inteligente.

— O que fez depois?

— Liquidei tudo o que tinha e voltei para a Espanha. Já faz muito tempo.

Lá fora, alguém acendia os lampiões da rua. Uma tênue claridade de gás penetrou pela janela aberta. Ela se levantou do sofá e cruzou o escuro até chegar perto do mestre. Ficou ali, imóvel junto à janela.

— Há um poeta inglês — disse em voz baixa. — Lord Byron.

Dom Jaime aguardou, em silêncio. Podia sentir o calor que emanava do corpo da moça ali a seu lado, quase roçando o dele. Sua garganta estava seca, oprimida pelo temor de que ela ouvisse as batidas do seu coração. A voz de Adela de Otero soou baixinho, quase um afago:

The devil speaks truth much oftener than he's deemed
He has an ignorant audience...

Aproximou-se mais dele. A luz vinda da rua iluminava a parte inferior do seu rosto, o queixo e a boca:

O Diabo diz a verdade com maior freqüência do que se pensa, mas tem uma platéia ignorante...

Sobreveio um silêncio absoluto, com aparências de eternidade. Só quando ele se tornou insuportável, a voz dela soou novamente:

— Sempre há uma história a contar.

Havia falado em tom tão baixo que dom Jaime teve de adivinhar suas palavras. Sentia quase na pele, bem perto, o suave aroma de água-de-rosas. Compreendeu que começava a perder a cabeça e procurou desesperadamente algo que o ancorasse à realidade: alcançou o lampião e riscou um fósforo. A chama fumegante tremia em suas mãos.

Fez questão de acompanhá-la até a Calle de Riaño. Não eram horas, disse sem se atrever a olhá-la nos olhos, de sair sozinha à procura de um coche. Vestiu o redingote, pegou a bengala e a cartola, e desceu a escada à frente da moça. Parou na entrada do prédio e, após uma breve hesitação que não passou despercebida a Adela de Otero, acabou oferecendo-lhe um braço com toda a gelada cortesia de que foi capaz. A moça apoiou-se nele e, enquanto caminhavam, virava-se de vez em quando para espiá-lo com o canto dos olhos, um gesto em que se adivinhava uma oculta zombaria. Dom Jaime chamou uma caleça, cujo cocheiro dormitava encostado ao farol do veículo, subiram e deu o endereço. A caleça trotou Calle

Arenal abaixo, virando à direita ao chegar diante do Palácio de Oriente. O mestre-de-armas permanecia silencioso, as mãos apoiadas no castão da bengala, esforçando-se inutilmente para manter em branco seus pensamentos. O que podia ter acontecido não aconteceu, mas não tinha certeza se devia se felicitar ou se desprezar por isso. Quanto ao que Adela de Otero pensava naquele momento, não queria, de maneira nenhuma, descobrir. Pairava, entretanto, uma certeza no ar: naquela noite, ao fim da conversa que, aparentemente, deveria tê-los aproximado mais um do outro, alguma coisa tinha se rompido entre eles, definitivamente, para sempre. Não sabia o quê, mas isso era o de menos: era inconfundível o barulho dos fragmentos desmoronando à sua volta. A moça nunca lhe perdoaria sua covardia. Ou sua resignação.

Iam em silêncio, cada um ocupando seu canto no assento forrado de vermelho. Às vezes, quando passavam perto de um lampião de rua aceso, um fragmento de claridade percorria o interior do veículo, dando a dom Jaime a possibilidade de enxergar com o rabo do olho o perfil de sua acompanhante, absorta na contemplação das sombras que cobriam as ruas. O velho mestre gostaria de dizer alguma coisa que aliviasse o mal-estar que o atormentava, mas temia piorar as coisas. Aquilo tudo era terrivelmente absurdo.

Por fim, Adela de Otero virou-se para ele.

— Contaram-me, dom Jaime, que entre sua clientela há gente de elite. É verdade?

— É verdade.

— Nobres também? Quero dizer, condes, duques e tudo o mais?

Jaime Astarloa alegrou-se com que surgisse um tema que dava à conversa um rumo bem diferente do que tomara na sua casa, pouco antes. Ela certamente tinha consciência de que as coisas podiam ter ido longe demais. Talvez, adivinhando o incômodo do mestre-de-armas, tentasse quebrar o gelo após a embaraçosa situação, pela qual tivera boa dose de culpa.

— Alguns — respondeu. — Mas não muitos, confesso. Passou o tempo em que um mestre-de-armas prestigioso se estabelecia em Viena ou São Petersburgo e era nomeado capitão de um regimento imperial... A nobreza atual não se inclina muito a praticar minha arte.

— E quem são as honrosas exceções?

Dom Jaime deu de ombros.

— Dois ou três. O filho do conde de Sueca, o marquês de los Alumbres...

— Luis de Ayala?

Encarou-a, sem dissimular sua surpresa.

— A senhora conhece dom Luis?

— Já me falaram dele — respondeu a moça com perfeita indiferença. — Parece que é um dos melhores espadachins de Madri.

O mestre aquiesceu de bom grado.

— De fato.

— Melhor que eu?

Agora sim, havia uma ponta de interesse em sua voz. Dom Jaime bufou, embaraçado:

— É outro estilo.

Adela de Otero adotou um tom frívolo:

— Adoraria jogar esgrima com ele. Dizem que é um homem interessante.

— Impossível. Sinto muito, mas é impossível.

— Por quê? Não vejo a dificuldade.

— Bem... Quero dizer...

— Gostaria de travar uns assaltos com ele. O senhor também lhe ensinou a estocada dos duzentos escudos?

Dom Jaime mexeu-se inquieto no assento da caleça. Sua própria preocupação começava a inquietá-lo.

— Sua pretensão, dona Adela, é um pouco... — O cenho do mestre estava franzido. — Não sei se o senhor marquês...

— O senhor tem boas relações com ele?

— Bem, ele me honra com a sua amizade, se é a isso que a senhora se refere.

A moça pegou-o pelo braço, com um entusiasmo tão volúvel que Jaime Astarloa teve de fazer um esforço para reconhecer a Adela de Otero que, meia hora antes, conversava com ele na grave intimidade do seu gabinete.

— Nesse caso, não há problema! — exclamou, satisfeita. — O senhor fala com ele a meu respeito. Diz a verdade, que manejo bem o florete, e garanto que ele vai ter a curiosidade de me conhecer: uma mulher esgrimista!

Dom Jaime balbuciou umas desculpas pouco convincentes, mas ela voltou à carga novamente:

— O senhor já sabe, mestre, que não conheço ninguém em Madri. Ninguém além do senhor. Sou mulher e não posso sair por aí, batendo nas portas com um florete debaixo do braço...

— Nem pensar!

A exclamação de Jaime Astarloa provinha, dessa vez, do seu sentido de decoro.

— Viu? Eu morreria de vergonha.

— Não é só isso. Dom Luis de Ayala é muito rigoroso em matéria de esgrima. Não sei o que pensaria se uma mulher...

— O senhor me aceitou, mestre.

— Como a senhora mesma disse, minha profissão é a de mestre-de-armas, a de dom Luis de Ayala é ser marquês.

A jovem soltou uma breve gargalhada, maliciosa e alegre.

— No primeiro dia, quando me visitou em casa, o senhor também disse que não me aceitava por uma questão de princípios...

— Minha curiosidade profissional acabou prevalecendo.

Cruzaram a Calle de la Princesa, passando junto do Palácio de Liria. Alguns transeuntes bem vestidos passeavam, tomando a fresca, sob a luz trêmula dos lampiões de rua. Um guarda noturno aborrecido bateu continência para a caleça, acreditando que esta se dirigia para a residência dos duques de Alba.

— Prometa que falará de mim ao marquês!

— Nunca prometo uma coisa que não estou disposto a cumprir.

— Mestre... Vou acabar pensando que o senhor está com ciúme.

Jaime Astarloa sentiu uma onda de rubor cobrir seu rosto. Não dava para enxergá-lo, mas tinha certeza de que havia enrubescido até as orelhas. Ficou boquiaberto, incapaz de articular uma palavra, sentindo uma estranha sensação lhe apertar a garganta. "Ela tem razão", disse para si mesmo atropeladamente. "Tem toda razão. Estou me comportando como um menino!" Respirou fundo, envergonhado consigo mesmo, e bateu no assoalho da caleça com a ponta da bengala.

— Bom... Tentaremos. Mas não lhe garanto que terei êxito.

Ela bateu palmas como uma menina feliz e, inclinando-se para ele, apertou-lhe calorosamente a mão. Um pouco demais, talvez, em se tratando de um simples capricho satisfeito. E o mestre de esgrima pensou que Adela de Otero era, sem sombra de dúvida, uma mulher desconcertante.

Jaime Astarloa cumpriu sua palavra a contragosto, abordando com muito tato o tema durante uma sessão em casa do marquês de los Alumbres: *"Jovem esgrimista, já sabe a quem me refiro, o senhor mostrou-se curioso certa vez. A juventude gosta de contestar os costumes e tudo o mais. Sem dúvida nenhuma, uma apaixonada pela nossa arte, dotada para o assalto, boa mão, senão eu nunca teria me atrevido. Se o senhor achar que...".*

Luis de Ayala afagava com suma complacência o bigode engomado. É claro. Grande interesse de sua parte.

— O senhor disse que ela é bonita?

Dom Jaime estava irritado consigo mesmo e se amaldiçoava pelo papel de alcoviteiro que considerava ignóbil. Mas, por outro lado, o que Adela de Otero lhe dissera na caleça não parava de voltar à sua mente, com dolorosa persistência. Na sua idade, era ridículo descobrir que ainda podia sentir-se aguilhoado pelo ciúme.

As apresentações ocorreram na sala de armas de dom Jaime, quando, dois dias depois, o marquês apareceu por lá com ar casual, durante a sessão de esgrima de Adela de Otero. Trocaram as cortesias de rigor e Luis de Ayala, gravata de cetim lilás com alfinete de brilhantes, meias de seda bordada e bigode frisado com sumo esmero, pediu humildemente licença para assistir a um assalto. Encostou-se na parede de braços cruzados e grave expressão de entendido no semblante, enquanto a moça, com total seriedade, realizava contra dom Jaime uma das melhores exibições de esgrima que ele se lembrava já ter visto um cliente protagonizar. Do seu canto, o marquês aplaudiu, visivelmente encantado.

— Senhora, para mim é uma honra.

Os olhos cor de violeta cravaram-se nos de Ayala com tal intensidade que o aristocrata passou o dedo pelo colarinho. Havia neles uma centelha de desafio, de promissora provocação. O marquês aproveitou a primeira ocasião para se aproximar do mestre de esgrima, num discreto aparte.

— Que mulher fascinante!

Dom Jaime via tudo aquilo com um mau humor que a duras penas conseguia dissimular, sob uma atitude de frio profissionalismo. Quando terminou o assalto, Luis de Ayala entabulou uma prolixa conversa técnica com a moça, enquanto o mestre punha de volta no lugar floretes, coletes e máscaras. O marquês de los Alumbres estava se oferecendo com refinada galanteria a acompanhá-la até sua casa. Seu faetonte, com cocheiro inglês, aguardava na rua, e era um maravilhoso prazer pô-lo à disposição da senhora; tinham sem dúvida muito que falar de sua paixão comum pela esgrima. Ela não gostaria de assistir, às nove, ao concerto nos jardins dos Campos Elíseos? A Sociedade de Professores, regida pelo maestro Gaztambide, interpretava *La Gazza Ladra*, de Rossini, e uma seleta de temas de *Robert, le Diable*. Adela de Otero fez uma graciosa mesura, aceitando encantada. O exercício tinha avermelhado suas faces, dando-lhe uma aparência sedutora.

Enquanto ela trocava de roupa, com a porta fechada dessa vez, Luis de Ayala estendeu o convite a dom Jaime, por pura formalidade, ficando patente que não se empenhava muito para que ele aceitasse. Sentindo-se sobrando naquilo tudo, o mestre declinou e limitou-se a sorrir desajeitadamente, com muda angústia. O marquês era adversário de grande envergadura, e Jaime Astarloa intuiu que tinha perdido a partida, sem nem sequer ter ousado iniciá-la. Os dois saíram de braços dados, conversando animadamente, e o mestre-de-armas ouviu com dolorida impotência os passos que se afastavam pela escada.

O resto do dia andou pela casa como um leão enjaulado, cobrindo-se de todas as maldições. A certa altura, parou e contemplou o rosto nos espelhos da sala de armas.

— E que mais você podia esperar? — interrogou-se com desprezo.

Do espelho, a imagem grisalha de um ancião fez-lhe uma careta amarga.

Passaram-se vários dias. Os jornais, amordaçados pela censura, informavam nas entrelinhas as peripécias políticas. Dizia-se que dom Juan Prim, conde de Reus, tinha obtido permissão de Napoleão III para fazer uma cura de águas em Vichy. Preocupado com a proximidade do conspirador, o governo de González Bravo fazia seu mal-estar chegar, por diversos canais, ao imperador da França. Em Londres, enquanto preparava as malas, o conde mantinha intensas reuniões com seus correligionários e se desdobrava para que várias personalidades abrissem a bolsa pela causa. Uma revolução que não gozasse do devido respaldo econômico corria o risco de se transformar num castelo de cartas, e o herói de Castillejos, escaldado com os fracassos anteriores, agora só estava disposto a apostar se tivesse certeza de ganhar.

Em Madri, González Bravo repetia com certa galhardia popularesca as palavras pronunciadas no dia em que tomou posse no Congresso:

— Somos um governo de resistência à revolução; temos confiança no país e os conspiradores nos encontrarão na trincheira. Não presido o conselho de ministros, mas está aqui a sombra do general Narváez.

Mas os revoltosos estavam pouco se lixando para a defunta sombra do Guerreiro de Loja. Vendo as coisas malparadas, os generais que outrora haviam apunhalado o povo sem o menor escrúpulo passavam agora em massa para o lado da revolução, embora só estivessem dispostos a se manifestar abertamente depois de os fatos estarem consumados. De molho no mar de Lequeitio, longe do caldeirão madrileno, Isabel II permanecia impávida e se apoiava, como um derradeiro recurso, no general Pezuela, conde de Cheste, que acariciava a empunhadura do sabre enquanto fazia ferventes promessas de lealdade à rainha:

— Se for para morrer defendendo a câmara real, morreremos. Para isso aqui estamos.

Confiando momentaneamente em tão bizarro recurso, a imprensa governamental procurava tranqüilizar o país com uma profusão de notícias sobre a normalidade reinante. Nas publicações governistas, um refrão tinha ficado na moda:

*Muitos com a esperança
vivem alegres,
muitos são os burricos
que comem verde...*

Jaime Astarloa tinha perdido um cliente: Adela de Otero já não vinha às suas sessões de esgrima. Viam-na por Madri indefectivelmente escoltada pelo marquês de los Alumbres, passeando pelo Retiro, de caleça pelo Prado, no Teatro Rossini ou num palco da Zarzuela. Entre golpes de leque e discretas cotoveladas a alta sociedade madrilena cacarejava, perguntando-se quem era aquela desconhecida que havia posto assim o cabresto no farrista Ayala. Ninguém sabia dizer de onde havia saído, ignorava-se tudo sobre a sua família e não se conhecia nenhuma relação social sua, salvo o marquês. As línguas mais afiadas da capital gastaram um par de semanas em árduas especulações e investigações, mas acabaram se dando por vencidas. Só se pôde estabelecer que a moça havia chegado recentemente do estrangeiro e que, sem dúvida por isso, alguns dos seus costumes eram impróprios a uma dama.

Chegavam aos ouvidos de dom Jaime alguns desses boatos, devidamente atenuados pela distância, e ele os digeria com o devido estoicismo. Por outro lado, sua refinada prudência se impunha nas sessões diárias que continuava tendo com Luis de Ayala. Nunca mostrou a menor curiosidade em saber como transcorria a vida da moça, nem o marquês parecia inclinado a pô-lo a par. Somente uma vez, enquanto ambos saboreavam o habitual cálice de xerez, após praticarem alguns assaltos, o aristocrata colocou a mão no ombro dele e sorriu, amistoso e confidencial:

— Mestre, devo ao senhor minha felicidade.

Dom Jaime ouviu o comentário com a devida frieza, e foi só. Dias depois, o mestre de esgrima recebeu a segunda ordem de pagamento assinada por Adela de Otero, correspondente a seus honorários das últimas semanas. Vinha acompanhada de um bilhete lacônico:

Lamento ainda não dispor de tempo para continuar nossas interessantes aulas de esgrima. Quero agradecer-lhe por suas deferências, assegurando-lhe que guardo do senhor uma lembrança inesquecível.
Mui atenciosamente,
Adela de Otero

O mestre leu a carta várias vezes, pensativo e sisudo. Pousou-a em cima da mesa e, pegando um lápis, fez as contas. Pegou o material para escrever e molhou a pena no tinteiro:

Prezada senhora:
Observo com surpresa que, na segunda ordem de pagamento que me enviou, salda nove sessões de esgrima, que seriam correspondentes ao corrente mês, quando na realidade só tive o prazer de lhe dar três aulas. Sobra, portanto, a quantia de 360 reais, que lhe devolvo com a ordem de pagamento anexa.
Receba, Senhora, minhas mais cordiais saudações
Jaime Astarloa
Mestre-de-armas

Assinou e jogou a pena na mesa, num impulso irritado. Algumas gotas de tinta salpicaram a carta de Adela de Otero. Agitou-a no ar para que os borrões secassem, contemplando a escrita nervosa e pontuda da moça: os traços eram compridos e agudos como punhais. Hesitou entre rasgá-la e guardá-la, decidindo-se finalmente pela última solução. Quando a dor se atenuasse, aquele pedaço de papel constituiria mais uma lembrança. Mentalmente, dom Jaime incluiu-o no atulhado baú das suas nostalgias.

Naquela tarde, a reunião do Progreso terminou antes que de costume. Agapito Cárceles estava atarefadíssimo com um artigo que precisava entregar naquela noite, para o *Gil Blas*, e Carreño garantia que tinha sessão extraordinária na loja maçônica de San Miguel. Dom Lucas logo se retirara, queixando-se de um leve catarro estival, de modo que Jaime Astarloa ficou a sós com Marcelino Romero, o professor de piano. Os dois decidiram dar uma volta, aproveitando que o calor do dia dava vez a uma suave brisa vespertina. Desceram pela Carrera de San Jerónimo. Dom Jaime tirou a cartola ao cruzar com conhecidos em frente ao restaurante Lhardy e na Puerta del Ateneo. Romero, sossegado e melancólico como sempre, andava olhando para a ponta dos pés, absorto em seus pensamentos. Trazia uma enrugada gravata à Lavallière no pescoço e o chapéu descuidadamente jogado para trás, sobre a nuca. Os punhos da camisa não estavam nem um pouco limpas.

O Paseo del Prado formigava de passeantes sob as árvores. Nos bancos de ferro forjado, soldados e criadas faziam e desfaziam galanteios e gracejos, enquanto desfrutavam os últimos raios de sol. Alguns cavalheiros elegantes, acompanhando senhoras ou em grupos de amigos, passeavam entre os chafarizes de Cibele e Netuno, moviam as bengalas com afetação e levavam a mão à cartola ao passar perto do farfalhar de alguma saia respeitável ou interessante. Pela arenosa aléia central, chapéus e sombrinhas multicores circulavam em carruagens abertas sob a luz avermelhada do entardecer. Um rubicundo coronel do batalhão de Engenharia, o peito coalhado de heróicas ferragens, cinturão e sabre, fumava placidamente seu charuto conversando em voz baixa com seu ajudante, um capitão com cara de coelho que assentia com grave circunspecção — era evidente que falavam de política. Passos atrás, vinha a senhora coronela, suas polpudas carnes espartilhadas a duras penas sob o vestido coalhado de rendas e lacinhos, enquanto a aia, de avental e touca, pastoreava um rebanho de meia dúzia de crianças de ambos os sexos, vestidas com espiguilhas e meias pretas. No caramanchão das Cuatro Fuentes, um par de jovens almofadinhas, de brilhantina no cabelo repartido ao meio, torciam os engomados bigodes enquanto lançavam olhares furtivos na direção de uma moça que, sob a estreita vigilância da sua aia, lia um pequeno volume de poemas de Campoamor, alheia à atração que seu miúdo e fino pé, seguido por duas tentadoras polegadas de tornozelo enfiado em meia branca, suscitava nos curiosos.

Os amigos passearam tranqüilamente, gozando a agradável temperatura. Contrastavam de forma singular a elegância fora de moda do mestre de esgrima e o mal-ajambrado aspecto do pianista. Romero observou por alguns instantes um vendedor de barquilhos que girava a roleta da sua engenhoca entre uma roda de crianças e virou-se para seu companheiro de café, com ar pesaroso.

— Como o senhor anda de dinheiro, dom Jaime?

O interpelado fitou-o com amável ironia.

— Não vá me dizer que está com vontade de comer um barquilho...

O professor de música ficou rubro. A maioria de suas alunas tinha saído de férias e ele estava numa miséria de rato de igreja. No verão, costumava viver de discretas facadas nos amigos.

Dom Jaime levou a mão à algibeira do casaco.

— De quanto precisa?

— Com vinte reais, eu me arrumo.

O mestre-de-armas tirou um duro de prata e insinuou-o discretamente na mão que o amigo estendia com timidez. Romero murmurou uma apressada desculpa:

— Minha protetora...

Jaime Astarloa cortou a explicação com um gesto compreensivo: entendia perfeitamente a situação. O outro suspirou, grato.

— Vivemos tempos difíceis, dom Jaime.

— A quem o diz.

— Tempos de angústia, de desassossego... — O pianista levou a mão ao coração, apalpando uma carteira inexistente. — Tempos de solidão.

Jaime Astarloa emitiu um grunhido que não o comprometia. Romero interpretou-o como um sinal de assentimento e pareceu reconfortado.

— O amor, dom Jaime, o amor — prosseguiu após um momento de triste reflexão. — É a única coisa que pode nos fazer felizes e, paradoxalmente, é o que nos condena aos piores tormentos. Amar equivale a escravidão.

— Só é escravo quem espera algo dos outros — replicou o mestre de esgrima, fitando seu interlocutor até este pestanejar, confuso. — Talvez seja esse o erro. Quem não precisa de nada de ninguém permanece livre. Como Diógenes em seu barril.

O pianista meneou a cabeça: não concordava.

— Um mundo em que não esperássemos alguma coisa dos outros seria um inferno, dom Jaime... O senhor sabe o que é o pior?

— O pior é sempre uma coisa muito pessoal. O que é pior para o senhor?

— Para mim, a ausência de esperança: sentir que se caiu na armadilha e... Quero dizer, há momentos terríveis, em que parece não haver saída.

— Há armadilhas que não têm mesmo.

— Não diga isso.

— Lembre-se, de qualquer modo, que nenhuma armadilha funciona sem a cumplicidade inconsciente da vítima. Ninguém obriga o rato a buscar o queijo na ratoeira.

— Mas a busca do amor, da felicidade... Eu mesmo, sem ir mais longe...

Jaime Astarloa virou-se para seu companheiro de café com certa brusquidão. Sem saber direito por quê, irritava-o aquele olhar melancólico, tão parecido com o de um cervo acuado. Sentiu a tentação de ser cruel.

— Rapte-a então, dom Marcelino.

O pomo do outro subiu e desceu rápido, tragando a saliva.

— Raptar quem?

Na pergunta havia alarma e desconcerto. Também uma súplica que o mestre de esgrima se negou a escutar.

— Sabe muito bem a quem me refiro. Se o senhor ama tanto sua honesta mãe de família, não se resigne a definhar debaixo da sacada o resto da vida. Introduza-se de novo na casa, projete-se a seus pés, seduza-a, pisoteie a virtude dela, arranque-a de lá à força... Dê um tiro no marido ou no senhor mesmo! Faça um ato heróico ou caia no ridículo, mas faça alguma coisa, homem de Deus. O senhor tem apenas quarenta anos!

Inesperada, a brutal eloqüência do mestre-de-armas tinha apagado no rosto de Romero até o mais ínfimo sinal de vida. O sangue havia sumido das suas faces e, por um momento, pareceu que ele ia dar meia-volta e sair disparado.

— Não sou um homem violento — balbuciou ao cabo de um instante, como se aquilo justificasse tudo.

Jaime Astarloa encarou-o rudemente. Pela primeira vez desde que se conheciam, a timidez do pianista não lhe inspirava compaixão, mas desdém. Como tudo teria sido diferente se Adela de Otero houvesse aparecido na sua vida quando, como Romero, ele tinha vinte anos menos!

— Não falo da violência que Cárceles prega no café — disse.

— Refiro-me à que nasce da coragem pessoal. Daqui — completou, apontando o peito.

Romero tinha passado da perturbação para o receio. Mexeu nervosamente na gravata, evitando o olhar do seu interlocutor.

— Sou contra qualquer tipo de violência, pessoal ou coletiva.

— Mas eu não. Há matizes muito sutis na violência, garanto-lhe. Uma civilização que renunciasse à possibilidade de recorrer à violência em seus pensamentos e ações destruiria a si mesma. Porque se transformaria num rebanho de cordeiros, que seriam degolados pelo primeiro que passasse. Acontece a mesma coisa com os homens.

— E a Igreja católica? É contrária à violência e se manteve por vinte séculos sem nunca ter a necessidade de exercê-la.

— Não me faça rir, dom Marcelino! O cristianismo foi sustentado pelas legiões de Constantino e pelas espadas dos cruzados. E a Igreja católica, pelas fogueiras da Inquisição, pelas galeras de Lepanto e pelos regimentos dos Habsburgos... Com quem o senhor conta para defender sua causa?

O pianista baixou os olhos.

— O senhor está me decepcionando, dom Jaime — disse, após um instante em silêncio, riscando o chão arenoso com a ponta da bengala. — Nunca imaginei que compartilhasse os argumentos de Agapito Cárceles.

— Não compartilho argumentos com ninguém. Entre outras coisas, o princípio de igualdade que nosso companheiro de café defende com tanto brio não me faz frio nem calor. E já que alude ao tema, deixe-me lhe dizer que prefiro ser governado por César ou Bonaparte, que sempre posso tentar assassinar, se não me agradarem, a ver minhas predileções, meus costumes e minhas companhias serem decididas pelo voto do comerciante da esquina... O drama do nosso século, dom Marcelino, é a falta de gênio, que só é comparável à falta de coragem e à falta de bom gosto. E isso se deve, sem dúvida, à irrefreável ascensão dos comerciantes de todas as esquinas da Europa.

— Segundo Cárceles, esses comerciantes estão com os dias contados — respondeu Romero, com uma tímida ponta de rancor: o marido da sua amada era um conhecido negociante de produtos de ultramar.

— Pior, como sabemos, é o que Cárceles nos oferece como alternativa... O senhor sabe qual é o problema? Estamos na última das três gerações que a História tem o capricho de repetir de quando em quando. A primeira necessita de um Deus e o inventa. A segunda ergue templos a esse Deus e tenta imitá-lo. E a terceira utiliza o mármore desses templos para construir prostíbulos onde adora sua própria cobiça, sua própria luxúria e sua própria baixeza. É assim que sempre, inevitavelmente, aos deuses e heróis sucedem os medíocres, os covardes e os imbecis. Boa tarde, dom Marcelino.

O mestre de esgrima permaneceu apoiado na bengala, vendo sem remorso afastar-se a miserável figura do pianista, que se ia com a cabeça enterrada entre os ombros, sem dúvida a caminho da sua desesperada ronda sob a sacada da Calle Hortaleza. Jaime Astarloa ficou um instante observando os passantes, mas seu pensamento estava absorto em sua situação pessoal. Sabia perfeitamente que algumas das coisas que tinha dito a Romero podiam ser aplicadas a ele mesmo, e tal certeza não o deixava propriamente feliz. Por fim, decidiu ir para casa. Subiu pela Calle Atocha, sem pressa, e entrou na sua farmácia costumeira para comprar álcool e linimento, cuja provisão começava a escassear. O balconista manco atendeu-o com a habitual amabilidade, perguntando-o sobre sua saúde.

— Não posso me queixar — respondeu dom Jaime. — Esses remédios são para meus alunos, como o senhor sabe.

— Não vai veranear? A rainha já está em Lequeitio. Logo veremos toda a corte reunir-se lá, se dom Juan Prim não der um jeito nela. Este sim que é um homem! — O balconista bateu orgulhosamente na perna mutilada. — O senhor devia tê-lo visto na batalha de Castillejos, montado em seu cavalo, mais calmo que um domingo de verão, enquanto os mouros nos fustigavam como demônios. Tive a honra de estar ao lado dele lá e de ser mutilado pela pátria. Quando caí atingido nesta perna, dom Juan virou-se para mim e disse com aquele sotaque catalão tão dele: "Não é nada, rapaz!". Ali mesmo, dei-lhe três vivas, antes de me levarem de maca... Tenho certeza de que ainda se lembra de mim!

Dom Jaime saiu à rua com o embrulho debaixo do braço, passou em frente ao Palácio de Santa Cruz e seguiu pelas arcadas até a Plaza Mayor, onde ficou uns minutos no meio da gente que ouvia os acordes marciais de uma banda militar, sob a estátua eqüestre de Filipe III. Pegava a Calle Mayor, disposto a jantar na *fonda* Pereira antes de ir se recolher, quando parou como que fulminado. Do outro lado da rua, metade do rosto assomando pela janela de uma berlinda, avistou Adela de Otero. Ela não se deu conta da presença do mestre de esgrima, ocupada que estava em discreto diálogo com um cavalheiro de meia-idade, trajando fraque com cartola e bengala, que, de pé na rua, se apoiava com naturalidade na moldura da janela.

Dom Jaime ficou paralisado, contemplando a cena. O cavalheiro, de costas para ele, se inclinava para a moça e lhe falava em voz baixa, com ar comedido. Ela estava inusitadamente séria e negava de vez em quando com a cabeça. Sussurrou um par de graves comentários, chegando a vez de seu interlocutor assentir. Dom Jaime já ia seguir seu caminho, mas a curiosidade foi mais forte que sua intenção e ele permaneceu imóvel no mesmo lugar, tentando aplacar seus escrúpulos de consciência, avivados pela inequívoca atitude de espionagem a que se entregava de modo tão indigno. Apurou os ouvidos numa tentativa de captar fragmentos de conversa, mas seu esforço foi vão. Estavam longe demais.

O cavalheiro continuava de costas, mas mesmo assim dom Jaime tinha certeza de que não o conhecia. Adela de Otero fez um súbito gesto negativo com o leque que tinha na mão, depois começou a dizer algo, enquanto seus olhos vagavam distraidamente pela rua. De repente, fixaram-se em Jaime Astarloa, que iniciou um gesto de cumprimento, levando a mão à cartola. Mas seu movimento ficou pela metade, quando viu a singular expressão de alarme que se pintou nos olhos da moça. Ela retirou de imediato o rosto e escondeu-se dentro do coche, enquanto o cavalheiro se virava ligeiramente, com visível preocupação, para dom Jaime. Ela pareceu dar uma ordem brusca, porque sem mais nem menos o cocheiro, que preguiçava na boléia, sobressaltou-se e, agitando o chicote, fez os cavalos arrancarem. O desconhecido arredou de junto do coche e, balançando a bengala, afastou-se rapidamente na direção oposta. O mestre de esgrima mal teve tempo de ver suas feições, tendo retido apenas as compridas costeletas à inglesa e um fino bigode bem aparado. Era um indivíduo elegante, de estatura mediana e aspecto distinto, que portava uma bengala de marfim e parecia ter pressa.

Dom Jaime meditou muito sobre aquilo tudo e, por fim, declarou-se incapaz de interpretar a cena de que tinha sido testemunha. Deu tratos à bola enquanto despachava seu frugal jantar e, ainda na solidão do gabinete, tornou em vão tentar lançar luz sobre o mistério. Sentia uma imensa curiosidade de saber quem era aquele homem.

Uma coisa, porém, o intrigava ainda mais. Ao ser descoberto, Jaime Astarloa havia vislumbrado na moça uma expressão nunca vista até então. Não havia nela nem surpresa nem irritação, emoções explicáveis ao saber-se observada com tão indiscreta impertinência. O sentimento percebido pelo mestre de esgrima correspondia a algo muito mais obscuro e inquietante, a ponto de ter demorado algum tempo para decidir que sua intuição não o enganava. Porque, durante uma fração de segundo, nos olhos de Adela de Otero havia se manifestado o medo.

* * *

Acordou bruscamente, sentando-se angustiado na cama. Seu corpo estava ensopado de suor por causa do horrível pesadelo que agora, embora os olhos estivessem abertos no escuro, permanecia gravado com toda nitidez em sua retina. Uma boneca de *papier mâché* boiava de boca para baixo, como que afogada. Seus cabelos estavam emaranhados nos nenúfares e numa viscosa vegetação aquática, na água estagnada coberta de musgo. Jaime Astarloa se inclinava sobre ela com exasperante lentidão e, ao pegá-la nas mãos, via seu rosto, cujos olhos de vidro tinham sido arrancados das órbitas. Aquelas órbitas vazias produziram-lhe um calafrio de terror.

Ficou assim horas a fio, sem poder conciliar o sono, até que a primeira fímbria de claridade apareceu entre as folhas fechadas da janela de madeira.

Luis de Ayala havia alguns dias estava inquieto. Tinha dificuldade para se concentrar nos assaltos, como se seus pensamentos estivessem longe da esgrima.

— *Touché*, Excelência.

O marquês meneava tristemente a cabeça, desculpando-se.

— Ando azarado, mestre.

Sua habitual jovialidade cedia lugar a uma estranha melancolia. Ayala ficava absorto com freqüência, suas piadas rareavam. De início, dom Jaime atribuiu aquilo à situação política, que pegava fogo. Prim estivera em Vichy, desaparecendo misteriosamente depois. A corte veraneava no Norte, mas os principais personagens da política e das forças armadas permaneciam em Madri, na expectativa. Sopravam ventos que não auguravam nada de bom para a monarquia.

Certa manhã, agosto já agonizava, Luis de Ayala desculpou-se quando o mestre de esgrima veio fazer sua visita diária.

— Hoje estou sem ânimo, dom Jaime. O pulso está péssimo.

Em troca, propôs que passeassem um pouco pelo jardim. Os dois foram para baixo dos salgueiros, pela aléia coberta de cascalho em cuja extremidade cantarolava a água da fonte do anjinho de pedra. Um jardineiro trabalhava ao longe, entre canteiros de flores que se inclinavam pateticamente sob o calor da manhã.

Caminharam um bom tempo, trocando comentários triviais. Chegando perto de um coreto de ferro forjado, o marquês de los Alumbres virou-se para Jaime Astarloa com um ar casual, logo desmentido por suas palavras:

— Mestre... Gostaria de saber, por curiosidade, como foi que o senhor conheceu a senhora de Otero.

O mestre-de-armas surpreendeu-se, pois era a primeira vez que Luis de Ayala pronunciava o nome da dama em sua presença, desde o dia em que dom Jaime apresentara um ao outro. No entanto, com a maior naturalidade de que foi capaz, dom Jaime contou-lhe tudo em poucas palavras. O marquês escutava em silêncio, assentindo levemente. Parecia preocupado. Quis saber depois se o mestre conhecia alguma das suas relações sociais — amigos ou parentes —, ao que este respondeu reiterando o que já lhe dissera durante a conversa mantida semanas antes. Ignorava tudo sobre a jovem, salvo que morava sozinha e era uma excelente esgrimista. Por um momento sentiu-se tentado a lhe confiar também a misteriosa entrevista que havia presenciado perto da Plaza Mayor, mas resolveu por fim guardar silêncio. Não era ele quem iria trair o que, haja vista a atitude da moça, devia ser um segredo.

O marquês também se mostrou muito interessado em saber se Adela de Otero havia pronunciado alguma vez seu nome, antes de ele se apresentar em casa de dom Jaime, e se em algum momento havia denotado especial interesse em conhecê-lo. Após uma ligeira hesitação, o mestre de esgrima respondeu que, sim, havia, e fez um sucinto resumo da conversa mantida no carro de aluguel na noite em que a acompanhou à sua casa.

— Ela sabia que o senhor é um excelente esgrimista e insistiu em conhecê-lo — disse com honestidade, embora pressentisse que algo insólito se ocultava por trás da curiosidade de Luis de Ayala. Apesar disso, manteve-se discreto, sem esperar nenhum esclarecimento da parte do marquês. Este agora sorria com ar mefistofélico.

— Vejo que minhas palavras o divertem — salientou dom Jaime, um tanto ofendido, acreditando ver na atitude do cliente uma alusão zombeteira ao desagradável papel de alcoviteiro que havia desempenhado naquela história. O marquês de los Alumbres captou de imediato o sentido do seu comentário:

— Não me interprete mal, mestre — pediu-lhe afetuosamente. — Eu estava pensando em mim mesmo... O senhor nem pode imaginar, mas essa história revela agora para mim facetas apaixonantes, garanto. De fato — acrescentou, sorrindo novamente, como se se divertisse com algum pensamento burlesco —, o senhor acaba de dar forma a algumas idéias que nos últimos tempos rondavam pela minha cabeça. Nossa jovem amiga é, sem dúvida, uma excelente esgrimista. Vejamos agora como se arranja para acertar o alvo.

Jaime Astarloa agitou-se, incomodado. O inesperado rumo da conversa mergulhava-o num mar de confusões.

— Desculpe, Excelência. Não consigo compreender...

O marquês pediu paciência com um gesto.

— Calma, dom Jaime. Cada coisa em seu tempo. Prometo contar tudo ao senhor... Mais tarde. Digamos, quando eu houver resolvido um assunto pendente.

O mestre-de-armas mergulhou num silêncio desconcertado. Será que aquilo tinha a ver com a misteriosa conversa que surpreendera semanas antes? Haveria uma rivalidade amorosa envolvida com aquilo?... Fosse como fosse, Adela de Otero não era problema seu. Não era mais, disse consigo. Estava a ponto de abrir a boca para dizer alguma coisa que alterasse o curso da conversa, quando Luis de Ayala pôs-lhe a mão no ombro. Havia nos olhos dele uma seriedade inusitada.

— Mestre, vou lhe pedir um favor.

Dom Jaime se empertigou, viva imagem da honestidade e da confiança.

— Às suas ordens, Excelência.

O marquês hesitou um instante e pareceu vencer, por fim, os derradeiros escrúpulos. Baixou a voz.

— Preciso lhe confiar uma coisa, um objeto. Até agora conservei-o comigo, mas, por motivos que em breve poderei esclarecer, considero necessário transferi-lo para um local seguro, por algum tempo... Posso contar com o senhor?

— Claro.

— Trata-se de um maço de papéis que são de vital importância para mim. Talvez lhe custe acreditar, mas há poucas pessoas em que posso confiar nesse caso. Somente o senhor se limitaria a guardá-los em sua casa, num lugar adequado, até eu os reclamar de novo. Vão em envelope lacrado, com meu sinete. Naturalmente, dou por descontada sua palavra de honra de que não me perguntará pelo conteúdo e guardará sobre o tema o mais absoluto silêncio.

O mestre de esgrima franziu o cenho. Aquilo era muito estranho, mas o marquês havia mencionado os substantivos honra e confiança. Não havia mais o que falar.

— O senhor tem a minha palavra.

O marquês de los Alumbres sorriu, repentinamente aliviado.

— Com isso, dom Jaime, o senhor se faz credor do meu eterno agradecimento.

O mestre de esgrima ficou em silêncio, perguntando-se se o caso teria alguma relação com Adela de Otero. A indagação lhe queimava os lábios, mas ele soube se controlar. O marquês confiava em sua honra de cavalheiro, e isso, por Deus, era mais que suficiente. Logo veria as coisas se esclarecerem, conforme Ayala havia prometido.

O marquês tirou do bolso uma luxuosa charuteira de pele da Rússia, da qual pegou um longo havana. Ofereceu outro a dom Jaime, que recusou cortesmente.

— Não sabe o que perde — comentou o aristocrata. — São charutos de Vuelta Abajo, Cuba. Herdei o gosto por eles de meu falecido tio Joaquín. Nada a ver com esses mata-ratos que se compram a três vinténs por aí.

Com o que parecia dar por encerrado o assunto. Mas o mestre de esgrima tinha uma só pergunta a formular:

— Por que eu, Excelência?

Luis de Ayala deteve-se com o charuto por acender e olhou seu interlocutor nos olhos, por cima da chama do fósforo.

— Por uma questão elementar, dom Jaime. O senhor é o único homem honrado que conheço.

E aplicando a chama ao charuto, o marquês de los Alumbres aspirou a fumaça com voluptuosa satisfação.

5. Ataque deslizante

O ataque deslizante é um dos mais certeiros da esgrima, obrigando necessariamente a pôr-se em guarda.

Madri tirava a sesta, adormecida pelos últimos calores do verão. A vida política da capital transcorria na calma de um setembro abafado, sob nuvens de chumbo que filtravam um sufocante torpor estival. A imprensa oficialista dava a entender nas entrelinhas que os generais desterrados para as Canárias continuavam tranqüilos, desmentindo que os tentáculos conspiratórios teriam se estendido à Armada, a qual, apesar de mal-intencionados rumores subversivos, mantinha-se, como sempre, leal a Sua Augusta Majestade. No que dizia respeito à ordem pública, fazia várias semanas que não se registrava em Madri nenhum tumulto, após a exemplar punição aplicada pelas autoridades aos cabeças das últimas agitações populares, cabeças essas que agora tinham tempo de sobra para meditar seus desvarios à pouco acolhedora sombra do presídio de Ceuta.

Antonio Carreño trazia boatos frescos à mesa do café Progreso:

— Senhores, ouçam bem! Soube de fonte fidedigna que a coisa está em marcha.

A revelação foi recebida com um coro de zombeteiro ceticismo. Carreño levou a mão ao coração, ofendido.

— Os senhores não estão duvidando da minha palavra...

Dom Lucas Rioseco salientou que ninguém punha em dúvida a palavra dele, mas a veracidade das fontes: afinal, já fazia um ano que ele anunciava o Santo Advento. Carreño fez que todos inclinassem a cabeça em sua direção, por cima da mesinha de mármore, adotando o tom habitual de precavida confidência:

— Desta vez é para valer, cavalheiros. López de Ayala foi a Canárias encontrar-se com os generais desterrados. E, atenção, dom Juan Prim sumiu do seu domicílio de Londres. Paradeiro desconhecido... Sabem o que isso significa!

Agapito Cárceles foi o único que deu crédito à coisa:

— Isso significa que o circo vai pegar fogo.

Jaime Astarloa cruzou as pernas. Já andava cheio daquelas especulações sobre o que estaria acontecendo ou deixando de acontecer. Em tom furtivo, Carreño continuava fornecendo dados sobre a conspiração em curso:

— Dizem que o conde de Reus foi visto em Lisboa, disfarçado de lacaio. E que a esquadra do Mediterrâneo só espera sua chegada para dar o grito.

— Que grito? — perguntou o cândido Marcelino Romero.

— Como que grito, homem? O de liberdade, ora!

Soou a risota incrédula de dom Lucas:

— Dom Antonio, isso mais parece um romance de Dumas. Em folhetim.

Carreño calou-se, ofendido pela reticente atitude daquele velho carunchento. Para vingar o companheiro de mesa, Agapito

Cárceles lançou-se numa acesa diatribe revolucionária, que esquentou as orelhas de dom Lucas.

— Chegou a hora de tomar lugar nas barricadas! — concluiu, com a ênfase de um personagem de Tamayo y Baus.

— Nelas nos encontraremos! — proclamou, também teatral, o agastado dom Lucas. — O senhor de um lado e eu do outro, é claro.

— É claro! Nunca duvidei, senhor Rioseco, que o lugar do senhor é nas fileiras da repressão e do obscurantismo.

— Com muita honra.

— Que honra qual nada! A Espanha com honra é a Espanha revolucionária, a verdadeira. Seu conformismo dá nos nervos de qualquer patriota, dom Lucas!

— Se fica nervoso com ele, tome um chazinho de tília.

— Viva a república!

— Lá vem o senhor...

— Viva a Federação!

— Pois não, homem, pois não. Fausto! Um pãozinho tostado!

— Viva o império da Lei!

— A única lei de que este país necessita é a lei de disparar contra fugitivos!

Uma trovoada ecoou sobre os telhados de Madri. Abrindo suas entranhas, o céu deixou desabar um violento aguaceiro. Do outro lado da rua, viam-se os transeuntes correrem em busca de abrigo. Jaime Astarloa tomou um gole de café, enquanto observava, melancólico, a chuva bater no vidro da janela. O gato, que tinha saído para dar uma voltinha, entrou às carreiras, com o pêlo molhado e eriçado, triste imagem de miséria que cravou no mestre-de-armas o receio de seus olhos malignos.

— A esgrima moderna, cavalheiros, tende a prescindir dessa feliz liberdade de movimentos que conferem à nossa arte uma graça tão especial. Isso limita muito as possibilidades.

Os irmãos Cazorlas e Alvarito Salanova ouviam com atenção, floretes e máscaras debaixo do braço. Faltava Manuel de Soto, que veraneava no Norte com a família.

— Todas essas desgraçadas circunstâncias — continuou Jaime Astarloa — empobrecem a esgrima de maneira lastimável. Por exemplo, alguns esgrimistas já omitem nos assaltos o movimento de se descobrir e cumprimentar os padrinhos...

— Mas nos assaltos não há padrinhos, mestre — interveio timidamente o mais moço dos Cazorlas.

— Exatamente por isso, caro senhor. Exatamente por isso. O senhor acaba de pôr o dedo na ferida. Já se vê a esgrima sem pensar em sua aplicação prática no campo da honra. Um *sport*, não é? Uma aberração, isso sim. Como se, para dar um exemplo disparatado, os sacerdotes oficiassem a missa em castelhano. Sem dúvida seria mais atual, não é? Mais popular, se quiserem, mais de acordo com o correr dos tempos, não é? Mas prescindir da bela sonoridade um tanto hermética da língua latina desvincularia esse belo ritual das suas razões mais profundas, degradando-o, tornando-o vulgar. A beleza, a Beleza, com maiúscula, só pode ser encontrada no culto da tradição, no exercício rigoroso daqueles gestos e palavras que vêm sendo repetidos, conservados pelos homens ao longo dos séculos... Compreendem o que quero dizer?

Os três jovens assentiram gravemente, mais por respeito ao mestre-de-armas do que por convicção. Dom Jaime levantou a mão, executando no ar alguns movimentos de esgrima, como se empunhasse um florete.

— Claro, não devemos fechar os olhos para as inovações úteis — prosseguiu num tom de desdenhosa concessão. — Porém, antes de mais nada, devemos ter consciência de que o belo reside em conservar precisamente o que os outros deixam cair em desuso... Não acham os senhores muito mais digno de lealdade um monarca caído do que sentado no trono? Por isso nossa arte há de continuar sendo pura, não contaminada. Clássica. Acima de tudo, clássica. Devemos ter sinceramente dó dos que se limitam a aprender uma técnica. Os senhores, meus jovens amigos, têm a maravilhosa oportunidade de aprender uma arte. E isso, creiam-me, é algo que dinheiro nenhum paga. É algo que se traz aqui, no coração e na cabeça.

O mestre de esgrima calou-se, contemplando os três rostos que o fitavam com reverente atenção. Designou com um gesto o mais velho dos Cazorlas.

— Bom, chega de conversa. O senhor, dom Fernando, vai praticar comigo a parada de círculo de segunda, cruzada com segunda. Lembro-lhe que esse método requer muita limpeza. Não recorra nunca a ele, quando a superioridade física do adversário for excessiva... Lembra-se da teoria?

O rapaz inclinou a cabeça, com orgulhoso gesto afirmativo.

— Sim, mestre. — E recitou como um escolar: — Se paro com círculo em segunda e não encontro o florete contrário, cruzo em segunda, desengajo e ataco em quarta sobre o braço.

— Perfeito. — Dom Jaime pegou um florete na panóplia, enquanto Fernando Cazorla ajustava a máscara. — Pronto? Vamos ao que interessa. Não vamos esquecer a saudação, claro. Isso... Estende-se o braço e eleva-se o punho, assim. Faça como se estivesse com um chapéu imaginário na cabeça. O senhor o tiraria com a mão esquerda, elegantemente. Perfeito. — O mestre virou-se para os outros dois espectadores. — Devem ter sempre presente que os movimentos de saudação em quarta e em terceira são para os padrinhos e para as testemunhas. Afinal, parte-se do princípio de que combates deste gênero costumam ocorrer entre gente bem-nascida. Não devemos objetar nada ao fato de os homens se matarem uns aos outros, se forem levados a tanto pela honra, certo?... Mas, cáspite!, o mínimo que se pode exigir é que o façam da maneira mais educada possível.

O mestre cruzou seu florete com o de Fernando Cazorla. O aluno aquecia o pulso enquanto esperava dom Jaime dar a estocada que iniciaria o movimento. Nos espelhos da sala de armas, as imagens dos dois se multiplicavam como se o salão estivesse lotado de contendores. Soava a voz serena e paciente do mestre de esgrima:

— Isso, muito bem. A mim! Bom. Atenção agora, círculo em segunda... Não! Repita, por favor. Isso mesmo. Círculo em segunda. Cruze! Não! Lembre-se, por favor: tem de cruzar em segunda, desengajando no ato. Outra vez, por gentileza. Sobre as armas. A mim! Parada. Isso. Cruze! Muito bem. Agora. Perfeito! Quarta sobre o braço. Excelente! — Havia uma satisfação legítima, de autor contemplando a obra, no comentário de dom Jaime. — Vamos repetir, mas tenha cuidado. Desta vez vou atacá-lo com mais vigor. Sobre as armas. A mim! Bom. Parada. Bom. Assim. Cruze!... Não! O senhor foi lento demais, dom Fernando, por isso toquei-o. Vamos começar de novo.

Veio da rua o barulho de um corre-corre. Ouviam-se cascos de cavalo a passo de carga sobre o calçamento de pedra. Alvarito Salanova e o Cazorla menor correram para uma das janelas!

— Mestre, a coisa está feia!

Dom Jaime interrompeu o assalto, juntando-se a seus alunos na janela. Na rua, brilhavam botas e sabres. A cavalo, a Guarda Civil dispersava um grupo de revoltosos que corriam em todas as direções. Soaram dois tiros perto do Teatro Real. Os jovens esgrimistas observavam o espetáculo, fascinados com o alvoroço.

— Olhem como correm!
— Que pancadaria!
— O que terá acontecido?

— Vai ver que é a revolução!

— Que nada! — Fiel a seu nome, Alvarito Salanova franzia com desdém o lábio superior. — Não está vendo que são quatro gatos pingados? Os guardas estão dando o que merecem.

Sob a janela, um passante procurava precipitadamente refúgio na entrada de um edifício. Um par de velhas de preto punha a cara de fora, como aves de mau agouro, observando com prudência o panorama. Nas sacadas, os vizinhos se acotovelavam, uns aplaudindo os revoltosos, outros os guardas.

— Viva Prim! — gritavam três mulheres mal-apessoadas, com a impunidade que lhes era proporcionada por seu sexo e por estarem na sacada de um quarto andar. — Marfori para a forca!

— Quem é esse Marfori? — perguntou Paquito Cazorla.

— Um ministro — esclareceu o irmão. — Dizem que a rainha e ele...

Dom Jaime achou que já bastava e fechou a janela, sem ligar para o murmúrio desencantado dos alunos.

— Estamos aqui para praticar esgrima, cavalheiros — disse num tom que não admitia réplica. — Os senhores seus pais me pagam para que eu os treine em coisas proveitosas, não para serem espectadores de algo que não nos diz respeito. Tratemos de nossos assuntos. — Lançou um olhar de supremo desdém para a janela fechada e acariciou com os dedos a empunhadura do seu florete. — Não temos nada a ver com o que possa ocorrer lá fora. Deixemos isso para a chusma e para os políticos.

Tornaram a ocupar suas posições e a sala foi novamente tomada pelo estalar metálico dos floretes. Nas paredes, as velhas panóplias continuavam cobrindo-se de poeira, enferrujadas e imutáveis. Foi só fechar a janela para que o tempo detivesse seu curso na casa do mestre de esgrima.

A porteira é que o pôs a par, quando cruzou com ela na escada.
— Boa tarde, dom Jaime. O que acha das notícias?
— Que notícias?

A velha se persignou. Era uma viúva tagarela e gorducha, que vivia com uma filha solteirona. Ouvia duas missas diárias na igreja de San Ginés e garantia que todos os revolucionários eram uns hereges.

— Não me diga que não sabe o que está acontecendo! Não sabe mesmo?

Jaime Astarloa arqueou a sobrancelha, cortesmente interessado.

— Conte-me, dona Rosa.

A porteira baixou a voz, olhando desconfiada em volta. Como se as paredes de fato tivessem ouvidos.

— Dom Juan Prim desembarcou ontem em Cádiz, e dizem que a Armada amotinou-se... É assim que pagam nossa pobre rainha por sua bondade!

O mestre-de-armas subiu pela Calle Mayor em direção à Puerta del Sol, a caminho do café Progreso. Mesmo sem a informação da porteira, ter-lhe-ia ficado claro que algo de grave estava acontecendo. Grupos agitados comentavam em pequenos círculos os acontecimentos, e umas duas dúzias de curiosos observavam de longe um destacamento que montava guarda na esquina da Calle Postas. Os soldados, com a barretina sobre a nuca raspada e a baioneta na boca do fuzil, estavam sob o comando de um barbudo oficial de semblante altivo, que passeava para cima e para baixo com a mão apoiada na empunhadura do sabre. Os soldados eram muito jovens e se davam ares de importância, deleitando-se com a expectativa que sua presença causava. Um cavalheiro de boa aparência passou junto de dom Jaime e aproximou-se do tenente.

— Alguma novidade?

O militar pavoneou-se com digna fanfarronice.

— Cumpro ordens superiores. Circule!

Azuis e solenes, alguns guardas civis tomavam os exemplares que uns pequenos jornaleiros vendiam entre a gente. Fora proclamado o estado de guerra e imposta a censura a toda notícia relativa ao levante. Alguns comerciantes, escaldados com a experiência dos recentes tumultos, fechavam suas lojas e iam engrossar os grupos de curiosos. Os tricórnios da Guarda Civil cintilavam pela Calle Carretas. Comentava-se que González Bravo havia apresentado por telégrafo sua demissão à rainha e que as tropas levantadas por Prim já avançavam sobre Madri.

No Progresso, o grupo estava completo, e Jaime Astarloa foi posto de imediato a par da situação. Prim tinha chegado a Cádiz na noite do dia 18, e no dia 19 de manhã, ao grito de "Viva a soberania nacional", a esquadra do Mediterrâneo tinha se pronunciado pela revolução. O almirante Topete, que todos consideravam leal à rainha, estava entre os sublevados. As guarnições do Sul e do Levante somavam-se uma após a outra à rebelião.

— A incógnita — explicava Antonio Carreño — reside agora na atitude da rainha. Se não ceder, teremos a guerra civil, porque desta vez não se trata de uma vulgar intentona, cavalheiros. Sei de fonte segura. O conde de Reus já conta com um poderoso exército, que engrossa a cada instante. E Serrano também está nesta. Especula-se até que será oferecida uma regência a dom Baldomero Espartero.

— Isabel II não cederá jamais! — interveio dom Lucas Rioseco.

— É o que veremos! — rebateu Agapito Cárceles, visivelmente encantado com o rumo dos acontecimentos. — Em todo caso, é melhor que tente resistir.

Todos o fitaram com estranheza.

— Resistir? — censurou Carreño. — Isso levaria o país à guerra civil...

— A um banho de sangue — reforçou Marcelino Romero, satisfeito por poder dar seu palpite.

— Exatamente — confirmou radiante o jornalista. — Será que os senhores não compreendem? Para mim, vejam bem, parece óbvio. Se Isabelita vier com meias medidas, pondo-se à disposição ou abdicando em favor do filho, vai ficar tudo na mesma. Há muitos monarquistas entre os sublevados, e eles acabariam nos impondo o Puigmoltejo, ou Montpensier, ou dom Baldomero, ou o valete de copas. Isso é que não dá para admitir. Senão, para que teríamos lutado tanto tempo?

— E onde foi mesmo que o senhor lutou? — perguntou dom Lucas, carregado de ironia.

Cárceles fitou-o com republicano desprezo.

— À sombra, meu senhor. À sombra.

— Ah!

O jornalista resolveu ignorar dom Lucas.

— Como eu ia dizendo — continuou, dirigindo-se aos outros —, o que a Espanha precisa é de uma boa e encarniçada guerra civil com muitos mártires, barricadas nas ruas e o povo soberano tomando o Palácio Real. Comitês de salvação pública, e os figurões monarquistas e seus lacaios — turva olhada de soslaio para dom Lucas — arrastados pelas ruas.

Carreño achou aquilo excessivo.

— Homessa, dom Agapito! Não exagere tanto. Nas Lojas...

Mas Cárceles estava embalado.

— As Lojas são frouxas, dom Antonio.

— Frouxas? Frouxas, as Lojas?

— Sim, senhor. Frouxas, estou dizendo. Se a revolução foi deflagrada pelos generais descontentes, é preciso agir para que termine em mãos do seu legítimo dono: o povo. — Seu rosto iluminou-se, num êxtase. — A república, cavalheiros! A coisa pública, nem mais nem menos. E a guilhotina.

Dom Lucas saltou com um rugido. A indignação embaçava o monóculo incrustado no olho esquerdo.

— Finalmente o senhor tira a máscara! — exclamou, apontando para Cárceles um dedo acusador, trêmulo de sagrada ira. — Finalmente o senhor descobre seu maquiavélico rosto, dom Agapito! Guerra civil! Sangue! Guilhotina!... Esta é a sua verdadeira linguagem!

O jornalista olhou com genuína surpresa para seu companheiro de café.

— Nunca usei outra, que eu saiba.

Dom Lucas fez menção de se levantar, mas pareceu pensar melhor. Naquela tarde, era Jaime Astarloa quem pagava, e os cafés estavam a caminho.

— O senhor é pior que Robespierre, senhor Cárceles! — esbravejou sufocando. — Pior que o ímpio Danton!

— Não misture alhos com bugalhos, meu caro amigo.

— Não sou seu amigo! A gente da sua laia afundou a Espanha na ignomínia!

— Ai, ai, ai, que mal perdedor o senhor está se saindo, dom Lucas.

— Ainda não perdemos! A rainha nomeou o general Concha presidente do conselho de ministros, e esse, sim, é um homem! Ele já confiou a Pavía o comando do exército que enfrentará os rebeldes. E suponho que o senhor não vai pôr em dúvida a comprovada coragem do marquês de Novaliches... Cantou vitória antes do tempo, dom Agapito.

— Veremos.

— Claro que veremos!

— Estamos vendo.

— Vamos ver!

Jaime Astarloa, cansado da eterna polêmica, retirou-se mais cedo que de costume. Pegou a bengala e a cartola, despediu-se até o dia seguinte e saiu à rua, decidido a dar um rápido passeio antes de voltar para casa. Pelo caminho foi observando o inflamado ambiente da rua com certo fastio: sentia que aquilo tudo só o afetava muito superficialmente. Já começava a estar farto das polêmicas entre Cárceles e dom Lucas, como também estava do país em que lhe havia tocado viver.

Pensou, mal-humorado, que todos eles podiam se enforcar com suas malditas repúblicas e suas malditas monarquias, com suas arengas patrióticas e suas estúpidas querelas de café. Daria qualquer coisa para que uns e outros parassem de lhe envenenar a vida com tumultos, desavenças e sobressaltos, para cujos motivos estava pouco se lixando. A única coisa a que aspirava era que o deixassem viver em paz. No que dizia respeito ao mestre de esgrima, eles todos podiam ir para o inferno.

Soou uma trovoada ao longe, enquanto uma violenta rajada de ar percorria as ruas. Dom Jaime inclinou a cabeça e segurou firme o chapéu, apertando o passo. Minutos depois, começou a chover forte.

Na esquina da Calle Postas, a água ensopava o pano azul dos uniformes e escorria em grossas gotas pelo rosto dos soldados. Continuavam montando guarda com seu ar tímido e caipira, a ponta da baioneta roçando-lhes o nariz, colados à parede para proteger-se da chuva. De um pórtico, o tenente observava as poças, taciturno, o cachimbo fumegante no canto da boca.

Choveu torrencialmente todo o fim de semana. Da solidão do seu gabinete, inclinado à luz do lampião sobre as páginas de um livro, dom Jaime ouviu a interminável sucessão de trovoadas e relâmpagos que estouravam no negrume exterior, cortando-o com fulgores que ressaltavam a silhueta dos edifícios vizinhos. A água golpeava com força o telhado e algumas vezes ele teve de se levantar para colocar baldes sob as goteiras, que despencavam do teto com irritante e líquida monotonia.

Folheou distraído o livro que trazia nas mãos, e seus olhos se detiveram numa citação, sublinhada a lápis anos atrás por ele mesmo:

... Todas as suas sensações alcançaram uma elevação até então ignorada por ele. Viveu as experiências de uma vida infinitamente variada; morreu e ressuscitou, amou até a paixão mais ardente e viu-se separado de novo e para sempre da sua amada. No fim, ao alvorecer, quando as primeiras luzes rompiam a penumbra, em sua alma começou a reinar uma crescente paz, e as imagens ficaram mais claras e permanentes...

O mestre de esgrima sorriu com infinita tristeza, ainda com um dedo naquelas linhas. Tais palavras não pareciam ter sido escritas para Henrique de Ofterdingen, mas para ele próprio. Nos últimos anos, tinha se visto retratado com singular maestria naquelas páginas: tudo estava ali. Tratava-se sem dúvida do mais acertado resumo da sua vida que ninguém jamais seria capaz de formular. No entanto, nas últimas semanas, alguma coisa falhava no conceito. A paz crescente, as imagens claras e permanentes que ele havia estimado definitivas voltavam a se turvar sob um estranho influxo que lhe arrancava, sem dó nem piedade, fragmentos daquela serena lucidez em que pensou poder passar o resto dos seus dias. Tinha se introduzido na sua existência um novo fator, uma influência misteriosa, perturbadora, que o obrigava a fazer-se perguntas de cuja resposta se esforçava por esquivar. Era imprevisível aonde aquilo tudo podia levá-lo.

Fechou bruscamente o livro, atirando-o à mesa com violência. Angustiado, tomava consciência da sua gelada solidão. Aqueles olhos cor de violeta tinham se valido dele para algo que ignorava, mas que ele não podia tentar imaginar sem que uma irracional sensação de obscuro espanto o estremecesse. E o que era mais grave: haviam roubado a paz do seu velho e cansado espírito.

Acordou com as primeiras luzes da manhã. Ultimamente dormia mal, um sono inquieto, desagradável. Asseou-se de forma metódica, depois abriu em cima de uma mesinha, perto do espelho e da bacia com água quente, o estojo contendo suas navalhas. Ensaboou cuidadosamente as faces, barbeando-as com esmero, como era de seu costume. Com a velha tesourinha de prata, recortou alguns pêlos do bigode, depois passou o pente de madrepérola pelos cabelos brancos umedecidos. Satisfeito com sua aparência, vestiu-se austeramente, atando ao pescoço uma gravata de seda preta. Dos seus três costumes de verão, escolheu um de uso diário, feito de um leve tecido de alpaca bege, cujo comprido redingote fora de moda lhe dava o porte distinto de um velho dândi do início do século. É verdade que os fundilhos da calça estavam um tanto puídos pelo uso, mas as abas do redingote dissimulavam esse detalhe de forma satisfatória. Dentre os lenços limpos, escolheu o que lhe pareceu em melhor estado e pingou nele uma gota de água-de-colônia, antes de enfiá-lo no bolso. Ao sair, pôs a cartola na cabeça e, debaixo do braço, o estojo com os floretes.

O dia estava cinzento e ameaçava outro temporal. Chovera a noite inteira, e grandes poças no meio da rua refletiam o beiral dos telhados sob um pesado céu cor de chumbo. Cumprimentou atentamente a porteira, que voltava com a cesta das compras, e atravessou a rua para, conforme seu costume, tomar o café-da-manhã, chocolate com bolinhos, no modesto bar da esquina. Foi se instalar à sua mesa habitual, no fundo, sob o globo de vidro que cobria um lampião a gás apagado. Eram nove da manhã e havia poucos paroquianos no lugar. Valentín, o dono do bar, veio com a xícara e uma cesta de bolinhos.

— Esta manhã não temos jornais, dom Jaime. Do modo como andam as coisas, ainda não saíram. E desconfio que não vão sair.

O mestre de esgrima deu de ombros. A falta da imprensa diária não lhe causava nenhum transtorno.

— Alguma novidade? — perguntou, mais por cortesia do que por interesse autêntico.

O dono do bar limpou as mãos no engordurado avental.

— Parece que o marquês de Novaliches está na Andaluzia com o exército e vai enfrentar os sublevados de uma hora para a outra... Também dizem que Córdoba, que se rebelou quando os outros o fizeram, se retirou quando viu as tropas do governo chegarem. A coisa não está nada clara, dom Jaime. Quem sabe como isso tudo vai acabar!

Terminado o café-da-manhã, o mestre-de-armas saiu à rua rumo à casa do marquês de los Alumbres. Se Luis de Ayala estaria com disposição para a esgrima, dado o ambiente que se respirava em Madri, ignorava; o que sabia era que ele, Jaime Astarloa, estava, sim, disposto a cumprir, como sempre, sua parte do compromisso. No pior dos casos, teria dado uma volta em vão. Como já era tarde e não queria se atrasar por causa de um imprevisto qualquer, tomou um fiacre que esperava livre junto a um arco da Plaza Mayor.

— Ao Palácio de Villaflores.

O cocheiro estalou o chicote, enquanto os dois pangarés punham-se em movimento sem muito entusiasmo. Os soldadinhos continuavam na esquina da Calle Postas, mas não se via o tenente em lugar nenhum. Em frente aos Correios, guardas municipais mandavam os grupos de curiosos circular, embora não aplicassem muito zelo na tarefa. Afinal de contas, eram funcionários municipais que, com a espada de Dâmocles do desemprego sempre suspensa sobre a cabeça, ignoravam quem mandaria amanhã no país e não queriam se comprometer.

Os guardas civis a cavalo da tarde anterior já não estavam na Calle Carretas. Jaime Astarloa cruzou com eles mais adiante, tricórnios e capotes, patrulhando entre o Congresso e a Fonte de Netuno. Tinham bigodes negros engomados e os sabres embainhados, observando os passantes com a sisuda segurança que emanava de uma certeza: fosse quem fosse, o vencedor continuaria recorrendo a eles para manter a ordem pública. Como já se havia verificado em governos progressistas ou moderados, os membros da Benemérita nunca perdiam o emprego.

Dom Jaime ia recostado no banco do fiacre, contemplando o panorama com um ar ausente; mas, ao chegar perto do Palácio de Villaflores, teve um sobressalto e assomou à janela, alarmado. Reinava uma insólita animação em frente à residência do marquês de los Alumbres. Mais de uma centena de pessoas se amontoavam na rua, contidas no portão por vários guardas. Em sua maioria, eram moradores da vizinhança, de variada condição social, a que se juntavam numerosos desocupados, metendo o bedelho. Alguns abelhudos mais ousados haviam trepado na grade e dali espiavam o jardim. Aproveitando o bulício, alguns vendedores ambulantes iam e vinham entre as carruagens estacionadas, apregoando suas mercadorias.

Com um pressentimento que não augurava nada de bom, dom Jaime pagou o cocheiro e dirigiu-se apressadamente para a porta, passando no meio da multidão. Os curiosos se empurravam uns aos outros para ver melhor, com mórbida expectativa.

— Que coisa horrível! Horrível mesmo — murmuravam umas comadres, fazendo o sinal-da-cruz.

Um senhor grisalho, de bengala e redingote, ergueu-se na ponta dos sapatos, tentando descortinar o panorama. Pendurada a seu braço, a esposa fitava-o interrogativa, à espera do relato.

— Consegue ver alguma coisa, Paco?

Uma das comadres se abanava, com gesto de bem informada:

— Foi durante a noite, um dos guardas, que é primo da minha cunhada, me disse. O senhor juiz acaba de chegar.

— Uma tragédia! — alguém comentava.

— Como foi que aconteceu?

— Os criados o encontraram hoje de manhã.

— Dizem que era meio doidivanas...

— Calúnias! Era um cavalheiro, e um liberal. Não se lembram de que pediu demissão quando era ministro?

A comadre voltou a se abanar agitada.

— Uma tragédia! Um homem tão fino!

Mortificado, dom Jaime aproximou-se de um dos praças que montavam guarda no portão. Este lhe cortou a passagem com a firmeza que a autoridade da farda lhe conferia.

— É proibido entrar!

O mestre de esgrima apontou embaraçado para o estojo de floretes que levava debaixo do braço.

— Sou amigo do senhor marquês. Tenho encontro com ele esta manhã...

O guarda mediu-o de alto a baixo, moderando sua atitude ante o aspecto distinto do seu interlocutor. Virou-se para um colega, que estava do outro lado da grade.

— Cabo Martínez! Há um cavalheiro aqui que diz ser amigo da casa. Parece que tinha um encontro.

O cabo Martínez acudiu, barrigudo e reluzente, atrás dos seus botões dourados, olhando desconfiado para o mestre de esgrima.

— Qual a sua graça?

— Jaime Astarloa. Tenho encontro às dez com dom Luis de Ayala.

O cabo meneou gravemente a cabeça e entreabriu o portão.

— Queira me acompanhar.

O mestre de esgrima seguiu o guarda pela alameda de cascalho, sob a familiar sombra dos salgueiros. Havia outros guardas à porta e um grupo de cavalheiros conversava no vestíbulo, ao pé da ampla escadaria adornada com jarros e estátuas de mármore.

— Aguarde um instante, por favor.

O cabo se aproximou do grupo e trocou, em voz baixa, respeitosas palavras com um cavalheiro baixote e engomado, de eriçados bigodes tingidos de preto e peruca cobrindo a calva. O personagem se vestia com uma afetação um tanto quanto vulgar e usava pincenê de lentes azuladas, presos por um cordão à lapela do redingote, em cuja botoeira reluzia a cruz de algum tipo de medalha de mérito civil. Depois de ouvir o guarda, virou-se para fitar o recém-chegado, murmurou algumas palavras a seus acompanhantes e veio ao encontro de dom Jaime. Seus olhos, astutos e aquosos, brilhavam atrás das lentes.

— Sou o chefe superior de polícia, Jenaro Campillo. Com quem tenho a honra?

— Jaime Astarloa, mestre-de-armas. Dom Luis e eu costumamos...

O outro interrompeu-o com um gesto.

— Já sei. — Observou-o fixamente, como se estivesse calibrando seu interlocutor. Deteve em seguida o olhar no estojo que dom Jaime trazia debaixo do braço e assinalou-o com um gesto inquisitivo. — São seus instrumentos?

O mestre de esgrima assentiu.

— São meus floretes. Já lhe disse que dom Luis e eu... Quero dizer, todas as manhãs costumo apresentar-me aqui. — Jaime Astarloa interrompeu-se, fitando o policial com estupor. Absurdamente, deu-se conta de que só naquele exato momento, e não antes, tomava consciência do que podia ter acontecido ali, como se sua mente estivesse bloqueada até então, negando-se a assumir o que era evidente. — O que aconteceu com o senhor marquês?

O outro fitou-o pensativo. Parecia avaliar a sinceridade das emoções que se desenhavam na aturdida atitude do mestre-de-armas. Ao fim de um momento, deu uma tossidela, enfiou a mão no bolso e tirou um charuto.

— Temo, senhor Astarloa... — começou a dizer com parcimônia, enquanto furava uma ponta do charuto com um palito. — Temo que o marquês de los Alumbres não esteja hoje em condições de praticar esgrima. De um ponto de vista médico-legal, eu diria que ele não vai nada bem de saúde.

Fez um gesto com a mão ao falar, convidando dom Jaime a acompanhá-lo a um dos cômodos do palácio. O mestre de esgrima conteve a respiração ao entrar numa saleta que conhecia com perfeição, por tê-la visitado quase diariamente nos últimos dois anos: era a antecâmara da sala de armas em que costumava praticar com o marquês. No umbral que comunicava os dois cômodos, havia um corpo imóvel, estendido no parquê e coberto por uma manta. Um comprido fio de sangue saía desta, bifurcando-se no centro da sala. Ali, o rastro tomava duas direções, desembocando em duas poças de sangue coagulado.

Jaime Astarloa deixou o estojo dos floretes cair numa poltrona e se apoiou no espaldar. Sua expressão era de absoluto desconcerto. Olhou para seu acompanhante, como que lhe cobrando explicações pelo que parecia uma piada de mau gosto, mas o policial limitou-se a dar de ombros, enquanto acendia um fósforo e dava longas chupadas no charuto, sem deixar de observar suas reações.

— Está morto? — perguntou dom Jaime. A pergunta era tão idiota que o outro arqueou a sobrancelha, com ironia.

— Completamente.

O mestre de esgrima engoliu em seco.

— Suicídio?

— Verifique o senhor mesmo. Aliás, gostaria de ouvir sua opinião a respeito.

Jenaro Campillo soltou uma baforada e inclinou-se sobre o cadáver, para descobri-lo até a cintura, afastando-se em seguida para observar o efeito que a cena produzia em Jaime Astarloa. Luis de Ayala conservava a expressão com que a morte o surpreendera: estava de barriga para cima, perna direita dobrada em ângulo sob a esquerda; os olhos entreabertos tinham um tom opaco e o lábio inferior parecia descolado, imprimindo à boca o que sem dúvida teria sido um derradeiro esgar de agonia. Estava de camisa, com a gravata desfeita. No lado direito do pescoço havia um orifício redondo e perfeito, que saía pela nuca. Por ali havia escapado o fio de sangue, que atravessava o assoalho da sala.

Sentindo como se estivesse dentro de um pesadelo do qual esperava despertar de um momento para o outro, Jaime Astarloa contemplou o cadáver, incapaz de alinhavar um só pensamento coerente. A sala, o corpo rígido, as manchas de sangue, tudo girava ao seu redor. Sentiu as pernas fraquejarem e aspirou profundamente o ar, sem se atrever a largar o espaldar da poltrona em que se apoiava. Depois, quando por fim impôs disciplina ao seu organismo e conseguiu ordenar os pensamentos, a realidade do que ali havia acontecido chegou até ele de forma súbita e dolorosa, como se tivessem lhe acertado um golpe no meio da alma. Com os olhos cheios de espanto, olhou para seu acompanhante, o qual franziu o cenho, devolvendo-lhe o olhar com um leve gesto de assentimento: parecia adivinhar o que dom Jaime pensava, animando-o a passar ao ato. Então o mestre de esgrima se inclinou sobre o cadáver e estendeu a mão para a ferida, como se pretendesse tocá-la com os dedos, mas deteve-se a poucas polegadas. Quando se endireitou novamente, tinha a fisionomia decomposta, os olhos desmedidamente arregalados, porque acabava de dar com o horror a nu. Seu olhar perito não podia se enganar diante de um ferimento como aquele. Luis de Ayala tinha sido morto com um florete, com uma estocada limpa e única na jugular: a estocada dos duzentos escudos.

— Seria muito útil para mim, senhor Astarloa, saber quando viu o marquês de los Alumbres pela última vez.

Estavam sentados numa sala contígua à do cadáver, rodeados de tapetes flamengos e belos espelhos venezianos, com molduras douradas. O mestre de esgrima parecia ter envelhecido dez anos: inclinava-se para a frente até encostar os cotovelos nos joelhos, com o rosto entre as mãos. Seus olhos cinzentos contemplavam obstinadamente o chão, fixos e inexpressivos. As palavras do chefe de polícia pareciam vir de longe, de entre as brumas de um pesadelo.

— Sexta de manhã. — Até o som da sua própria voz soava estranho a Jaime Astarloa. — Nós nos despedimos pouco depois das onze, ao terminar a sessão de esgrima...

Jenaro Campillo observou por uns instantes a cinza do havana, como se naquele momento desse mais importância à correta combustão deste do que ao penoso assunto que ocupava os dois.

— O senhor percebeu algum indício? Alguma coisa que lhe permitisse prever tão funesto desenlace?

— Em absoluto. Tudo correu normalmente e nos despedimos como todos os dias.

A cinza estava a ponto de cair. Segurando cuidadosamente o havana entre os dedos, o chefe de polícia correu os olhos ao redor, em busca de um cinzeiro, sem encontrá-lo. Dirigiu então um olhar furtivo para a porta da sala onde jazia o cadáver e optou por deixar a cinza cair dissimuladamente no tapete.

— O senhor visitava com freqüência o... hum... finado. Tem alguma idéia do motivo do assassinato?

Dom Jaime deu de ombros.

— Não sei. Talvez roubo...

Seu interlocutor fez um gesto negativo, enquanto dava uma chupada profunda no charuto.

— Já interrogamos os dois criados da casa, o cocheiro, a cozinheira e o jardineiro. Numa primeira inspeção ocular não se notou a falta de nenhum objeto de valor.

O policial fez uma pausa, enquanto Jaime Astarloa, pouco interessado nas palavras dele, tentava pôr em ordem suas idéias. Tinha a íntima certeza de possuir algumas chaves do mistério; o problema estava em confiá-las àquele homem ou, antes de dar semelhante passo, amarrar alguns fios que permaneciam soltos.

— Está me ouvindo, senhor Astarloa?

O mestre de esgrima sobressaltou-se, ruborizando-se como se o chefe de polícia houvesse penetrado seus pensamentos.

— Naturalmente — respondeu com certa precipitação. — Isso descarta, então, o roubo como móvel do crime...

O outro fez um gesto de cautela, enquanto introduzia o indicador sob a peruca para coçar disfarçadamente em cima da orelha esquerda.

— Em parte, senhor Astarloa. Só em parte. Pelo menos no que diz respeito a um latrocínio convencional — precisou. — A inspeção ocular... Sabe a que me refiro?

— Suponho que é uma inspeção que se faz com os olhos.

— Muito engraçado. De verdade. — Jenaro Campillo encarou-o ressentido. — Fico satisfeito em verificar que o senhor conserva seu senso de humor. As pessoas morrem assassinadas e o senhor faz piadas.

— O senhor também faz.

— Sim, mas eu sou a autoridade competente.

Encararam-se alguns instantes em silêncio.

— A inspeção ocular — continuou por fim o policial — confirmou que uma pessoa, ou pessoas desconhecidas, entraram durante a noite no gabinete privado do marquês e passaram um bom tempo arrombando fechaduras e revirando gavetas. Também abriram, dessa vez com chave, o cofre. Um cofre muito bom, claro, da Bossom e Filhos, Londres... Não vai me perguntar se levaram alguma coisa?

— Achei que quem fazia as perguntas era o senhor.

— É o costume, mas não a regra.

— Levaram alguma coisa?

O chefe de polícia sorriu misteriosamente, como se seu interlocutor acabasse de botar o dedo na ferida.

— Isso é que é curioso. O assassino, ou os assassinos resistiram estoicamente à tentação de levar a atraente quantidade de dinheiro e de jóias que havia no cofre. Criminosos muito estranhos, o senhor há de convir. Não é mesmo? — Deu uma demorada chupada no charuto antes de soltar a fumaça, satisfeito com o aroma e com seu raciocínio. — Resumindo, é impossível saber se levaram alguma coisa, pois ignoramos o que ele guardava lá. Nem sequer temos a certeza de terem encontrado o que procuravam.

Dom Jaime estremeceu interiormente, procurando não tornar visível sua emoção. Ele tinha motivos de sobra para pensar que os assassinos não tinham achado o que procuravam: com toda certeza certo envelope lacrado que estava em sua casa, escondido atrás de uma fileira de livros... Sua mente trabalhava a todo vapor, para encaixar no lugar adequado cada um dos fragmentos dispersos da tragédia. Situações, palavras, atitudes sem nexo aparente se ajustavam agora, lenta e dolorosamente, com uma evidência tão atroz que lhe fez sentir uma pontada de angústia. Embora ainda fosse incapaz de enxergar todo o conjunto, os primeiros indícios já denunciavam o papel que ele próprio havia desempenhado nos fatos. Tomou consciência disso com uma aguda sensação de amargor, humilhação e perplexidade.

O chefe de polícia fitava-o, inquisitivo; esperara a resposta para uma pergunta que dom Jaime, absorto em seus pensamentos, não tinha ouvido.

— Perdão?

Os olhos do seu interlocutor, úmidos e saltados como os de um peixe no aquário, observavam-no por trás das lentes azuladas do pincenê. Assomava a eles uma espécie de amistosa benevolência, embora fosse difícil precisar se ela correspondia a causas naturais ou, pelo contrário, se tratava de uma atitude profissional, destinada a inspirar confiança. Após uma breve consideração, dom Jaime decidiu que, apesar do aspecto estapafúrdio e de seus modos, Jenaro Campillo não tinha nada de bobo.

— Eu lhe perguntava, senhor Astarloa, se pôde observar no passado algum detalhe que pudesse me ajudar a progredir na investigação.

— Temo que não.

— Verdade?

— Não costumo jogar com as palavras, senhor Campillo.

O outro fez um gesto conciliador.

— Posso lhe falar com franqueza, senhor Astarloa?

— Por favor.

— Sendo o senhor uma das pessoas que se relacionava mais regularmente com o falecido, não está sendo de muita utilidade.

— Há outras pessoas que também mantinham uma relação regular com ele, e o senhor ainda há pouco reconheceu que as declarações delas foram inúteis... Ignoro por que o senhor deposita tantas esperanças no meu testemunho.

Campillo contemplou a fumaça do charuto e sorriu.

— Para dizer a verdade, não sei. — Deixou passar um momento, pensativo. — Talvez porque o senhor tenha um aspecto... honrado. É, talvez por isso.

Dom Jaime fez um gesto evasivo.

— Sou apenas um mestre de esgrima — respondeu, procurando dar à sua voz um tom de adequada indiferença. — Nossa relação era exclusivamente profissional; dom Luis nunca me deu a honra de me transformar em seu confidente.

— O senhor o viu sexta-feira passada. Estava nervoso, alterado? Observou em seu comportamento algo incomum?

— Nada que me chamasse a atenção.

— E nos dias anteriores?

— Talvez, não reparei. Não me lembro direito. Em todo caso, muita gente dá mostras de certo nervosismo nos tempos que correm, de modo que eu não teria dado demasiada importância.

— Alguma conversa sobre política?

— Na minha opinião, dom Luis mantinha-se à margem. Costumava comentar que gostava de observá-la de longe, como um passatempo.

O chefe de polícia fez um gesto de dúvida.

— Passatempo? Hum, sei... Só que, como o senhor não ignora, o finado marquês ocupou uma importante secretaria do Ministério da Justiça. Nomeado pelo ministro. Claro, era seu tio materno, dom Joaquín Vallespín, que Deus o tenha. — Campillo sorriu com sarcasmo, dando a entender que tinha idéias próprias sobre o nepotismo da aristocracia espanhola. — Já faz tempo, mas são coisas que costumam criar inimigos... Olhe só o meu caso. Quando ministro, Vallespín obstruiu por seis meses minha promoção a comissário... — Estalou a língua, evocativamente. — As voltas que o mundo dá!

— É possível. Mas não creio ser a pessoa indicada para esclarecê-lo sobre esse assunto.

Campillo tinha terminado o havana e segurava a ponta entre os dedos, sem saber onde deixá-la.

— Existe um outro ângulo, mais frívolo talvez, a partir do qual podemos considerar o caso. — Optou por jogar o resto do charuto num grande jarro de porcelana chinesa. — O marquês era muito afeito a um rabo-de-saia... O senhor sabe do que estou falando. Quem sabe algum marido ciumento... O senhor me entende. Honra manchada, etcétera e tal.

O mestre de esgrima pestanejou. Aquele caminho lhe parecia de péssimo gosto.

— Temo, senhor Campillo, que também nesse aspecto não lhe possa ser útil. Direi apenas que, a meu modo de ver, dom Luis de Ayala era um cavalheiro. — Olhou para os olhos aquosos, depois ergueu a vista até a peruca do chefe de polícia, meio torta. Aquilo lhe deu ânimo, a ponto de elevar um pouco a voz, desafiador. — Por outro lado, no que me diz respeito, dou por assentado que mereço do senhor idêntica opinião e não espero sórdidos boatos sobre a vida privada.

O outro se desculpou de imediato, um tanto incomodado, ajeitando dissimuladamente a cabeleira postiça com a ponta dos dedos. Claro. Pedia-lhe que não interpretasse mal suas palavras. Eram apenas especulações. Jamais teria ousado insinuar...

Dom Jaime mal o ouvia. Travava um duro combate consigo mesmo, porque estava ocultando, conscientemente, dados valiosos que talvez pudessem esclarecer os motivos da tragédia. Compreendeu que tentava proteger certa pessoa, cuja perturbadora imagem lhe veio à mente assim que viu o cadáver na sala. Proteger? Fosse correto o curso das suas deduções, mais que proteção, era um flagrante acobertamento! Uma atitude que não somente violava a lei, mas atentava frontalmente contra os princípios éticos que sustentavam sua vida. Mas não queria se precipitar. Precisava de tempo para analisar a situação.

Campillo encarava-o agora fixamente, cenho levemente franzido, tamborilando com os dedos sobre o braço da poltrona. Nesse momento, pela primeira vez, dom Jaime pensou que ele também podia ser considerado suspeito aos olhos das autoridades. Afinal de contas, Luis de Ayala tinha sido morto com um florete.

Foi então que o chefe de polícia pronunciou as palavras que ele estivera temendo durante toda a conversa:

— Conhece uma certa Adela de Otero?

O velho coração do mestre de esgrima parou um instante e recomeçou loucamente suas palpitações. Engoliu a saliva antes de responder.

— Conheço — respondeu, com todo o sangue-frio de que era capaz. — Foi cliente da minha sala de armas.

Campillo se inclinou para ele, sumamente interessado.

— Não sabia. Não é mais?

— Não. Prescindiu dos meus serviços semanas atrás.

— Quantas?

— Não sei. Coisa de um mês e meio.

— Por quê?

— Ignoro.

O chefe de polícia jogou-se para trás na poltrona e tirou outro charuto do bolso, enquanto olhava para dom Jaime com ar de profunda meditação. Dessa vez não furou o havana com um palito, mas limitou-se a morder distraído uma das pontas.

— O senhor estava a par da... amizade dela com o marquês?

O mestre-de-armas fez um gesto afirmativo.

— Muito superficialmente — esclareceu. — Que eu saiba, sua relação se iniciou depois que ela parou de freqüentar minha sala de esgrima. Não voltei... — hesitou um momento antes de terminar a frase. — Não voltei a ver essa senhora.

Campillo acendeu o charuto em meio a uma nuvem de fumaça que irritou o olfato de Jaime Astarloa. Na testa do mestre-de-armas cintilavam minúsculas gotas de suor.

— Interrogamos os criados — disse o policial passados alguns instantes. — Graças a eles sabemos que a senhora de Otero visitava esta casa com assiduidade. Todos garantem que o defunto e ela mantinham relações de tipo, digamos, íntimo.

Dom Jaime sustentou o olhar do seu interlocutor como se aquilo tudo não lhe dissesse o menor respeito.

— E então? — perguntou, procurando adotar um ar distante.

O chefe de polícia deu um meio sorriso, passando o dedo pelas pontas do bigode tingido.

— Às dez da noite — explicou num tom quase confidencial, como se o cadáver da sala ao lado pudesse ouvi-los —, o marquês despediu os criados. Sabemos que costumava fazê-lo quando esperava visitas que poderíamos definir como... galantes. Os criados se retiraram para seu pavilhão, que fica do outro lado do jardim. Não ouviram nada suspeito, só chuva e trovoadas. Hoje de manhã, por volta das sete, ao entrar na casa, encontraram o cadáver do patrão. Do outro lado da sala havia um florete com a lâmina manchada de sangue. O marquês estava frio e rígido, tinha morrido horas antes. Presunto total.

O mestre de esgrima estremeceu, incapaz de compartilhar o macabro humor do chefe de polícia.

— Conhecem a identidade do visitante?

Campillo estalou a língua, desalentado.

— Não. Só podemos deduzir que entrou por uma porta discreta que fica do outro lado do palácio, dando para o pequeno beco, que o marquês costumava usar como cocheira... Bela cocheira, diga-se de passagem: cinco cavalos, uma berlinda, um cupê, um tílburi, um faetonte, um cocheiro inglês... — Suspirou melancolicamente, dando a entender que, a seu juízo, o falecido marquês não se privava de nada. — Mas, voltando ao tema que nos interessa, reconheço que não há nada que nos permita saber se o assassino é homem ou mulher, uma ou várias pessoas. Não há marcas de nenhum tipo, apesar de que chovia a cântaros.

— Uma situação difícil, pelo que vejo.

— Exatamente. Difícil e inoportuna. Com a sarabanda política que vivemos estes dias, o país à beira da guerra civil e tudo o mais, temo que a investigação será laboriosa. O barulho que pode fazer o assassinato de um marquês vira uma simples anedota, quando está em jogo um trono, não é mesmo?... Como vê, o assassino soube escolher o momento apropriado. — Campillo soltou uma baforada de fumaça e olhou com prazer para o charuto. Dom Jaime notou que era de Vuelta Abajo, com o mesmo anel do que Luis de Ayala costumava fumar. Sem dúvida, no decorrer das suas buscas, a autoridade competente teve a oportunidade de passar a mão na tabaqueira do falecido. — Mas voltemos a dona Adela de Otero, se não se importa. Não sabemos nem sequer se é senhora ou senhorita... O senhor sabe?

— Não. Sempre a chamei de senhora, e nunca me corrigiu.

— Dizem que é bonita. Uma mulher de perder a cabeça!

— Suponho que certa classe de gente pode defini-la assim.

O chefe de polícia fez que não havia entendido a alusão.

— Esperta, pelo que vejo. Essa história da esgrima...

Campillo piscou o olho com ar cúmplice, e Jaime Astarloa decidiu que aquilo era muito mais do que estava disposto a suportar. Pôs-se de pé.

— Já lhe disse que sei muito pouco sobre essa senhora — replicou com secura. — De uma maneira ou de outra, se o senhor tem tanto interesse nela, pode ir interrogá-la diretamente. Mora no número 14 da Calle de Riaño.

O chefe de polícia não se mexeu, e o mestre de esgrima compreendeu no ato que havia alguma coisa fora dos eixos em algum lugar. Campillo fitava-o da poltrona, com o charuto entre os dedos. Por trás das lentes do pincenê, seus olhos de peixe brilhavam com maliciosa ironia, como se aquilo tudo pudesse ser observado de um ponto de vista muito divertido.

— Naturalmente. — Parecia encantado com a situação, saboreando uma piada que tinha deixado para o fim. — Claro, o senhor não tinha por que saber, senhor Astarloa. Não podia saber, é claro... Sua ex-cliente, dona Adela de Otero, desapareceu do seu domicílio. Não é uma curiosa coincidência? Matam o marquês e ela se esfuma, sem deixar rastro, imagine só. Como se a terra a tivesse engolido.

6. Desengajamento forçado

> *Desengajamento forçado é aquele com
> o qual o adversário obteve a vantagem.*

Terminadas as diligências oficiais, o chefe de polícia acompanhou dom Jaime até a porta, convocando-o para o dia seguinte, em seu escritório no Ministério da Justiça. "Se os acontecimentos permitirem", acrescentou, enquanto esboçava uma expressão resignada, em clara alusão aos críticos momentos por que passava o país. O mestre de esgrima afastou-se sombrio. Sentia alívio por deixar para trás o local da tragédia e o desagradável interrogatório policial, mas ao mesmo tempo se deparava com uma ingrata evidência: teria tempo agora para meditar a sós sobre certos fatos, e a perspectiva de dar livre curso a seus pensamentos não o fazia muito feliz.

Parou junto da grade do Retiro, apoiando a testa nas barras de ferro forjado, enquanto seu olhar vagava pelas árvores do parque. A estima que sentira por Luis de Ayala, o doloroso estupor depois da sua morte não bastavam, porém, para enchê-lo de indignação. A existência de determinada sombra de mulher, certamente relacionada de algum modo com aquela história toda, alterava profundamente o que, em princípio, deveria ser uma objetiva avaliação dos fatos por sua parte. Dom Luis tinha sido assassinado, e dom Luis era um homem que ele apreciava. Aquilo, pensou, devia ser motivo suficiente para desejar que a justiça caísse sobre os autores do crime. Por que, então, não tinha sido sincero com Campillo, contando-lhe tudo o que sabia?

Meneou a cabeça, desalentado. Na realidade, não estava seguro de que Adela de Otero era a responsável pelo sucedido... Esse pensamento só se sustentou por uns poucos instantes, retirando-se depois ante o peso das evidências. Era inútil enganar-se. Não sabia se a moça tinha cravado um florete na garganta do marquês de los Alumbres, mas o que era inegável era que, de forma direta ou indireta, alguma coisa ela teve a ver com aquilo. Seu surgimento inesperado, o interesse demonstrado em conhecer Luis de Ayala, sua atitude nas últimas semanas, seu suspeito e oportuno desaparecimento... Tudo, até o mais ínfimo detalhe, até a última palavra pronunciada por ela, parecia agora corresponder a um plano executado com implacável frieza. E, além do mais, havia aquela estocada. *Sua* estocada.

Com que objetivo? A essa altura, já não tinha a menor dúvida de que fora usado como meio para chegar ao marquês de los Alumbres. Mas para quê? Um crime não se explica por si só; havia atrás dele, tinha de haver, um objetivo de tal envergadura que justificasse, para o criminoso, tão grave passo. Por dedução lógica, o pensamento do mestre de esgrima voou para o envelope lacrado, escondido entre os livros do seu gabinete. Tomado de violenta excitação, afastou-se da grade do parque e saiu em direção à Puerta de Alcalá, apertando vivamente o passo. Tinha de chegar em casa, abrir aquele envelope e ler seu conteúdo. Estava ali, sem dúvida nenhuma, a chave de tudo.

Parou um coche de aluguel e deu seu endereço, embora tivesse pensado por um momento se não seria melhor entregar tudo nas mãos da polícia e assistir ao desenlace do caso como mero espectador. Mas logo compreendeu que não podia fazer tal coisa. Alguém o tinha obrigado a desempenhar naquela história toda um papel indecoroso, estabelecido de antemão, com a mesma sem-cerimônia de quem manipula os cordéis de uma marionete. Seu velho orgulho se rebelava, exigindo satisfação; ninguém jamais tinha se atrevido a jogar com ele daquela forma, e isso o fazia sentir-se humilhado e furioso. Talvez mais tarde fosse à polícia; mas antes precisava saber o que havia acontecido. Queria verificar se teria oportunidade de acertar a conta pendente que Adela de Otero deixara no ar. No fundo, não se tratava de vingar o marquês de los Alumbres: o que Jaime Astarloa desejava era obter satisfação para seus próprios sentimentos traídos.

Embalado pelo balanço do coche de aluguel, recostou-se no banco. Começava a sentir uma tranqüila lucidez. Por mero reflexo profissional, começou a repassar cuidadosamente os acontecimentos, com o seu método clássico: movimentos de esgrima. Isso em geral o ajudava a pôr em ordem seus pensamentos, quando se tratava de analisar situações complexas. O adversário ou adversários tinham estabelecido seu plano a partir de uma finta, de um falso ataque. Ao procurarem-no, fizeram-no em busca de outro objetivo: o falso ataque nada mais era que ameaçar com uma estocada diferente da que se tinha a intenção de dar. Não era ele a que visavam, mas Luis de Ayala, e Jaime Astarloa tinha sido tão bobo que não previu a profundidade do movimento, cometendo o imperdoável erro de facilitá-lo.

Assim, tudo começava a se encaixar. Realizado com êxito o primeiro movimento, passaram ao segundo. Para a bela Adela de

Otero não era muito difícil executar, diante do marquês, o que em esgrima se chamava *forçar o ataque*: forçar o florete do contrário era afastá-lo por seu lado fraco, a fim de desguarnecer o oponente, antes de desferir a estocada. E o ponto fraco de Luis de Ayala eram a esgrima e as mulheres.

O que teria acontecido depois? O marquês, bom esgrimista, havia intuído que seu adversário o estava *convidando*, tentando tirá-lo da sua posição de defesa. Homem de recursos, tinha se posto em guarda imediatamente, confiando a dom Jaime o que sem dúvida era o objetivo visado pelos movimentos do adversário: aquela misteriosa papelada com lacre. Mas, apesar de consciente do perigo, Luis de Ayala além de esgrimista era jogador. Conhecendo seu estilo, dom Jaime teve a certeza de que o marquês tinha abusado da sorte, não querendo interromper o assalto até ver onde aquilo tudo ia terminar. Sem dúvida, contava desviar na última hora o florete inimigo, quando este, descoberto o jogo, atacasse em a fundo. Seu erro tinha sido precisamente esse. Um jogador veterano como Ayala devia ser o primeiro a saber que era sempre perigoso recorrer ao ataque ao flanco como parada a um ataque. Especialmente se uma mulher como Adela de Otero estava metida no assunto.

Se, como dom Jaime suspeitava, o objeto do ataque tinha sido apossar-se dos documentos do marquês, era indubitável que os assassinos haviam executado um movimento incompleto. Por puro acaso, a intervenção involuntária do mestre-de-armas frustrara o êxito da manobra. O que em princípio devia ter sido solucionado com uma simples estocada de quarta na jugular de Ayala, transformara-se numa de terceira, que não era dada com a mesma facilidade. A questão vital, que agora afetava a própria sobrevivência do mestre, consistia em saber se os adversários estavam a par do papel decisivo que ele tinha desempenhado naquilo tudo, graças à precavida atitude do falecido marquês. Saberiam eles que os documentos estavam a salvo em sua casa? Meditou detidamente sobre o assunto, chegando à tranqüilizadora conclusão de que era impossível. Ayala jamais teria sido incauto a ponto de revelar o segredo a Adela de Otero, nem a mais ninguém. Ele próprio havia afirmado que Jaime Astarloa era a única pessoa em quem podia confiar para tão delicada tarefa.

O fiacre de aluguel subiu a trote pela Carrera de San Jerónimo. Dom Jaime estava impaciente por chegar em casa, rasgar o envelope e decifrar o enigma. Só então decidiria quais seriam seus passos seguintes.

Começava a chover de novo quando desceu do coche na esquina da Calle Bordadores. Entrou no edifício sacudindo a água do chapéu e subiu direto para o último andar, pela escada rangente, cujo corrimão de ferro oscilava sob seu peso. Chegando ao patamar, lembrou-se de que havia esquecido o estojo dos floretes no Palácio de Villaflores e amarrou a cara, contrariado. Iria buscá-los mais tarde, pensou enquanto tirava a chave do bolso, a introduzia na fechadura e empurrava a porta. Muito a contragosto, não pôde evitar certa apreensão quando entrou no apartamento, vazio e escuro.

Deu vazão à sua inquietude inspecionando os cômodos, até tranqüilizar-se por completo. Como era lógico, não havia ali mais ninguém, além dele, e envergonhou-se por ter se deixado inquietar por sua imaginação. Pôs o chapéu no sofá, tirou o redingote e abriu a janela, para que entrasse a luz acinzentada do exterior. Aproximou-se então da estante, enfiou a mão atrás de uma fileira de livros e pegou o envelope que Luis de Ayala tinha lhe entregado.

Suas mãos tremiam e sentia o estômago contrair-se, quando rompeu o lacre. O envelope era de formato fólio, com cerca de uma polegada de espessura. Rasgou-o e tirou dele uma pasta, amarrada com cintas, que continha várias folhas de papel manuscrito. Na sua precipitação em desfazer os nós, a pasta se abriu e as folhas se esparramaram pelo chão, ao pé da cômoda. Agachou-se para pegá-las, amaldiçoando seu mau jeito, e levantou-se de novo com elas na mão. Tinham um aspecto oficial, a maioria eram cartas e documentos em papel timbrado. Foi sentar-se à escrivaninha e colocou a papelada diante de si. Nos primeiros momentos, por causa da excitação, as linhas pareciam dançar ante seus olhos: era incapaz de ler uma só palavra. Cerrou as pálpebras e obrigou-se a contar até dez. Depois respirou fundo e iniciou a leitura. De fato, a maioria eram cartas. O mestre de esgrima estremeceu ao ler algumas assinaturas.

MINISTÉRIO DA JUSTIÇA

D. Luis Álvarez Rendruejo Inspetor-geral de Segurança e Polícia Governamental.
Madri

Pela presente, estabeleça-se estrita vigilância sobre as pessoas indicadas a seguir, pois recaem sobre elas razoáveis suspeitas de conspiração contra o governo de Sua Majestade, a rainha, D. G.
Devido à condição de alguns dos supostos envolvidos, dou por assentado que a missão será realizada com toda a discrição e tato oportunos, devendo os resultados da investigação ser comunicados diretamente a mim.
Martínez Carmona, Ramón. Advogado. Calle del Prado, 16. Madri.
Miravalls Hernández, Domiciano. Industrial. Calle Corredera Baja. Madri.
Cazorla Longo, Bruno. Procurador do Banco da Itália. Plaza de Santa Ana, 10. Madri.
Cañabate Ruiz, Fernando. Engenheiro ferroviário. Calle Leganitos, 7. Madri.
Porlier y Osborne, Carmelo. Financista. Calle Infantas, 1. Madri.

Para maior segurança, convém o senhor levar consigo tudo o que estiver relacionado com este assunto.

Joaquín Vallespín Andreu
Ministro da Justiça.
Madri, 3 de outubro de 1866

Sr. D. Joaquín Vallespín Andreu
Ministro da Justiça.
Madri

Caro Joaquín:
Meditei sobre nossa conversa de ontem à tarde, e a proposta de que você me fala parece aceitável. Confesso que me dá certa repugnância beneficiar esse canalha, mas o resultado vale a pena. Não se consegue nada grátis nestes tempos!

O caso da concessão da mina da serra de Cartagena está resolvido. Falei com Pepito Zamora, que não tem objeções, apesar de eu não ter lhe dado nenhum detalhe. Deve imaginar que estou querendo tirar proveito, mas não me importo. Já estou velho demais para me preocupar com novas calúnias. Claro, informei-me devidamente e creio que nosso pássaro vai se encher de dinheiro. Quem te diz isso é um homem de Loja, e para essas coisas me sobra olfato.

Mantenha-me informado. Claro, nem pensar em falar neste assunto no Conselho de Ministros. Tire também Álvarez Rendruejo desta jogada. A partir de agora, o assunto fica entre nós dois.

Ramón María Narváez
8 de novembro

MINISTÉRIO DA JUSTIÇA

D. Luis Álvarez Rendruejo
Inspetor-geral de Segurança e Polícia Governamental.
Madri

Pela presente, dê-se voz de prisão às pessoas indicadas a seguir, suspeitas de conspiração criminosa contra o governo de Sua Majestade, a rainha, D. G.:
Martínez Carmona, Ramón.
Porlier y Osborne, Carmelo.
Miravalls Hernández, Domiciano.
Cañabate Ruiz, Fernando.
Mazarrasa Sánchez, Manuel María.
Todos eles devem ser detidos separadamente e postos incomunicáveis imediatamente.

Joaquín Vallespín Andreu
Ministro da Justiça.
Madri, 12 de novembro

INSPEÇÃO GERAL
DE CONDENADOS E REVÉIS

Joaquín Vallespín Andreu
Ministro da Justiça.
Madri

Excelentíssimo Senhor:
Pela presente levo a seu conhecimento que Martínez Carmona, Ramón; Porlier y Osborne, Carmelo; Miravalls Hernández, Domiciano, e Cañabate Ruiz, Fernando, ingressaram com data de

hoje e sem novidade na casa de detenção de Cartagena, à espera da transferência para os presídios da África, onde cumprirão pena.
 Sem mais a que me referir, sempre às gratas ordens de V. Ex.ª,
D. G.

Ernesto de Miguel Marín
Inspetor-geral de Condenados e Revéis.
Madri, 28 de novembro de 1866

Excelentíssimo Senhor D. Ramón María Narváez
Presidente do Conselho.
Madri

Meu general:
 Tenho a satisfação de lhe enviar os segundos resultados, consignados no relatório que acompanha esta, chegados às minhas mãos esta mesma noite. Fico à sua disposição para maiores detalhes.

Joaquín Vallespín Andreu
Madri, 5 de dezembro
(é cópia única)

Sr. D. Joaquín Vallespín Andreu
Ministro da Justiça.
Madri

Caro Joaquín:
 Só encontro uma palavra: excelente. O que nosso pássaro nos deu é o golpe mais importante que vamos dar no nosso intrigante J. P. Mando em nota à parte instruções precisas sobre como encarar o assunto. Esta tarde, voltando do Palácio, daremos mais detalhes.

Mão firme. Não há outro sistema. Quanto aos militares envolvidos, penso recomendar a Sangonera o máximo rigor. Há que dar uma boa lição.
Ânimo, e firme na luta.

Ramón María Narváez
6 de dezembro

MINISTÉRIO DA JUSTIÇA

D. Luis Álvarez Rendruejo
Inspetor-geral de Segurança e Polícia Governamental.
Madri

Pela presente, dê-se voz de prisão às pessoas indicadas a seguir, sob a acusação de alta traição e conspiração criminosa contra o governo de Sua Majestade, a rainha, D. G.:

De la Mata Ordóñez, José. Industrial. Ronda de Toledo, 22 bis. Madri.

Fernández Garre, Julián. Funcionário do Estado. Calle Cervantes, 19. Madri.

Gal Rupérez, Olegario. Capitão do Batalhão de Engenharia. Quartel de Jarilla. Alcalá de Henares.

Gal Rupérez, José María. Tenente de Artilharia. Quartel de Colegiata. Madri.

Cebrián Lucientes, Santiago. Tenente-coronel de Infantaria. Quartel de Trinidad. Madri.

Ambrona Páez, Manuel. Comandante do Batalhão de Engenharia. Quartel de Jarilla. Alcalá de Henares.

Figuero Robledo, Ginés. Comerciante. Calle Segovia, 16. Madri.

Esplandiú Casals, Jaime. Tenente de Infantaria. Quartel de Vicálvaro.

Romero Alcázar, Onofre. Administrador da quinta "Los Rocíos". Toledo.

Villagordo López, Vicente. Comandante de Infantaria. Quartel de Vicálvaro.

No que se refere ao pessoal militar incluído nessa relação, agir em coordenação com a autoridade militar correspondente, que já está de posse das ordens oportunas emitidas pelo Exmo Sr. Ministro da Guerra.

Joaquín Vallespín Andreu
Ministro da Justiça.
Madri, 7 de dezembro de 1866
(é cópia)

INSPEÇÃO GERAL DE SEGURANÇA E POLÍCIA GOVERNAMENTAL

Dom Joaquín Vallespín Andreu
Ministro da Justiça.

Excelentíssimo Senhor:

Levo ao conhecimento de V. Ex.ª que esta manhã, dando seguimento às instruções recebidas com data de ontem, foram efetuadas as diligências oportunas por funcionários deste Departamento, em coordenação com a Autoridade Militar, procedendo-se à detenção de todos os indivíduos requeridos nas mesmas. Deus guarde V. Ex.ª por muitos anos.

Luis Álvarez Rendruejo
Inspetor-geral de Segurança e Polícia Governamental.
Madri, 8 de dezembro de 1866

INSPEÇÃO GERAL
DE CONDENADOS E REVÉIS

Dom Joaquín Vallespín Andreu
Ministro da Justiça.
Madri

Caro Joaquín:
Sirva esta de notificação oficial para lhe comunicar que esta tarde, a bordo do vapor Rodrigo Suárez, foram deportados para as Canárias o tenente-coronel Cebrián Lucientes e os comandantes Ambrona Páez e Villagordo López. O capitão Olegario Gal Rupérez e seu irmão, José María Gal Rupérez, ficam confinados na prisão militar de Cádiz à espera do próximo embarque de deportados para Fernando Poo.
Sem mais assunto de momento, receba um forte abraço
Pedro Sangonera Ortiz
Ministro da Guerra.
Madri, 23 de dezembro

MINISTÉRIO DA GUERRA

Dom Joaquín Vallespín Andreu
Ministro da Justiça.
Madri

Caro Joaquín:
Tenho de novo o dever, penoso desta feita, de pegar a pena para notificar-lhe oficialmente que, não tendo sido concedido o indulto

por S. M. a rainha e cumprido o prazo estipulado na sentença, esta madrugada, às quatro horas, foi passado pelas armas, nos fossos do castelo de Oñate, o tenente Jaime Esplandiú Casals, condenado à pena extrema por sedição, alta traição e conspiração criminosa contra o governo de S. M.
Sem mais assunto de momento, firmo-me
Pedro Sangonera Ortiz
Ministro da Guerra.
Madri, 26 de dezembro

Seguia uma série de notas oficiais, assim como outros bilhetes de caráter confidencial trocados entre Narváez e o ministro da Justiça, com datas posteriores, em que se mencionavam diversas atividades dos agentes de Prim na Espanha e no exterior. Da sua leitura, Jaime Astarloa deduziu que o governo estivera acompanhando de perto os movimentos clandestinos dos conspiradores. Citavam-se continuamente nomes e lugares, recomendava-se a vigilância de Fulano ou a detenção de Beltrano, informava-se o nome falso com que um agente de Prim se preparava para embarcar em Barcelona... O mestre de esgrima voltou atrás na leitura, para verificar as datas. A correspondência ali contida abarcava o período de um ano e se interrompia bruscamente. Dom Jaime puxou pela memória e pôde lembrar-se de que essa interrupção coincidia com o falecimento em Madri de Joaquín Vallespín, o ministro da Justiça, no qual aqueles papéis pareciam centrar-se. Vallespín, ele se lembrava muito bem disso, tinha sido um dos alvos prediletos de Agapito Cárceles nas mesas do café Progreso: homem catalogado como absolutamente leal a Narváez e à monarquia, destacado membro do Partido Moderado, distinguiu-se durante o exercício do seu cargo por uma sólida propensão ao uso da mão-de-ferro. Tinha morrido de uma doença cardíaca, e seu enterro foi celebrado com o adequado luto oficial, cujas cerimônias foram presididas por Narváez. Pouco depois, o próprio Narváez seguiu-o ao túmulo, privando assim Isabel II do seu principal apoio político.

Jaime Astarloa puxou-se os cabelos, desconcertado. Aquilo não tinha pé nem cabeça. Não estava muito a par das maquinações de gabinete, mas tinha a impressão de que os documentos, possível causa da morte de Luis de Ayala, não continham nada que justificasse seus cuidados em escondê-los, e muito menos seu assassinato. Voltou a ler algumas páginas com obstinada concentração, esperando descobrir algum indício que lhe houvesse escapado na primeira leitura. Em vão. Deteve-se longamente sobre o bilhete, um tanto quanto críptico, que ocupava o segundo lugar entre os papéis: o que era dirigido por Narváez a Vallespín em termos familiares. Nele, o duque de Valencia se referia a uma proposta, feita sem dúvida pelo ministro da Justiça, que considerava *"aceitável"*, aparentemente relacionada a certo caso de *"concessão de mina"*. Narváez teria consultado alguém chamado *"Pepito Zamora"*, sem dúvida o que foi ministro de Minas na época, José Zamora... Mas isso parecia ser tudo. Nenhuma chave, mais nenhum nome. *"Me dá certa repugnância beneficiar esse canalha..."*, tinha escrito Narváez. A que canalha poderia se referir? Talvez a resposta estivesse ali, naquele nome que não aparecia em lugar nenhum... Ou não?

O mestre-de-armas suspirou. Talvez para alguém versado no assunto aquilo encerrasse algum sentido, mas para ele não levava a lugar nenhum. Não conseguia entender o que transformava aqueles documentos numa coisa tão importante, tão perigosa, por cuja posse havia gente que não se detinha nem ante o crime. Além do mais, por que Luis de Ayala os confiara a ele? Quem iria querer roubá-los e para quê? Por outro lado, como o marquês de los Alumbres, que se dizia à margem da política, pôde obter aqueles papéis, que pertenciam à correspondência privada do falecido ministro da Justiça?

Para isso, pelo menos, havia uma explicação lógica. Joaquín Vallespín Andreu era parente do marquês de los Alumbres: irmão da sua mãe, dom Jaime acreditava lembrar-se. A secretaria do Ministério, que Ayala teve em mãos durante sua breve passagem pela vida pública, lhe fora oferecida por ele, num dos últimos governos de Narváez. As datas coincidiam? Não se lembrava direito, embora a passagem de Ayala pelo Ministério talvez fosse posterior... O importante era que, de fato, o marquês de los Alumbres podia ter obtido os documentos quando desempenhava seu cargo oficial ou, quem sabe, à morte do tio. Era razoável, bastante provável até. Mas, nesse caso, que significavam exatamente e por que tanto interesse em conservá-los como um segredo? Eram assim tão perigosos, tão comprometedores, que podia encontrar-se neles a justificação para um assassinato?

Levantou-se da mesa para caminhar pela sala, agoniado com aquela história de matizes tão sombrios que escapava por completo à sua capacidade de análise. Tudo era diabolicamente absurdo, em especial o papel involuntário que ele havia desempenhado — e ainda desempenhava, pensou estremecendo — na tragédia. O que Adela de Otero tinha a ver com aquela teia de conspirações, cartas oficiais, listas de nomes e sobrenomes? Nomes entre os quais nenhum lhe soava familiar. Sobre os fatos a que se fazia referência, lembrava-se, isso sim, de ter lido algo nos jornais ou de ter ouvido comentários no café, antes e depois de cada tentativa de Prim de se apossar do poder. Lembrava-se até da execução daquele pobre tenente, Jaime Esplandiú. Mas era só. Estava num beco sem saída.

Pensou em ir à polícia, entregar os documentos e esquecer o assunto. Mas não era tão simples assim. Com viva inquietação, lembrou-se do interrogatório a que o chefe de polícia o havia submetido, ao lado do cadáver de Ayala. Ele havia mentido a Campillo, ocultando a existência do envelope lacrado. E se aqueles documentos eram tão comprometedores para alguém, eram também para ele, já que havia sido seu inocente depositário. Inocente? A palavra o fez torcer a boca num desagradável trejeito. Ayala já não vivia para explicar o imbróglio, e da inocência quem decidia eram os juízes.

Nunca na vida se sentira tão confuso. Sua natureza honrada se rebelava ante a mentira. Mas havia escolha? Um instinto de prudência o aconselhava a destruir os papéis, distanciar-se voluntariamente daquele pesadelo, se é que ainda era tempo. Assim, ninguém saberia de nada. Ninguém, disse a si mesmo com apreensão; tampouco ele. E Jaime Astarloa precisava saber que sórdida história palpitava no fundo daquilo tudo. Tinha direito, e as razões eram muitas. Se não desvendasse o mistério, nunca recobraria a paz.

Mais tarde decidiria o que fazer com os documentos, se os destruía ou os entregava à polícia. Agora, o que urgia era decifrar a chave. Mas era evidente que ele não era capaz de fazê-lo, por seus próprios meios. Talvez alguém mais versado em questões políticas...

Pensou em Agapito Cárceles. Por que não? Era seu companheiro de café, seu amigo, além do mais acompanhava com paixão os acontecimentos políticos do país. Sem dúvida nenhuma, os nomes e os fatos contidos naqueles papéis lhe seriam familiares.

Juntou apressadamente as folhas, escondendo-as de novo atrás da fileira de livros, pegou a bengala e a cartola, e saiu à rua. Ao atravessar o saguão, tirou o relógio do bolso do casaco e consultou-o: eram quase seis da tarde. Cárceles estaria certamente na mesa do Progreso. O café ficava ali perto, na Calle Montera, a apenas dez minutos a pé; mas o mestre de esgrima tinha pressa. Parou um fiacre e pediu que o cocheiro o levasse lá com a maior rapidez possível.

* * *

Encontrou Cárceles em seu canto habitual do café, engrenado num monólogo sobre o nefasto papel que Habsburgos e Bourbons haviam representado nos destinos da Espanha. Diante dele, com a gravata à Lavallière ao colarinho e seu eterno ar de incurável melancolia, Marcelino Romero fitava-o sem escutar, chupando distraidamente um torrão de açúcar. Contrariando seu costume, Jaime Astarloa não se desfez em cumprimentos; desculpando-se ante o pianista, chamou Cárceles à parte, pondo-o, parcialmente e com todo tipo de reservas, a par do problema:

— Trata-se de uns documentos que se acham em meu poder, por razões que não vêm ao caso. Preciso que alguém com sua experiência me esclareça algumas dúvidas. Claro que conto com sua discrição mais absoluta.

O jornalista mostrou-se encantado com a coisa. Havia terminado sua dissertação sobre a decadência austro-borbônica e, por outro lado, o professor de música não era precisamente um bom companheiro de bar. Depois de se desculparem com Romero, ambos saíram do café.

Resolveram ir caminhando até a Calle Bordadores. Durante o trajeto, Cárceles referiu-se de passagem à tragédia de Villaflores, que tinha se tornado o tema do dia de toda a Madri. Sabia vagamente que Luis de Ayala havia sido cliente de dom Jaime e pediu detalhes do caso, com uma curiosidade profissional tão acentuada que o mestre de esgrima se viu em sérios apuros para esquivar o assunto com respostas evasivas. Cárceles, que não perdia oportunidade para manifestar seu desprezo pela classe aristocrática, não se mostrava nem um pouco penalizado com a extinção de um dos seus rebentos.

— Trabalho poupado ao povo soberano, quando chegar a hora — proclamou, lúgubre, mudando imediatamente de assunto ante o olhar de censura que dom Jaime lhe dirigiu. Mas logo em seguida voltava à carga, dessa vez para expor sua hipótese de que a morte do marquês tinha a ver com uma história de rabo-de-saia. Para o jornalista, a coisa era clara: haviam dado o passaporte, zás, ao marquês de los Alumbres por uma questão de honra ofendida. Comentava-se que com um sabre ou algo do gênero, não era mesmo? Talvez dom Jaime estivesse a par.

O mestre de esgrima viu com alívio que já chegavam à porta de sua casa. Cárceles, que visitava pela primeira vez o apartamento, observou com curiosidade o pequeno salão. Mal descobriu as estantes de livros, dirigiu-se para elas em linha reta, estudando com olho crítico os títulos impressos nas lombadas.

— Nada mal — concedeu por fim, com magnânimo gesto de indulgência. — Pessoalmente, sinto falta de vários títulos fundamentais para compreender a época que nos coube viver. Diria que Rousseau, talvez um pouquinho de Voltaire...

Jaime Astarloa estava pouco se lixando para a época que lhes cabia viver, muito menos ainda para os gostos obsoletos de Agapito Cárceles em matéria literária ou filosófica, de modo que interrompeu seu colega de café com o maior tato possível, orientando a conversa para o tema que lhe interessava. Cárceles se esqueceu dos livros e dispôs-se a encarar o assunto com visível atenção. Dom Jaime tirou os documentos do esconderijo.

— Antes de mais nada, dom Agapito, confio em sua honra de amigo e cavalheiro, para que considere todo esse caso com a máxima discrição. — Falava com suma gravidade e notou que o jornalista ficara impressionado com seu tom. — Tenho sua palavra?

Cárceles levou a mão ao peito, solene.

— Tem. Claro que tem.

Dom Jaime pensou que talvez cometesse um erro, afinal de contas, ao se confiar daquela forma; mas, naquela altura, não havia mais como retroceder. Pôs o conteúdo do envelope sobre a mesa.

— Por motivos que não posso lhe revelar, já que o segredo não me pertence, estes documentos estão em meu poder. Em seu conjunto, encerram um significado oculto, algo que me escapa e que, por ser de grande importância para mim, preciso desvendar. — Havia agora um gesto absorto de atenção no rosto de Cárceles, pendente das palavras que saíam, não sem esforço, da boca do seu interlocutor. — Talvez o problema resida em meu desconhecimento dos assuntos políticos da nação. O caso é que sou incapaz, com meu curto entendimento, de dar um sentido coerente ao que, sem dúvida, tem um... Por isso decidi recorrer ao senhor, versado nesse tipo de coisas. Peço-lhe que leia isto, tente deduzir com que se relaciona e, depois, me dê sua abalizada opinião.

Cárceles ficou imóvel por alguns instantes, observando fixamente o mestre de esgrima, e este compreendeu que estava impressionado. Em seguida, passou a língua pelos lábios e olhou para os documentos em cima da mesa.

— Dom Jaime — disse por fim, com mal contido espanto —, nunca pensei que o senhor...

— Nem eu — atalhou o mestre. — E devo lhe dizer, em honra à verdade, que esses papéis se encontram nas minhas mãos contra a minha vontade. Mas não posso mais escolher, e agora preciso saber o que significam.

Cárceles olhou outra vez para os documentos, sem se decidir a tocá-los. Sem dúvida intuía que algo muito grave se ocultava ali. Por fim, como se a decisão houvesse vindo de repente, sentou-se à mesa e pegou os papéis. Dom Jaime ficou de pé, junto dele. Dada a situação, havia resolvido deixar de lado seus habituais formalismos e reler o conteúdo do maço por cima do ombro do amigo.

Quando viu os timbres e as assinaturas das primeiras cartas, o jornalista engoliu ruidosamente a saliva. Virou-se algumas vezes para fitar o mestre de esgrima com a incredulidade estampada no rosto, mas não fez nenhum comentário. Lia em silêncio, virando cuidadosamente as páginas, detendo-se com o indicador em algum nome das listas nelas contidas. Quando estava na metade da leitura, deteve-se subitamente, como se lhe houvesse ocorrido uma idéia e voltou atrás com precipitação, relendo as folhas iniciais. Uma leve expressão, parecida com um sorriso, desenhou-se em seu rosto mal barbeado. Voltou a ler mais um instante, enquanto dom Jaime, que não ousava interrompê-lo, aguardava em ansiosa expectativa.

— Consegue tirar alguma coisa a limpo? — perguntou por fim, sem mais poder se conter.

O jornalista fez um gesto de cautela.

— É possível. Mas por enquanto só se trata de um palpite... Preciso me certificar de que estamos no bom caminho.

Tornou a mergulhar na leitura com o cenho franzido. Passado um momento, moveu lentamente a cabeça, como se roçasse uma certeza que andara buscando. Parou de novo e ergueu uns olhos evocativos para o teto.

— Aconteceu alguma coisa... — comentou sombrio, falando consigo mesmo. — Não me lembro direito, mas deve ter sido... no começo do ano passado. É, minas. Houve uma campanha contra Narváez, diziam que ele estava na jogada. Como se chamava mesmo aquele...?

Jaime Astarloa não se lembrava de ter ficado tão nervoso em toda a sua vida. De repente, o rosto de Cárceles se iluminou.

— Claro! Que boboca eu sou! — exclamou, batendo na mesa com a palma da mão. — Mas preciso confirmar o nome... Será possível que seja...? — Folheou rapidamente as páginas, procurando novamente as primeiras. — Pelas chagas de Cristo, dom Jaime! Como é possível que o senhor não tenha se dado conta? O que tem aqui é um escândalo sem precedentes! Juro que...!

Bateram na porta. Cárceles emudeceu bruscamente, olhando receoso para o vestíbulo.

— Está esperando alguém?

O mestre de esgrima negou com a cabeça, tão desconcertado como ele com a interrupção. Dando mostras de uma presença de espírito inesperada, o jornalista juntou os documentos, olhou em torno e, levantando-se com presteza, foi enfiá-los debaixo do sofá. Virou-se em seguida para dom Jaime.

— Despache quem for! — sussurrou-lhe ao pé do ouvido. — O senhor e eu precisamos conversar!

Aturdido, o mestre de esgrima ajeitou maquinalmente a gravata e atravessou o vestíbulo em direção à porta. A certeza de que estava a ponto de se desvendar o mistério que levara até ele Adela de Otero e custara a vida de Luis de Ayala ia calando pouco a pouco, produzindo nele uma sensação de irrealidade. Por um instante, perguntou-se se não ia acordar de uma hora para a outra e constatar que tudo aquilo havia sido uma piada absurda, brotada de sua imaginação.

Havia um policial à porta.

— Dom Jaime Astarloa?

O mestre de esgrima sentiu os cabelos se arrepiarem na nuca.

— O próprio.

O guarda tossiu levemente. Tinha cara aciganada e uma barba feita atabalhoadamente.

— Quem me envia é o senhor chefe superior de Polícia, dom Jenaro Campillo. Pede-lhe que faça o obséquio de me acompanhar para proceder a uma diligência.

Dom Jaime encarou-o sem entender.

— Como? — perguntou, tentando ganhar tempo.

O guarda percebeu seu desconcerto e sorriu, tranqüilizador:

— Não se preocupe, senhor, é pura formalidade. Pelo visto, há novos indícios sobre o caso do senhor marquês de los Alumbres.

O mestre piscou os olhos, irritado com a inoportunidade da convocação. Em todo caso, o guarda tinha falado de novos indícios. Talvez fosse importante. Quem sabe não teriam localizado Adela de Otero...

— Pode esperar um minutinho?

— Claro. O tempo que quiser.

Deixou o guarda na porta e voltou para o salão, onde Cárceles, que escutara a conversa, o aguardava.

— O que fazemos? — perguntou dom Jaime em voz baixa.

O jornalista fez um gesto que aconselhava calma.

— Vá o senhor — respondeu. — Eu espero aqui, aproveitando para ler tudo mais detidamente.

— Descobriu alguma coisa?

— Creio que sim, mas ainda não estou seguro. Preciso aprofundar mais. Pode ir tranqüilo.

Dom Jaime fez um gesto afirmativo. Não havia outra solução.

— Demorarei o menos possível.

— Não se preocupe. — Nos olhos de Agapito Cárceles havia um brilho que inquietava um pouco o mestre-de-armas. — Isso — indicou a porta — tem algo a ver com o que acabo de ler?

Jaime Astarloa corou. A situação começava a escapar do seu controle. Fazia um momento que vinha crescendo dentro dele certa sensação de desalentado cansaço.

— Ainda não sei. — Naquela altura, mentir a Cárceles lhe parecia ignóbil. — Quero dizer que... Conversaremos quando eu voltar. Preciso pôr um pouco de ordem na minha cabeça.

Apertou a mão do amigo e saiu, acompanhando o policial. Uma carruagem oficial esperava lá embaixo.

— Aonde vamos? — perguntou.

O guarda tinha pisado numa poça e tentava sacudir a água das botas.

— Ao necrotério — respondeu.

E acomodando-se no assento, pôs-se a assobiar uma tonadilha na moda.

* * *

Campillo aguardava numa sala do Instituto Médico Legal. Gotas de suor inundavam-lhe a testa, a peruca estava caída de lado, o pincenê balançava na ponta da correia presa à lapela. Quando viu o mestre de esgrima entrar, levantou-se com um sorriso cortês.

— Lamento muito, senhor Astarloa, termos de nos ver pela segunda vez no mesmo dia em tão penosas circunstâncias.

Dom Jaime olhava em torno desconfiado. Com supremo esforço, juntava todas as suas energias para manter os derradeiros resquícios de serenidade, que pareciam lhe escapar por todos os poros do corpo. Aquilo começava a ultrapassar os limites em que costumavam se mover as controladas emoções a que estava afeito.

— O que aconteceu? — perguntou, sem ocultar sua inquietação. — Eu estava em casa, resolvendo um assunto importante...

Jenaro Campillo fez um gesto de desculpa.

— Só vou incomodá-lo por alguns minutos, garanto. Compreendo perfeitamente que essa situação deve ser muito incômoda para o senhor, mas, creia-me, ocorreram alguns acontecimentos imprevistos. — Estalou a língua, como se expressasse seu aborrecimento com aquilo tudo. — E em que dia, santo Deus! As notícias que acabo de receber também não são nada tranqüilizadoras. As tropas amotinadas avançam para Madri, corre o boato de que a rainha pode se ver obrigada a fugir para a França e aqui se teme uma revolta popular... Veja o senhor que panorama! Porém, à margem dos acontecimentos políticos, a justiça comum tem de seguir seu curso inexorável. *Dura lex, sed lex*. Não acha?

— Desculpe, senhor Campillo, mas estou meio confuso. Não me parece ser este o lugar mais apropriado...

O chefe de polícia levantou a mão, pedindo paciência a seu interlocutor.

— Queira ter a bondade de me acompanhar.

Fez um gesto com o indicador, apontando o caminho. Desceram uma escada e enveredaram por um corredor sombrio, com paredes cobertas por azulejos brancos e manchas de umidade no teto. O lugar era iluminado por candeeiros a gás, cujas chamas oscilavam com uma gelada corrente de ar que fez Jaime Astarloa estremecer sob o leve redingote de verão. O ruído dos passos se perdia no extremo do corredor, arrancando da abóbada ecos sinistros.

Campillo parou diante de uma porta de vidro opaco e empurrou-a, convidando seu acompanhante a entrar primeiro. O mestre de esgrima encontrou-se numa saleta mobiliada com velhos arquivos de madeira escura. Detrás da sua escrivaninha, um funcionário municipal pôs-se de pé ao vê-los entrar. Era magro, de idade indefinida, e seu guarda-pó branco estava salpicado de manchas amarelas.

— O número dezessete, Lucio. Por favor.

O funcionário pegou um impresso que estava em cima da mesa e, com ele na mão, abriu uma das portas de vaivém que havia do outro lado da sala. Antes de segui-lo, o policial tirou um havana do bolso do paletó e ofereceu-o a dom Jaime.

— Obrigado, senhor Campillo. Já lhe disse esta manhã que não fumo.

O outro arqueou a sobrancelha, com ar de reprovação.

— O espetáculo que me vejo na obrigação de lhe apresentar não é muito agradável... — comentou, pondo o charuto na boca e acendendo um fósforo. — A fumaça do tabaco costuma ajudar a suportar esse tipo de coisas.

— Que tipo de coisas?

— Já vai ver.

— Seja como for, não preciso fumar.

O policial deu de ombros.

— Como queira.

Ambos entraram numa sala espaçosa, de teto baixo, paredes cobertas pelos mesmos azulejos brancos e idênticas manchas de umidade no teto. Num canto, havia uma espécie de um tanque enorme, com uma torneira que pingava continuamente.

Dom Jaime parou involuntariamente, enquanto o frio intenso que reinava naquele local penetrava até o mais fundo das suas entranhas. Nunca havia visitado antes um necrotério, nem tampouco imaginado que tivesse um aspecto tão desolador e tétrico. Meia dúzia de grandes mesas de mármore estavam alinhadas ao longo da sala; em quatro delas, imóveis formas humanas se delineavam sob lençóis surrados. O mestre de esgrima fechou os olhos um instante, enchendo os pulmões de ar, que expulsou logo em seguida com um arquejo de angústia. Um cheiro estranho pairava no ambiente.

— Fenol — esclareceu o policial. — É usado como desinfetante.

Dom Jaime assentiu em silêncio. Seus olhos estavam fixos num dos corpos estendidos no mármore. Na extremidade inferior do lençol, dois pés humanos estavam à mostra. Tinham uma cor amarelada e pareciam brilhar sob a luz de gás com tons azulados.

Jenaro Campillo havia acompanhado a direção do seu olhar.

— Esse o senhor já conhece — disse com uma desenvoltura que pareceu monstruosa ao mestre-de-armas. — Aquele outro é que nos interessa.

Apontava com o charuto para a mesa contígua, coberta por seu respectivo lençol. Sob ele, adivinhava-se uma silhueta mais miúda e frágil.

O policial soltou uma densa baforada e fez dom Jaime deter-se junto do cadáver coberto.

— Apareceu no meio da manhã, no Manzanares. Mais ou menos na hora em que o senhor e eu conversávamos amenamente no Palácio de Villaflores. Sem dúvida foi jogada no rio na noite passada.

— Jogada?

— Foi o que eu disse. — E soltou uma risadinha sarcástica, como se naquilo tudo houvesse algo que não deixava de ter sua graça. — Posso lhe garantir que é tudo, menos suicídio ou acidente. Não quer mesmo ouvir meu conselho e dar umas baforadas num bom havana? Como queira. Temo e muito, senhor Astarloa, que demorará bastante para esquecer o que vai ver agora; é um pouco forte. Mas seu depoimento é necessário para completar a identificação. Uma identificação que não é nada fácil... O senhor já vai entender por quê.

Enquanto falava, fez um sinal para o funcionário e este tirou o lençol que cobria o corpo. O mestre de esgrima sentiu uma náusea profunda subir desde o estômago e a duras penas pôde contê-la, aspirando desesperadamente o ar. Suas pernas fraquejaram a ponto de precisar se apoiar no mármore para não cair no chão.

— O senhor a reconhece?

Dom Jaime forçou-se a manter a vista fixa no cadáver nu. Era o corpo de uma mulher jovem, de estatura mediana, que talvez tivesse sido atraente algumas horas antes. A pele tinha cor de cera, o ventre estava profundamente afundado entre os ossos das cadeiras e os seios, que provavelmente foram graciosos em vida, caíam de cada lado, na direção dos braços inertes e rígidos que se estendiam ao longo do corpo.

— Belo trabalho, não é? — murmurou Campillo às suas costas.

Com um supremo esforço, o mestre de esgrima olhou de novo para o que havia sido um rosto. No lugar das feições, havia restos de pele, carne e ossos. O nariz não existia e a boca era apenas um buraco escuro sem lábios, pelo qual se viam alguns dentes quebrados. No lugar dos olhos, só havia duas avermelhadas órbitas vazias. O cabelo, negro e abundante, estava sujo e desgrenhado, ainda conservando o lodo do rio.

Sem poder suportar mais aquele espetáculo, trêmulo de horror, dom Jaime afastou-se da mesa. Sentiu sob seu braço a precavida mão do policial, o cheiro do charuto e depois sua voz, que chegou até ele num grave sussurro.

— O senhor a reconhece?

Dom Jaime negou com a cabeça. Por sua mente alterada, passou a lembrança de um velho pesadelo: uma boneca cega boiava num pântano. Mas foram as palavras que Campillo pronunciou depois que fizeram um frio mortal deslizar lentamente até o canto mais oculto da sua alma:

— Mas o senhor deveria ser capaz de reconhecê-la, apesar da mutilação... Trata-se da sua ex-aluna, dona Adela de Otero!

7. Do convite

Fazer um convite, em esgrima, é fazer o adversário sair da sua posição de guarda.

Levou algum tempo para se dar conta de que o chefe de polícia estava lhe falando havia um instante. Tinham saído do porão e se encontravam de novo no nível da rua, sentados numa saleta do Instituto Médico Legal. Jaime Astarloa permanecia imóvel, caído para trás na cadeira, olhando sem enxergar uma gravura desbotada pendurada na parede, uma paisagem nórdica, com lagos e abetos. Seus braços pendiam ao lado do corpo, e um tom opaco, vazio de qualquer expressão, velava seus olhos cinzentos.

— ... Apareceu enrolada nos juncos, debaixo da ponte de Toledo, na margem esquerda. É estranho a correnteza não a ter arrastado, se considerarmos a tempestade que caiu durante a noite. Isso nos faz supor que a jogaram na água pouco antes do amanhecer. O que não consigo entender é por que se deram ao trabalho de levá-la até lá, em vez de deixá-la em casa.

Campillo fez uma pausa, olhando inquisitivo para o mestre de esgrima, como que lhe dando a oportunidade de fazer uma pergunta. Ao não notar nenhuma reação, deu de ombros. Ainda tinha o havana entre os dentes e limpava as lentes do pincenê com um lenço amarrotado, que havia tirado do bolso.

— Quando me avisaram do corpo, mandei que arrombassem a porta da casa. Devíamos ter feito isso muito antes, porque lá dentro o panorama era feíssimo: marcas de briga, alguns estragos na mobília e sangue. Muito sangue, para dizer a verdade. Um lago de sangue no quarto, um rio de sangue no corredor... Parecia que tinham degolado uma vaca, se me permite o termo. — Olhou para o mestre de esgrima espreitando o efeito das suas palavras. Parecia interessado em verificar se a descrição era bastante realista para impressioná-lo. Deve ter concluído que não, porque franziu o cenho, esfregou com mais energia o pincenê e continuou enumerando detalhes macabros sem deixar de controlá-lo com o rabo dos olhos. — Parece que a mataram dessa forma tão... conscienciosa e, depois, a tiraram de lá às escondidas, para jogá-la no rio. Não sei se houve alguma etapa intermediária, o senhor entende, tortura ou coisa do gênero. Se bem que, tendo em vista o estado em que a deixaram, temo que sim. Mas de uma coisa não cabe a menor dúvida: a senhora de Otero passou um mau pedaço antes de sair, bem morta, do seu apartamento da Calle de Riaño...

Campillo fez uma pausa para pôr cuidadosamente o pincenê, depois de examiná-lo satisfeito contra a luz.

— Bem morta — repetiu pensativo, tentando retomar o fio do seu discurso. — Também encontramos no quarto várias mechas de cabelo que, já confirmamos, pertencem à falecida. Além disso, havia um pedaço de pano azul, provavelmente arrancado durante a luta, que também corresponde ao que está faltando no vestido que ela usava quando a encontraram no rio. — O policial enfiou dois dedos no bolso de cima do casaco e tirou um pequeno anel em forma de fino aro de prata. — O cadáver estava com isto no anular da mão esquerda. Já o tinha visto antes?

Jaime Astarloa fechou os olhos e tornou a abri-los, como se acordasse de um longo sonho. Quando se virou lentamente para Campillo, estava muito pálido; até a última gota de sangue parecia ter ido embora do seu rosto.

— Perdão?

O policial remexeu-se no assento. Era evidente que havia contado com uma maior cooperação da parte de Jaime Astarloa e começava a sentir-se irritado com sua atitude, muito parecida com a de um sonâmbulo. Após a emoção dos momentos iniciais, trancava-se agora num obstinado mutismo, como se toda aquela tragédia lhe fosse indiferente.

— Perguntei se já tinha visto este anel antes.

O mestre-de-armas estendeu a mão, pegando entre os dedos o fino aro de prata. Em sua memória, brotou a dolorosa recordação daquele brilho metálico numa mão de pele morena. Largou-o em cima da mesa.

— Era de Adela de Otero — confirmou com voz neutra.

Campillo fez outra tentativa.

— O que não consigo entender, senhor Astarloa, é por que a massacraram assim, com tanto furor. Terá sido vingança? Queriam arrancar-lhe algum segredo?

— Não sei.

— O senhor sabe se essa mulher tinha inimigos?

— Não sei.

— É uma pena o que fizeram com ela. Deve ter sido muito bonita.

Dom Jaime pensou num pescoço nu e moreno, sob os cabelos negros presos na nuca com uma fivela de nácar. Lembrou-se de uma porta entreaberta e de um ruído de anáguas, de uma pele sob a qual parecia fremir uma cálida languidez. "Eu não existo", ela havia afirmado certa vez, na noite em que tudo foi possível e nada aconteceu. Agora era verdade: não existia mais. Tão-só carne morta apodrecendo numa mesa de mármore.

— Muito — respondeu após uma longa pausa. — Adela de Otero era muito bonita.

O policial achou que já tinha perdido tempo demais com o mestre de esgrima. Guardou o anel, jogou o charuto numa escarradeira e pôs-se de pé.

— O senhor está muito transtornado com os acontecimentos do dia, compreendo perfeitamente — disse. — Se o senhor quiser, amanhã de manhã, quando houver descansado e estiver em melhores condições, poderíamos continuar nossa conversa. Tenho certeza de que a morte do marquês e a desta mulher estão diretamente ligadas, e o senhor é uma das poucas pessoas que podem me dar alguma pista... Que tal no meu escritório no Ministério, às dez?

Jaime Astarloa olhou para o policial como se o estivesse vendo pela primeira vez.

— Sou suspeito? — perguntou.

Campillo piscou seu olho de peixe.

— Qual de nós não é, nos tempos que correm? — comentou num tom frívolo.

Mas o mestre de esgrima não parecia satisfeito com a resposta.

— Estou falando sério. Quero saber se o senhor suspeita de mim.

Campillo balançou-se nos pés, com a mão no bolso da calça.

— Não especialmente, se isso o tranqüiliza — respondeu ao fim de um instante. — O que acontece é que não posso descartar ninguém, e o senhor é o único que tenho à mão.

— Alegra-me ser-lhe útil.

O policial sorriu conciliador, como que pedindo para ser compreendido.

— Não se ofenda, senhor Astarloa — disse. — Afinal de contas, há de convir comigo que há uma série de fios que teimam em se atar sozinhos, uns aos outros: morrem dois dos seus clientes; fator comum, a esgrima. Um é morto com um florete... Tudo gira ao redor da mesma coisa, mas ignoro dois dados importantes: qual o ponto em torno do qual se movem os fatos e que papel o senhor representa nisso tudo. Se é que realmente representa um.

— Compreendo seu problema. Mas lamento não poder ajudá-lo.

— Eu lamento mais ainda. Mas o senhor também há de compreender que, tal como estão as coisas, não posso descartá-lo como possível envolvido. Na minha idade, com o que já vi no meu ofício, nesses casos não descarto nem minha santa mãe.

— Trocando em miúdos: estou sob vigilância.

Campillo fez uma careta, como se, tratando-se do mestre de esgrima, aquela definição fosse excessiva.

— Digamos que continuo requisitando sua estimada colaboração, senhor Astarloa. Prova disso é que marquei com o senhor para amanhã, no meu escritório. E que lhe peço, com todo respeito, que não saia da cidade e que possamos localizá-lo.

Dom Jaime assentiu em silêncio, quase distraidamente, enquanto se punha de pé e pegava o chapéu e a bengala.

— Interrogaram a criada? — perguntou.

— Que criada?

— A que servia em casa de dona Adela. Creio que se chama Lucía.

— Ah! Desculpe. Eu não havia entendido direito. Sim, a criada, claro... Não. Quero dizer, não pudemos localizá-la. Segundo a porteira, foi despedida faz coisa de uma semana e não voltou lá. Devo lhe dizer que estou movendo céus e terra para encontrá-la.

— E que mais contaram os porteiros do edifício?

— Também não foram muito úteis. Ontem à noite, com a tormenta que desabou sobre Madri, não ouviram nada. Com respeito à senhora de Otero, é muito pouco o que sabem. E se sabem mais, calam, por prudência ou medo. A casa não era dela. Tinha alugado três meses atrás, por intermédio de uma terceira pessoa, um agente comercial, que também interrogamos em vão. Instalou-se lá com poucos pertences. Ninguém sabe de onde vinha, mas há indícios de que tenha vivido algum tempo no exterior... Até amanhã, senhor Astarloa. Não se esqueça de que temos um encontro marcado.

O mestre de esgrima fitou-o com frieza.

— Não esquecerei. Boa noite.

Ficou um bom tempo parado na rua, apoiado na bengala, observando o céu escuro. O manto de nuvens tinha se rasgado para descobrir algumas estrelas. Qualquer transeunte que passasse perto dele sem dúvida teria ficado surpreso com a expressão do seu rosto, apenas iluminado pela pálida chama dos lampiões a gás. A magra fisionomia do mestre-de-armas parecia talhada em pedra, como a lava que momentos antes ardia e se tivesse solidificado sob o sopro de um frio glacial. Não era somente o seu rosto. Sentia o coração bater muito lentamente no peito, tranqüilo e pausado, como a pulsação que perpassava por suas têmporas. Não sabia por quê, ou, mais exatamente, se negava a aprofundar as razões, mas desde que vira o cadáver nu e mutilado de Adela de Otero, a confusão que nas últimas horas atarantava sua mente se dissipara como por encanto. Era como se a atmosfera glacial do necrotério houvesse deixado uma fria marca dentro de si. Sua mente estava agora desanuviada. Podia sentir o controle perfeito do último dos músculos do seu corpo. Era como se o mundo ao seu redor houvesse voltado à sua exata dimensão e ele pudesse novamente contemplá-lo a seu modo, um pouco distante, com a velha serenidade recobrada.

Que havia acontecido com ele? O mestre de esgrima ignorava. Apenas tinha a certeza de que, por algum motivo obscuro, a morte de Adela de Otero o havia libertado, fazendo se desvanecer aquela sensação de vergonha, de humilhação, que o atormentara até a loucura nas últimas semanas. Que tortuosa satisfação experimentava agora, ao descobrir que não havia sido enganado por um carrasco, mas por uma vítima! Isso mudava as coisas. Por fim, tinha o triste consolo de saber que aquilo não havia sido a intriga de uma mulher, mas um plano meticulosamente executado por alguém sem escrúpulos, um cruel assassino, um desalmado cuja identidade ainda ignorava. Mas talvez esse homem o estivesse esperando a alguns passos dali, graças aos documentos que Agapito Cárceles já devia ter decifrado na casa da Calle Bordadores. Chegava a hora de virar a página. A marionete, saindo do jogo, arrebentava os cordéis. Agora passaria a agir por iniciativa própria, por isso não tinha dito nada à polícia. Afastada a perturbação, consolidava-se dentro de si uma fria cólera, um ódio imenso, lúcido e tranquilo.

O mestre de esgrima aspirou profundamente o ar fresco da noite, empunhou com firmeza a bengala e tomou o caminho de casa. Havia chegado o momento de saber, porque soava a hora da vingança.

Teve de fazer alguns desvios. Embora já fossem onze da noite, as ruas estavam agitadas. Piquetes de soldados e guardas a cavalo patrulhavam por toda parte. Na esquina da Calle Hileras, viu os restos de uma barricada, que vários populares desmontavam sob a supervisão da força pública. Na altura da Plaza Mayor ouvia-se um distante barulho de tumulto, e um piquete de alabardeiros da Guarda andava em frente ao Teatro Real com as baionetas caladas nos fuzis. A noite se apresentava agitada, mas Jaime Astarloa mal prestou atenção no que acontecia à sua volta, concentrado que ia em seus pensamentos. Subiu apressado os degraus da escada e abriu a porta, esperando encontrar Cárceles. Mas a casa estava vazia.

Acendeu um fósforo e aproximou-o da mecha do lampião a querosene, surpreso com a ausência do jornalista. Assaltado por maus presságios, procurou sem resultado no quarto e na sala de armas. Voltando ao gabinete, espiou debaixo do sofá e atrás dos livros da estante, mas os documentos também não estavam lá. Aquilo era um absurdo, disse consigo mesmo. Agapito Cárceles não podia ter ido tranqüilamente embora sem antes falar com ele. Onde teria guardado os papéis? O curso dos seus pensamentos levou-o a um ponto que não pôde abordar sem um sobressalto: teria levado o envelope consigo?

Seus olhos deram com uma folha de papel posta em cima da escrivaninha. Antes de sair, Cárceles escrevera um bilhete:

Prezado dom Jaime:
A coisa está bem encaminhada. Vejo-me obrigado a me ausentar para fazer umas verificações. Confie em mim.

O bilhete nem assinado estava. O mestre de esgrima ficou um instante com ele entre os dedos, antes de amassá-lo, jogando-o no chão. Estava claro que Cárceles tinha levado os documentos, o que o fez sentir uma súbita ira. Lamentou imediatamente ter depositado sua confiança no jornalista e se amaldiçoou em voz alta por sua estupidez. Sabia Deus onde aquele indivíduo estaria passeando com os documentos que tinham custado a vida de Luis de Ayala e Adela de Otero.

Demorou muito pouco para tomar uma decisão e, antes de considerá-la a fundo, viu-se descendo a escada. Sabia onde Cárceles morava: estava disposto a ir até lá, recuperar os documentos e obrigá-lo a contar tudo o que descobrira, nem que fosse obrigado a arrancar-lhe à força.

Parou de repente no patamar e forçou-se a refletir. Aquela história havia evoluído de uma forma que estava longe de ser um jogo. "Não vamos perder a cabeça outra vez", disse a si mesmo, enquanto procurava manter a calma que estava a ponto de abandoná-lo. Ali, no escuro da escada deserta, encostou-se na parede e calculou seus próximos passos. Claro, primeiro tinha de ir à casa de Cárceles. Isso era óbvio. E depois? O razoável, depois, passava apenas por um caminho: o que levava direto a Jenaro Campillo. Já era hora de parar de brincar de esconde-esconde com ele. Meditou amargamente sobre o precioso tempo que suas reticências o tinham feito perder e resolveu não repetir o erro. Iria se abrir com o chefe de polícia, entregar-lhe o envelope de Ayala e que pelo menos a justiça seguisse seu curso convencional. Sorriu tristemente ao imaginar a cara de Campillo, vendo-o aparecer na manhã seguinte com os documentos debaixo do braço.

Também considerou a possibilidade de ir à polícia antes de se encontrar com Cárceles, mas isso comportava certas dificuldades. Uma coisa era chegar com as provas na mão, outra bem diferente era contar uma história em que podiam acreditar ou não; uma história que, ainda por cima, encerrava graves contradições com o que ele manifestara nas duas entrevistas que tivera com Campillo durante o dia. Além do mais, Cárceles, cujas intenções ele ignorava, podia limitar-se a negar tudo. Nem sequer havia assinado a nota e nela não fazia a menor referência ao assunto que os ocupava... Não. Era evidente. Primeiro tinha de procurar o amigo infiel.

Foi nesse momento, e só então, que tomou consciência de uma coisa que o fez sentir um desagradável calafrio. Quem quer que fosse o responsável pelo que estava acontecendo já tinha assassinado duas vezes e é bem possível que estivesse disposto a, caso necessário, fazê-lo uma terceira vez. No entanto, a descoberta de que ele também corria perigo, de que podia ser assassinado como os outros, não lhe causou excessiva preocupação. Meditou sobre aquilo por uns instantes, descobrindo com surpresa que tal possibilidade lhe inspirava menos temor do que curiosidade. Sob essa perspectiva, as coisas se tornavam mais simples, podiam ser abordadas à luz dos seus próprios esquemas pessoais. Já não se tratava de tragédias alheias, em que se via envolvido involuntariamente, forçado à impotência. Essa, e não outra, tinha sido até aquele momento a causa da sua perturbação, do seu espanto. Mas se ele podia ser a próxima vítima, então tudo ficava mais fácil, já que não teria de se limitar a presenciar o sangrento rastro dos assassinos: estes viriam a ele. A *ele*. O sangue do velho mestre de esgrima bateu compassado em suas veias gastas, disposto à luta. Ao longo da vida, tinha se visto muitas vezes forçado a defender-se de todo tipo de estocadas, e não seria mais um golpe que iria preocupá-lo, mesmo se viesse pelas costas. Talvez Luis de Ayala ou Adela de Otero não estivessem suficientemente de sobreaviso; mas ele, sim, estaria. Como costumava dizer a seus alunos, a estocada de terceira não era executada com a mesma facilidade que a de quarta. E ele era perito em defender estocadas de terceira. E dá-las.

Tinha tomado sua decisão. Recuperaria naquela noite mesma os documentos de Luis de Ayala. Com esse pensamento subiu de novo a escada, abriu a porta, deixou a bengala na chapeleira e pegou outra, de acaju com castão de prata, um pouco mais pesada que a anterior. Desceu com ela na mão, roçando distraidamente as barras de ferro do corrimão. Dentro daquela bengala, havia um estoque do melhor aço, afiado como uma navalha.

Parou na entrada do prédio, para dar uma olhada prudente de um lado e de outro, antes de se aventurar nas sombras que cobriam a rua deserta. Desceu até a esquina da Calle Arenal e consultou o relógio à luz de um lampião, junto da parede de tijolos da igreja de San Ginés. Faltavam vinte minutos para a meia-noite.

Caminhou um pouco. Não se via quase ninguém na rua. Em vista do rumo que os acontecimentos tomavam, as pessoas tinham resolvido trancar-se em casa e só um ou outro noctâmbulo se atrevia a circular por Madri, que tinha o aspecto de uma cidade-fantasma à luz fraca da iluminação pública. Os soldados da esquina da Calle Postas dormiam na calçada enrolados em mantas, junto dos fuzis ensarilhados. Uma sentinela, com o rosto à sombra sob a viseira do quepe, levou a mão a ela para responder ao cumprimento de Jaime Astarloa. Em frente aos Correios, alguns guardas civis vigiavam o edifício, mão apoiada na empunhadura do sabre e carabina ao ombro. Uma lua redonda e avermelhada despontava sobre as negras silhuetas dos telhados, na extremidade da Carrera de San Jerónimo.

Teve sorte. Um fiacre de aluguel cruzou com ele na esquina da Alcalá, quando já perdia a esperança de conseguir um carro. O cocheiro ia recolher e aceitou o passageiro de má vontade. Dom Jaime acomodou-se no assento e deu o endereço de Agapito Cárceles, uma casa velha perto da Puerta de Toledo. Conhecia o lugar por pura casualidade, e felicitou-se por isso. Certa vez, Cárceles tinha convidado todo o grupo do Progreso, para ler-lhes o primeiro e o segundo atos de um drama cometido por ele sob o título: *Todos juntos ou o povo soberano*, uma tormentosa composição em verso livre cujas duas primeiras páginas, se alguma vez tivessem sido levadas à cena, teriam bastado para mandar o autor passar uma longa temporada num presídio qualquer da África, sem que o fato de se tratar de um descarado plágio de *Fuenteovejuna* tivesse servido de atenuante.

As sombrias ruelas desfilavam, desertas, pela janela do fiacre. Nelas só ecoavam os cascos do cavalo, junto com algum estalido do chicote do cocheiro. Jaime Astarloa meditava sobre a conduta adequada quando estivesse diante do amigo. Sem dúvida o jornalista tinha encontrado nos documentos algo escandaloso, do que talvez quisesse fazer uso particular. Isso ele não estava disposto a tolerar, entre outras razões porque o indignava o abuso de confiança de que havia sido objeto. Acalmando-se um pouco, pensou depois que também havia a possibilidade de que Agapito Cárceles não houvesse agido de má-fé ao levar os papéis; talvez pretendesse apenas fazer algumas verificações com os documentos em mãos, consultando dados que tivesse arquivado em casa. Como quer que seja, logo acabariam as dúvidas. O carro tinha parado e o cocheiro se inclinava da boléia.

— É aqui, senhor. Calle de la Taberna.

Era um beco estreito, mal iluminado, recendendo a sujeira e vinho ordinário. Dom Jaime pediu que o cocheiro o esperasse meia hora, mas este se negou, dizendo que já era tarde demais. O mestre de esgrima pagou e afastou-se da carruagem. Entrou no beco, tentando reconhecer a casa do amigo.

Levou algum tempo para encontrá-la. Só o conseguiu porque se lembrava de um pátio interno com uma entrada em arco. Uma vez neste, procurou quase às cegas a escada e subiu ao último andar, apoiando-se no corrimão de madeira enquanto ouvia os degraus rangerem sob seus pés. Quando se viu no corredor interno que levava ao longo das quatro paredes do pátio, tirou do bolso uma caixa de fósforos e acendeu um. Esperava não ter se enganado de porta, porque do contrário teria de perder tempo em aborrecidas explicações, e não era hora de acordar os moradores. Chamou duas vezes, cada uma com três pancadas do castão da bengala.

Esperou em vão. Voltou a bater e aproximou a orelha da porta, esperando ouvir algo, mas lá dentro reinava o mais absoluto silêncio. Desconcertado, pensou que Cárceles talvez não estivesse em casa. Onde poderia estar àquela hora? Titubeou, indeciso, e tornou a bater mais forte, dessa vez com o punho. Talvez o jornalista estivesse dormindo profundamente. Escutou de novo, sem resultado.

Recuou, apoiando-se de costas na balaustrada do corredor. Aquilo bloqueava tudo até o dia seguinte, o que não era nada alentador. Precisava ver Cárceles logo ou, pelo menos, resgatar os documentos. Após novo instante de hesitação, resolveu atribuir-lhes o qualificativo de roubados. Porque era evidente que, fossem quais fossem seus motivos, o que Cárceles cometeu em sua casa era pura e simplesmente um roubo. Esse pensamento enfureceu-o.

Uma idéia rondava sua cabeça desde havia pouco, e dom Jaime viu-se lutando contra seus próprios escrúpulos: arrombar a porta. Afinal de contas, por que não? Levando os papéis, o jornalista tinha agido de forma censurável. Seu caso era diferente. Só pretendia recuperar o que, em trágicas circunstâncias, havia acabado sendo seu.

Aproximou-se novamente da porta e voltou a bater, já sem esperança. Ao diabo os escrúpulos! Dessa vez não esperou resposta, mas apalpou a fechadura, tentando verificar sua solidez. Acendeu outro fósforo e estudou-a detidamente. Não ia arrebentá-la, porque chamaria a atenção dos vizinhos. Além do mais, a fechadura não parecia muito resistente. Era curioso, mas ao se inclinar e grudar o olho no buraco, pensou distinguir a ponta da chave, como se estivesse posta por dentro. Ergueu-se, intrigado, torcendo as mãos com impaciência. Afinal, talvez Cárceles estivesse lá. Talvez, imaginando quem era a visita, se negasse a abrir, para fazê-lo acreditar que não estava em casa. O mestre de esgrima não gostou nada daquilo. Sentia sua decisão fortalecer-se. Pagaria a Cárceles os estragos, mas estava decidido a entrar.

Olhou ao redor, em busca de alguma coisa que o ajudasse a forçar a fechadura. Não tinha experiência naquele tipo de trabalho, mas pensou que, se conseguisse usar algo como alavanca, a porta terminaria cedendo. Percorreu o corredor iluminando seus passos com os fósforos, protegidos na palma da mão, sem resultado, e parou, a ponto de perder a esperança. Só lhe restavam três fósforos e não encontrava nada que servisse ao que pretendia.

Quando já ia dando tudo por perdido, deu com umas barras de ferro enferrujadas, chumbadas na parede, formando uma escada. Olhou para cima e viu um alçapão no teto do corredor, que sem dúvida comunicava com o telhado. Seu pulso acelerou, ao se lembrar de que o apartamento de Cárceles tinha uma pequena sacada do outro lado; talvez aquele caminho fosse mais viável do que a porta principal. Tirou a cartola e o redingote, segurou a bengala com os dentes e trepou até o alçapão. Abriu-o sem dificuldade, sob a abóbada celeste salpicada de estrelas. Com suma precaução, içou o corpo inteiro para fora, tateando as telhas. Não teria a menor graça escorregar e ir estatelar-se no chão, três andares abaixo. O exercício constante da esgrima o mantinha em forma aceitável, apesar da idade; mas, de qualquer modo, já não era um jovem vigoroso. Resolveu se movimentar com toda a precaução de que era capaz, procurando apoios sólidos e movendo somente uma extremidade de cada vez, para manter as outras três fixas como pontos de apoio. Ao longe, um relógio deu quatro badaladas, as dos quartos de hora, depois mais uma. De quatro no telhado, o mestre-de-armas pensou que aquilo tudo era diabolicamente grotesco e agradeceu à escuridão da noite por ninguém poder enxergá-lo numa atitude tão comprometedora.

Foi se movimentando pelo telhado com infinita prudência, sem fazer barulhos que alarmassem os moradores. Evitou por milagre várias telhas soltas e viu-se num beiral bem em cima da sacada de Agapito Cárceles. Agarrando-se à calha, deslizou até ele e pôde firmar os pés sem problemas. Ficou ali alguns instantes, de colete e em mangas de camisa, com a bengala na mão, recuperando o fôlego. Depois acendeu outro fósforo e aproximou-se da porta. Era simples, envidraçada, com um ferrolho que podia acionar de fora. Antes de abrir olhou através do vidro: a casa estava às escuras.

Cerrou os dentes enquanto levantava o ferrolho da maneira mais silenciosa de que foi capaz e viu-se em seguida numa cozinha estreita, junto de um fogão e uma pia. Pela janela, a lua filtrava uma fraca claridade que lhe permitiu distinguir várias panelas em cima da mesa, perto do que pareciam restos de comida. Acendeu seu penúltimo fósforo em busca de algo que lhe servisse para iluminar o ambiente, e encontrou um castiçal numa prateleira. Com um suspiro de alívio acendeu a vela para clarear o caminho. No chão, corriam baratas, afastando-se dos seus pés.

Da cozinha, passou a um curto corredor, cujos papéis de parede se soltavam em tiras inteiras. Ia afastar uma cortina que dava para um cômodo, quando pareceu-lhe ouvir algo atrás de uma porta à sua esquerda. Parou, apurando o ouvido, mas só escutou sua própria respiração alterada. Estava com a língua seca, grudada no céu da boca, e os tímpanos zumbindo. Sentia-se como se estivesse vivendo algo irreal, um sonho do qual podia acordar de uma hora para a outra. Empurrou a porta devagarinho.

Era o quarto de Agapito Cárceles e ele estava ali. Mas Jaime Astarloa, que tinha imaginado várias vezes o que ia lhe dizer quando o encontrasse, não estava preparado para o que seus olhos dilatados pelo espanto viram. O jornalista estava caído de boca para cima, completamente nu, mãos e pés amarrados a cada um dos cantos da cama. Seu corpo, do peito às coxas, era uma sangria de cortes feitos com uma navalha que reluzia à luz da vela, sobre a colcha empapada de sangue. Mas Cárceles não estava morto. Ao perceber a luz, mexeu desmaiadamente a cabeça, sem reconhecer o recém-chegado, e de seus lábios inchados pelo sofrimento brotou um rouco gemido de terror animal, ininteligível e profundo, que suplicava misericórdia.

Jaime Astarloa tinha perdido a faculdade de articular palavras. De forma maquinal, como se o sangue houvesse coalhado em suas veias, deu dois passos para a cama, fitando atônito o corpo torturado do amigo. Este, ao sentir sua proximidade, agitou-se fracamente.

— Não... Por favor... — murmurou num sopro de voz, enquanto lágrimas e gotas de sangue lhe escorriam pelas faces. — Piedade... Chega, piedade... É só... Contei tudo... Misericórdia... Não... Chega, pelo amor de Deus!

A súplica desfez-se num chiado. Os olhos, arregalados, fixavam a luz da vela, e o peito do infeliz Cárceles estremeceu em agônico estertor. Estendendo a mão, Jaime Astarloa tocou-lhe a testa. Ardia como se tivesse fogo dentro. Sua própria voz soou num sussurro, estrangulada pelo horror:

— Quem lhe fez isso?

Cárceles moveu lentamente os olhos em sua direção, esforçando-se por reconhecer quem falava com ele.

— O Diabo — murmurou com um gemido de angústia infinita. Uma espuma amarelada lhe saía pela comissura da boca. — Eles são... o Diabo.

— Onde estão os documentos?

Cárceles girou os olhos e estremeceu num soluço:

— Tire-me daqui, tenha piedade... Não deixe que continuem... Tire-me daqui, eu lhe suplico... Contei tudo... Ele, estavam com ele, Astarloa... Não tenho nada a ver com isso, juro... Vão procurá-lo e ele confirmará... Eu só queria... Não sei mais nada... Tenha piedade, não sei mais nada!

Dom Jaime sobressaltou-se ao ouvir seu nome nos lábios do moribundo. Ignorava quem eram os carrascos, mas estava claro que Agapito Cárceles o havia delatado. Sentiu seu cabelo arrepiar-se na nuca. Não tinha tempo a perder, tinha de...

Alguma coisa se mexeu atrás dele. Intuindo uma presença estranha, o mestre de esgrima virou-se um pouco, e esse gesto talvez tenha lhe salvado a vida. Um objeto duro passou rente à sua cabeça, atingindo-o no pescoço. Aturdido pela dor, teve presença de espírito suficiente para dar um pulo de lado, e pressentiu uma sombra que se lançava sobre ele, antes que a vela lhe caísse das mãos, apagando-se ao rolar no chão.

Retrocedeu, tropeçando nos móveis em meio à escuridão, ouvindo diante dele a respiração do agressor, bem próximo. Com desesperada energia empunhou a bengala, que ainda trazia na mão direita, e a interpôs no espaço que seu atacante tinha de percorrer para chegar até ele.

Se houvesse tido tempo para analisar seu estado de espírito, teria ficado surpreso ao constatar que não sentia medo algum, mas uma gelada determinação de vender muito cara sua velha pele. Era o ódio o que agora lhe dava forças para lutar, e o vigor do seu braço tenso como uma mola respondia ao desejo de machucar, de matar o carrasco que se movia à sua frente. Pensava em Luis de Ayala, em Cárceles, em Adela de Otero. Pelo sangue de Deus, não iriam degolá-lo como os outros!

Nem mesmo teve consciência disso, mas naquele momento, aguardando com pé firme a investida na escuridão, o velho mestre-de-armas adotou instintivamente a posição de guarda, a que costumava recorrer quando esgrimia.

— A *mim!* — gritou, desafiando as trevas.

Sentiu então um arquejo próximo e alguma coisa tocar a ponta da sua bengala. Uma mão agarrou-a com força, tentando arrancá-la da mão de dom Jaime, e ele então riu silenciosamente ao ouvir o ruído da metade inferior da bengala deslizando ao longo da lâmina de aço da qual servia de bainha. Era isso mesmo que ele havia esperado: seu próprio atacante acabava de liberar sua arma, além de indicar involuntariamente sua posição e distância aproximadas. Então o mestre de esgrima jogou o braço atrás, tirando totalmente o estoque e, deixando-se cair três vezes seguidas sobre a perna direita flexionada, atirou três estocadas em a fundo, às cegas, contra as sombras. Algo sólido se interpôs no caminho da terceira e, ao mesmo tempo, alguém emitiu um gemido de dor.

— A mim! — voltou a gritar dom Jaime, lançando-se em direção à porta com o estoque à frente.

Ouviu-se um estrépito de móveis caindo no chão, e um objeto passou rente a ele, despedaçando-se ao se chocar contra a parede. A inofensiva metade inferior da bengala acertou-o sem muita força num braço, quando deixou para trás o lugar em que seu inimigo devia estar.

— Pegue-o! — gritou uma voz a quase dois palmos dele. — Está fugindo para a porta! Me cravou um estoque!

Pelo visto, o assassino só tinha sido ferido. E o mais grave: não estava sozinho. Dom Jaime precipitou-se para a porta, saindo para o corredor do apartamento e assestando estocadas nas trevas.

— A mim!

A porta de saída devia ficar à esquerda, no fim do corredor, do outro lado da cortina que vira ao entrar. Um vulto escuro cortou-lhe a passagem e alguma coisa acertou a parede junto de sua cabeça. Dom Jaime abaixou-se, avançando sempre com a arma na mão. Ouviu uma respiração entrecortada e uma mão o agarrou pela gola da camisa. Sentiu bem perto um cheiro acre, de suor, enquanto uns braços fortes tentavam dominá-lo. A tenaz se apertava cada vez mais em torno do seu peito. Sufocado pela pressão, incapaz de se afastar para utilizar o estoque, dom Jaime conseguiu soltar a mão esquerda e apalpou um rosto mal barbeado. Então, juntando todas as suas já minguadas forças, agarrou o adversário pelo peito e jogou a cabeça para a frente com toda a brutalidade de que foi capaz, golpeando-o com a testa. Sentiu uma dor aguda entre as sobrancelhas, ao mesmo tempo que algo estalava sob o impacto. Um líquido quente e viscoso escorreu por seu rosto. Não sabia se o sangue era seu ou se tinha conseguido quebrar o nariz do agressor, mas o caso é que se viu novamente livre. Grudou as costas na parede e deslizou ao longo dela, descrevendo semicírculos com a ponta do estoque. Derrubou uma coisa que foi abaixo com estrondo.

— A mim, canalhas!

Alguém, de fato, foi a ele. Pressentiu sua presença antes de tocá-lo, ouviu o roçar dos pés no chão e deu estocadas às cegas até fazê-lo retroceder. Apoiou-se de novo na parede, ofegante, num esforço para tomar fôlego. Estava esgotado e não se acreditava capaz de resistir muito tempo mais. Mas naquela escuridão era impossível encontrar a porta de saída. Além disso, mesmo que encontrasse, não teria tempo para achar a chave e girá-la na fechadura antes que lhe caíssem outra vez em cima. "Até aqui você chegou, amigo velho", disse consigo, esquadrinhando sem muita esperança as sombras que o rodeavam. A verdade era que não lamentava morrer ali, nas trevas; só o entristecia o fato de ir deste mundo sem saber a resposta.

Um ruído soou à sua direita. Lançou uma estocada nessa direção e o aço do estoque se vergou com violência ao encontrar um obstáculo: um dos assassinos usava uma cadeira para se proteger, enquanto avançava para ele. Voltou a deslizar junto à parede, para a esquerda, até que seu ombro se encostou num móvel, um armário talvez. Sacudiu o estoque como se fosse um chicote, ouvindo com prazer o ameaçador zunido da lâmina cortando o ar. Seus inimigos sem dúvida também ouviam, e aquele som lhes aconselhava prudência, o que, para o mestre-de-armas, supunha mais alguns segundos de vida.

Estavam perto novamente. Pressentiu-os antes de ouvi-los se mexerem. Pulou para a frente, tropeçando em móveis invisíveis, derrubando objetos no chão, e chegou à outra parede. Ficou imóvel, prendendo o fôlego, pois o ruído de sua respiração pela boca e pelo nariz o impedia de ouvir os outros sons da sala. Algo caiu com estardalhaço à sua esquerda, bem perto dele. Sem hesitar um instante, apoiou-se na perna esquerda para dar duas novas estocadas e ouviu um gemido furioso:

— Ele me acertou outra vez!

Decididamente, aquele sujeito era um imbecil. Jaime Astarloa aproveitou a ocasião para mudar de lugar, agora sem tropeçar em nada no caminho. Sorrindo internamente, pensou que aquilo tudo se parecia muito com a brincadeira infantil da cabra-cega. Perguntou-se quanto tempo mais poderia resistir. Não muito, certamente. Mas, apesar dos pesares, aquela não era uma maneira tão ruim assim de morrer. Muito melhor do que dali a uns anos, extinguindo-se num asilo, com umas freiras surrupiando as derradeiras economias escondidas debaixo da cama e renegando um Deus em que nunca conseguiu acreditar.

— A *mim*!

Dessa vez, seu grito de guerra já esmorecido ecoou em vão. Uma sombra passou fugaz a seu lado, pisando em louça quebrada, e de repente um retângulo de claridade se abriu na parede. A sombra deslizou rapidamente pela porta aberta, seguida por outra silhueta fugitiva que se afastou coxeando. No corredor, já se ouviam as vozes dos moradores que o barulho da luta tinham acordado. Havia ruído de passos, janelas e portas se abrindo, perguntas alarmadas, gritos de mulheres. O mestre de esgrima foi cambaleando até a porta e se apoiou já sem forças no umbral, enchendo deliciado os pulmões com o ar fresco da noite. Sob a roupa, sentia o corpo ensopado de suor, e a mão que sustentava o estoque tremia como uma folha de árvore. Levou um momento para se acostumar com a idéia de que, no fim das contas, teria de continuar vivendo.

Pouco a pouco, viu se juntarem à sua volta assustados moradores em trajes de dormir, que se apinhavam curiosos, iluminando a noite com velas e lampiões, enquanto lançavam receosos olhares para dentro da casa, em que não se atreviam a entrar. Lanterna e chuço na mão, um guarda-noturno subia a escada do pátio interno. Os moradores abriram passagem para a autoridade, que chegou olhando desconfiada para o estoque que dom Jaime ainda tinha na mão.

— Conseguiram pegá-los? — perguntou o mestre de esgrima sem muita esperança.

O guarda-noturno negou, coçando a nuca sób o quepe.

— Foi impossível, cavalheiro. Um morador e este seu servidor perseguimos dois homens que escapavam rua abaixo disparados. Mas, perto da Puerta de Toledo, entraram numa carruagem que os esperava, fugindo sem remédio. Alguma desgraça?

Dom Jaime fez que sim, apontando para o interior do apartamento.

— Tem um homem ferido aí dentro. Vejam o que podem fazer por ele. Seria bom chamar um médico. — A energia que a luta havia injetado em seu corpo estava se desvanecendo agora, dando lugar a uma grande lassidão. De repente, sentia-se muito velho e cansado. — É bom também mandar alguém chamar a polícia. É de máxima urgência avisar o chefe superior, dom Jenaro Campillo.

O representante da lei mostrou-se serviçal.

— Agora mesmo. — Olhou com mais atenção para dom Jaime, observando apreensivo seu rosto manchado de sangue. — O senhor está ferido, cavalheiro?

O mestre-de-armas tocou a testa com os dedos. Só notou os supercílios inchados, sem dúvida por causa da cabeçada que dera durante a refrega.

— Este sangue não é meu — respondeu com um sorriso esmorecido. — Se precisam de uma descrição dos dois sujeitos que estavam aqui, lamento não poder ser muito útil... Só posso dizer que um está com o nariz quebrado e o outro com duas estocadas em alguma parte do corpo.

Os olhos de peixe o fitavam friamente por trás das lentes do pincenê.

— É tudo?

Jaime Astarloa contemplou as borras da xícara de café que tinha nas mãos. Ainda estava um pouco envergonhado.

— É tudo. Agora sim, contei-lhe tudo o que sei.

Campillo levantou-se da sua mesa de trabalho, deu uns passos pela sala e ficou olhando pela janela, com os polegares nas abas do paletó. Ao cabo de alguns instantes, virou-se lentamente e olhou com rudeza para o mestre de esgrima.

— Senhor Astarloa... Permita-me que lhe diga que, nessa história toda, o senhor se comportou como uma criança.

O ancião pestanejou.

— Sou o primeiro a admitir isso.

— Não me diga! Admite, está bem. Mas eu me pergunto para que nos serve agora saber que o senhor admite. Tiraram uns filés do tal de Cárceles, como se ele fosse um pedaço de carne de boi, porque o senhor meteu na cabeça a idéia de brincar de Rocambole.

— Eu só queria...

— Sei muito bem o que queria. E prefiro não pensar muito nisso, para evitar a tentação de mandá-lo para a cadeia.

— Minha intenção era proteger dona Adela de Otero.

O chefe de polícia soltou uma risadinha sarcástica.

— Eu estava vendo aonde o senhor ia chegar. — Meneou a cabeça, como um médico ao diagnosticar um caso perdido. — Já vimos para que serviu sua proteção: um presunto, outro a caminho e o senhor vivo por milagre. Sem contar Luis de Ayala.

— Sempre procurei ficar à margem...

— Ainda bem! Se o senhor tivesse metido o bedelho, aí sim a coisa teria ficado preta! — Campillo tirou o lenço do bolso e pôs-se a limpar com esmero as lentes do pincenê. — Não sei se percebe, senhor Astarloa, a gravidade da situação.

— Percebo. E assumo as conseqüências.

— Tentou proteger uma pessoa que podia estar envolvida no assassinato do marquês... Melhor dizendo, que sem dúvida estava implicada, porque sua morte não desmente que fosse cúmplice da intriga. Mais ainda: talvez exatamente isso é que lhe tenha custado a vida...

Campillo fez uma pausa, pôs o pincenê e utilizou o lenço para enxugar o suor do rosto.

— Responda-me apenas a uma pergunta, senhor Astarloa: por que me escondeu a verdade sobre essa mulher?

Passaram-se alguns instantes. Depois, o mestre de esgrima ergueu devagar a cabeça e olhou através do chefe de polícia, como se não o visse, observando algo invisível às costas dele, muito longe. Entreabriu as pálpebras. A expressão de seus olhos cinzentos endureceu:

— Eu a amava.

Pela janela aberta chegava o barulho das carruagens rodando rua abaixo. Campillo permaneceu imóvel, em silêncio. Era evidente que, pela primeira vez, não sabia o que dizer. Deu uns passos pela sala, pigarreou incomodado e foi sentar-se à sua mesa de trabalho, sem se decidir a encarar o mestre de esgrima.

— Sinto muito — disse por fim.

Jaime Astarloa fez um gesto afirmativo com a cabeça, sem responder.

— Vou ser sincero com o senhor — acrescentou o chefe de polícia, após uma pausa de circunstância, suficiente para que o eco das últimas palavras trocadas se extinguisse entre ambos. — À medida que as horas passam, fica cada vez mais improvável solucionar o caso, pôr as mãos nos culpados, pelo menos. Seu amigo Cárceles, ou o que resta dele, é a única pessoa viva que os conhece. Confiemos em que viva o suficiente para nos revelar... Não pôde mesmo identificar nenhum dos indivíduos que torturavam esse pobre coitado?

— Impossível. Tudo aconteceu às escuras.

— O senhor teve muita sorte ontem à noite. A esta altura, poderia estar em certo lugar que já conhece, em cima de uma mesa de mármore.

— Eu sei.

O policial sorriu levemente, pela primeira vez em toda aquela manhã.

— Pelo que entendi, o senhor foi duro na queda. — Deu umas estocadas imaginárias no ar. — Na sua idade... Quero dizer, não é muito comum. Um homem da sua idade enfrentando dessa forma dois assassinos profissionais...

Jaime Astarloa deu de ombros.

— Eu lutava pela minha vida, senhor Campillo.

O outro pôs um charuto na boca.

— É uma razão de peso — aprovou, com gesto compreensivo. — É sem dúvida uma razão de peso. Continua não fumando, senhor Astarloa?

— Continuo não fumando.

— É curioso, caro senhor. — Campillo acendeu um fósforo e aspirou com visível prazer a primeira fumaça do havana. — Mas, apesar da sua... pouco sensata atuação em toda essa história, não posso deixar de sentir uma estranha simpatia pelo senhor. Sério. Permita-me que lhe exponha certa comparação um tanto atrevida? Com todo o respeito, é claro.

— Tem minha permissão.

Os olhos aquosos cravaram-se nos dele.

— Há no senhor algo de... de inocência, não sei se me entende. Quero dizer que seu comportamento poderia ser comparado, guardadas as devidas proporções, ao de um monge na clausura que, de uma hora para a outra, se visse envolvido no torvelinho do mundo. Está me acompanhando? O senhor evolui ao longo dessa tragédia como se pairasse num limbo pessoal, alheio aos imperativos da lógica e deixando-se levar por um sentido do real extremamente particular... Um sentido que, claro, não tem nada a ver com o *realmente real*. E talvez seja precisamente essa inconsciência, desculpe o termo, o que, por um estranho paradoxo, permitiu que nosso encontro de hoje ocorresse neste escritório, e não no necrotério. Resumindo: creio que em nenhum momento, talvez nem mesmo neste, o senhor avaliou em toda a sua gravidade a encrenca em que se meteu.

Jaime Astarloa pousou a xícara de café na mesa e olhou para o seu interlocutor com o cenho franzido.

— Espero que não esteja insinuando que sou um imbecil, senhor Campillo.

— Não, não. Claro que não! — O policial ergueu as mãos no ar, como se pretendesse encaixar suas palavras anteriores no lugar apropriado. — Vejo que não me expliquei bem, senhor Astarloa. Perdoe meu mau jeito. Entenda... Quando há assassinos na história, especialmente quando esses assassinos se comportam de forma tão fria e profissional como até agora, o caso tem de ser encarado pela autoridade competente, que nesse ramo é tão profissional quanto eles, ou mais. Está me acompanhando? Por isso é insólito que alguém, tão alheio a isso como o senhor, circule de um lado para o outro, entre assassinos e vítimas, com tanta sorte que nem recebe um arranhão. É o que chamo ter uma boa estrela. Mas a sorte, mais dia menos dia, acaba se esfumando. O senhor conhece o jogo da roleta-russa? É jogado com os revólveres modernos, não é mesmo? Bem, quando se tem sorte, não se pode deixar de levar em conta que sempre há uma bala no tambor. E se continuamos apertando o gatilho, apertando, apertando, a bala acaba saindo, e bang! Fim da história. Está me entendendo?

O mestre de esgrima assentiu em silêncio. Satisfeito com sua explicação, o policial se refestelou na poltrona, com o charuto fumegante entre os dedos.

— Meu conselho é que, no futuro, fique à margem. Para maior segurança, o melhor seria o senhor deixar provisoriamente seu domicílio habitual. Uma viagem talvez lhe fizesse bem, depois de tantas emoções. Não se esqueça de que, agora, os assassinos sabem que o senhor tinha esses documentos e devem estar interessados em fechar a sua boca para sempre.

— Vou pensar no assunto.

Campillo virou para cima a palma da mão, dando a entender que havia oferecido ao mestre-de-armas todos os conselhos razoáveis que estavam ao seu alcance.

— Gostaria de lhe dar proteção oficial, mas não há como. O momento é crítico. As tropas amotinadas por Serrano e Prim avançam para Madri, prepara-se uma batalha que pode ser decisiva, e talvez a família real não volte, mas permaneça em San Sebastián, pronta para se refugiar na França... Como pode imaginar, por motivos ligados ao cargo que ocupo, tenho casos mais importantes a atender.

— Está me dizendo que não há maneira de pegar os assassinos?

O policial fez um gesto ambíguo.

— Para pegar alguém, primeiro é preciso saber quem é. E não disponho de dados. Quase não sobraram bonecos com cabeça:

dois cadáveres, um pobre coitado mutilado e meio louco, que provavelmente não vai se salvar, e mais nada. Talvez a leitura detida dos misteriosos documentos nos ajudasse, mas graças à sua... vamos chamá-la piedosamente de absurda negligência, esses papéis sumiram, temo que para sempre. Meu único trunfo agora é seu amigo Cárceles. Se conseguir se recuperar, talvez possa nos dizer como os assassinos puderam saber que ele estava com o envelope, o que há dentro dele e, quem sabe, o nome que procuramos... O senhor não se lembra mesmo de nada?

O mestre de esgrima negou, desanimado.

— Já lhe disse tudo o que sei — murmurou. — Só pude lê-los uma vez, muito superficialmente, só me lembro de que eram notas oficiais e listas de nomes, entre eles vários militares. Nada que tivesse sentido para mim.

Campillo fitou-o como se examinasse uma curiosidade exótica.

— Garanto, senhor Astarloa, que o senhor me desconcerta, palavra de honra. Num país onde a mania nacional é disparar o trabuco no primeiro que dobra a esquina, onde duas pessoas discutem e, no ato, se juntam em torno delas duzentas outras para ver o que acontece, tomando partido de uma ou de outra, o senhor destoa. Gostaria de saber...

Soaram umas batidas na porta, e um policial à paisana parou no umbral. Campillo virou-se para ele, fazendo um gesto de assentimento, e o recém-chegado aproximou-se da mesa, inclinando-se para lhe sussurrar umas palavras no ouvido. O chefe de polícia franziu o cenho e meneou a cabeça gravemente. Quando o outro cumprimentou e saiu, Campillo olhou para dom Jaime.

— Nossa última esperança acaba de se esvair — informou num tom lúgubre. — Seu amigo Cárceles não sente mais dor nenhuma.

Jaime Astarloa deixou cair as mãos nos joelhos e conteve a respiração. Seus olhos cinzentos, rodeados de rugas, cravaram-se nos do seu interlocutor.

— Perdão?

O policial pegou um lápis da mesa, quebrando-o entre os dedos. Depois mostrou os dois pedaços ao mestre de esgrima, como se aquilo tivesse um significado.

— Cárceles acaba de falecer no hospital. Meus agentes não conseguiram tirar nem uma palavra dele, porque não recobrou a razão: morreu louco de horror. — Os olhos de peixe do representante da lei sustentaram o olhar de dom Jaime. — Agora, senhor Astarloa, o senhor é o último elo intacto da cadeia.

Campillo fez uma pausa, coçando-se sob a peruca com um dos pedaços do lápis quebrado.

— Se eu estivesse na sua pele — acrescentou, com gélida ironia —, não me afastaria muito dessa preciosa bengala de estoque.

8. À ponta nua

No combate à ponta nua, não deve reinar a mesma consideração e não se deve omitir circunstância alguma que leve à defesa, contanto que não se oponha às leis de honra.

Eram quase quatro da tarde quando Jaime Astarloa saiu do Ministério. O calor era sufocante e ele ficou um momento debaixo do toldo de uma livraria próxima, observando distraído as carruagens que rodavam no coração de Madri. Um vendedor ambulante de refresco de chufa apregoava seu produto a poucos passos. Jaime aproximou-se da carrocinha e pediu um copo. O líquido leitoso refrescou sua garganta com uma passageira sensação de alívio. Em pleno sol, uma cigana oferecia murchos buquês de cravos, com o filhinho descalço agarrado à sua saia preta. O guri começou a correr acompanhando um ônibus que passava lotado de passageiros suados; afugentado pelo chicote do condutor, voltou para junto da mãe, aspirando ruidosamente o catarro que lhe escorria do nariz.

O sol fazia ondular os paralelepípedos da rua. O mestre de esgrima tirou a cartola para enxugar o suor da testa. Ficou mais um instante ali, sem se mover. Na verdade, não sabia aonde ir.

Pensou em passar pelo café, mas não desejava responder às perguntas que, sem dúvida, seus companheiros de mesa fariam sobre o que acontecera na casa de Cárceles. Lembrou que tinha faltado ao compromisso com os alunos, e esse pensamento pareceu abalá-lo mais do que tudo o que ocorrera nos últimos dias. Decidiu que o mais urgente era escrever umas cartas com algum tipo de desculpa...

Alguém, entre os ociosos que conversavam nos grupos ali perto, parecia observá-lo. Era um homem jovem, modestamente vestido, com aparência de operário. Quando Jaime Astarloa encarou-o, ele desviou os olhos, absorvendo-se na conversa que mantinha com outros quatro que estavam a seu lado, na esquina da Carrera de San Jerónimo. Receoso, o mestre examinou o desconhecido com desconfiança. Será que o vigiavam? Sua apreensão inicial deu lugar a uma irritação íntima consigo mesmo. A verdade era que via um suspeito em cada transeunte, um assassino em cada rosto que cruzava com ele e, por um motivo qualquer, sustentava um instante seu olhar.

Abandonar o domicílio, sair de Madri. Este era o conselho de Campillo. Pôr-se a salvo. Numa palavra, fugir. Fugir. Meditou sobre isso com um mal-estar crescente. Ao diabo, foi a única conclusão a que pôde chegar. Ao diabo com todos eles. Já era velho demais para ficar se entocando como um coelhinho medroso. De mais a mais, simplesmente considerar tal alternativa já era uma indignidade. Sua vida tinha sido longa e cheia de experiências, acumulava recordações suficientes para justificá-la até aquele momento. Por que alterar na última hora a imagem que tinha conseguido conservar de si mesmo, maculando-a com a desonra da fuga? De qualquer modo, não sabia de quem ou do que devia fugir.

Não estava disposto a passar o que sobrava da vida de sobressalto em sobressalto, esquivando-se diante de cada rosto desconhecido. Já tinha anos demais nas costas para empreender uma nova vida em outro lugar.

De vez em quando voltava aquela angustiosa pontada de dor que sentia ao se lembrar dos olhos de Adela de Otero, do riso franco do marquês de los Alumbres, das acesas invectivas do pobre Cárceles... Resolveu fechar a mente àquilo tudo, sob pena de deixar-se levar pela melancolia e pelo desconcerto, atrás dos quais vislumbrava o medo que se negava por princípio a assumir. Não tinha a idade nem o caráter para ter medo de nada, disse para si. A morte era o pior que podia lhe acontecer, mas estava preparado para enfrentá-la. E não só isso, pensou com profunda satisfação: na verdade já a tinha enfrentado firmemente na noite passada, num combate sem esperança, e a recordação do seu comportamento o fazia agora piscar os olhos como se algo afagasse suavemente seu orgulho. O velho lobo solitário tinha mostrado que ainda lhe restavam alguns dentes para morder.

Não iria fugir. Pelo contrário, esperaria mostrando o rosto. *A mim*, rezava sua velha divisa familiar, e era exatamente o que faria: esperar que voltassem a ele. Sorriu internamente. Sempre tinha sido da opinião que todo homem devia ter a oportunidade de morrer de pé. Agora, quando o futuro próximo só lhe oferecia a velhice, a decadência do organismo, o lento definhamento num asilo ou o tiro de pistola desesperado, Jaime Astarloa, mestre-de-armas pela Academia de Paris, tinha diante de si a oportunidade de pregar uma peça no destino, assumindo voluntariamente o que outro em seu lugar rejeitaria com horror. Não podia ir atrás deles, porque não sabia quem eram e onde se encontravam; mas Campillo tinha dito que mais cedo ou mais tarde eles viriam a ele, último elo intacto da cadeia. Lembrou-se de algo que havia lido dias antes, num romance francês: *"Se sua alma estivesse tranqüila, o mundo inteiro conjurado contra ele não lhe causaria um pingo de tristeza"*... Aqueles miseráveis iriam ver quanto valia a pele de um velho mestre de esgrima.

O rumo que seus pensamentos haviam tomado o fez sentir-se melhor. Olhou em torno com ares de quem lançava um desafio ao universo, aprumou-se e seguiu a caminho de casa, balançando a bengala. Na realidade, para quem cruzasse com ele naquele momento, Jaime Astarloa só oferecia o vulgar aspecto de um velho mal-humorado, magro, vestindo um traje fora de moda, que devia estar dando seu passeio diário para esquentar os ossos cansados. Mas, se tivessem parado para fitar seus olhos, teriam descoberto com surpresa o lampejo cinzento de uma resolução inaudita, inquebrantável como o aço dos seus floretes.

Jantou legumes cozidos em água e sal e pôs o café no fogo. Enquanto esperava que ficasse pronto, tirou um livro da estante e foi se sentar no velho sofá. Não demorou muito para encontrar a citação cuidadosamente sublinhada a lápis, dez ou quinze anos antes:

> *Há um caráter moral ligado às cenas de outono: essas folhas que caem como nossos anos, essas flores que murcham como nossas horas, essas nuvens que fogem como nossas ilusões, essa luz que fica fraca como nossa inteligência, esse sol que se esfria como nossos amores, esses rios que gelam como nossa vida têm laços secretos com nosso destino...*

Leu várias vezes aquelas linhas, mexendo silenciosamente os lábios. Aquela reflexão bem que poderia lhe servir de epitáfio, pensou. Com um gesto de ironia que, supôs, ninguém apreciaria mais que ele, deixou o livro aberto naquela página em cima do sofá. O aroma que vinha da cozinha indicava-lhe que o café estava pronto. Foi até lá e serviu-se uma xícara. Com ela na mão, voltou ao gabinete.

Anoitecia. Vênus brilhava solitária além da janela, na distância infinita. Tomou um gole de café sob o retrato do pai. "Um homem bonito", dissera Adela de Otero. Depois aproximou-se da insígnia emoldurada do antigo regimento da Guarda Real, que lembrava o princípio e o fim da sua breve carreira militar. Ao lado dela, o diploma da Academia de Paris já amarelava com os anos: a umidade de muitos invernos tinha feito surgir manchas no pergaminho. Rememorou sem esforço o dia em que o recebeu das mãos de um júri composto pelos mais respeitados mestres de esgrima da Europa. O velho Lucien de Montespan, sentado do outro lado da mesa, olhava para seu discípulo com legítimo orgulho. "O aluno supera o mestre", Montespan lhe diria mais tarde.

Acariciou com a ponta dos dedos a pequena caixa que continha um leque aberto: era tudo o que lhe restava da mulher pela qual um dia abandonara Paris. Onde estaria ela agora? Sem dúvida era uma venerável avó, ainda distinta e doce, que veria seus netos crescerem enquanto, ocupando com um bordado as mãos que tão belas foram um dia, acariciava em silêncio ocultas saudades de juventude. Ou talvez nem isso. Talvez, simplesmente, tivesse se esquecido do mestre de esgrima.

Pouco além, na parede, havia um rosário de madeira, de contas gastas e enegrecidas pelo uso. Amelia Bescós de Astarloa, viúva de um herói da guerra contra os franceses, havia conservado aquele rosário nas mãos até o dia da sua morte, e um piedoso familiar depois o enviara a seu filho. Contemplá-lo produzia em Jaime Astarloa uma sensação peculiar: a recordação das feições da mãe tinha se esfumado com o passar dos anos; agora era incapaz de recordá-las. Só lembrava que fora bela. Sua memória guardava apenas a sensação causada pelo contato daquelas mãos finas e suaves ao lhe acariciar os cabelos em criança e o palpitar de um colo quente no qual mergulhava o rosto quando imaginava sofrer. Sua memória também conservava uma imagem esvaída como um velho quadro: a mulher inclinada, em escorço, atiçando as brasas de uma grande lareira que enchia de reflexos avermelhados as paredes de uma sala escura e sombria.

O mestre de esgrima terminou o café, dando as costas às suas lembranças. Ficou por muito tempo imóvel, sem que nenhum outro pensamento perturbasse a paz que parecia reinar em seu espírito. Pôs então a xícara em cima da mesa, foi até a cômoda e abriu uma gaveta, tirando de lá um estojo comprido e chato. Soltou os fechos e tirou de dentro um pesado objeto enrolado num pano. Ao desfazer o envoltório, apareceu uma pistola-revólver Lefaucheux, com cabo de madeira e capacidade para cinco cartuchos de grosso calibre. Embora possuísse aquela arma, presenteada por um cliente cinco anos antes, nunca tinha querido utilizá-la. Seu código de honra se opunha por princípio ao uso de armas de fogo, que ele definia como o recurso dos covardes para matar a distância. Mas, naquela ocasião, as circunstâncias permitiam deixar de lado certos escrúpulos.

Pôs o revólver em cima da mesa e carregou-o cuidadosamente, alojando uma bala em cada alvéolo do tambor. Terminada a operação, sopesou a arma na palma da mão, depois colocou-a de novo em cima da mesa. Olhou ao redor com as mãos na cintura, foi até uma poltrona e empurrou-a até ficar de frente para a porta. Aproximou uma mesinha e pôs nela o lampião a querosene, com uma caixa de fósforos. Depois de uma nova vista-d'olhos para verificar se estava tudo em ordem, foi apagando uma a uma as lâmpadas a gás da casa, com exceção da que ardia no pequeno vestíbulo situado entre a porta da rua e a do gabinete. Baixou um pouco a chama desta, até fazê-la propagar apenas uma pálida claridade azulada que deixava o vestíbulo na penumbra e a sala de visitas às escuras. Desembainhou então a bengala de estoque, pegou o revólver e pousou ambos na mesinha em frente à poltrona. Ficou um instante imóvel nas sombras, contemplando o efeito, e pareceu satisfeito. Depois, foi ao vestíbulo e destrancou o ferrolho da porta.

Assobiava entre os dentes quando passou pela cozinha para encher um pequeno bule com o café e pegar uma xícara limpa. Com ambos nas mãos foi até a poltrona e colocou-os em cima da mesinha, junto do lampião, dos fósforos, do revólver e da bengala de estoque. Acendeu então o lampião com a mecha bem baixa, encheu uma xícara de café e, levando-a aos lábios, dispôs-se a esperar. Ignorava quantas noites, mas tinha a certeza de que, dali em diante, elas seriam longas.

Seus olhos se fecharam. Cabeceou de sono, e uma dor pungente se fez sentir em sua nuca. Pestanejou, desconcertado. À mortiça luz do lampião, estendeu a mão para o bule de café e verteu um pouco na xícara. Tirou o relógio do bolso: duas e quinze da madrugada. O café estava frio, mas bebeu-o de um só gole, fazendo uma careta. O silêncio era absoluto ao seu redor e pensou que, afinal de contas, talvez eles não viessem. Em cima da mesinha, o revólver e a lâmina nua do estoque refletiam, com brilhos foscos, a luz suave do lampião a querosene.

O ruído de uma carruagem que passava pela rua chegou-lhe através da janela aberta e atraiu sua atenção por algum tempo. Conteve a respiração enquanto escutava, atento ao menor som que indicasse perigo, e assim permaneceu até o barulho se afastar rua abaixo, apagando-se na distância. Noutra ocasião, acreditou perceber um rangido na escada e ficou um bom momento com os olhos cravados na azulada penumbra do vestíbulo, enquanto a mão esquerda roçava o cabo do revólver.

Um rato ia e vinha sobre o teto baixo. Levantou os olhos, ouvindo o suave roçar com que o animalzinho se movia entre as vigas. Fazia dias que tentava caçá-lo, para o que tinha disposto umas armadilhas na cozinha, perto de um buraco junto da chaminé, a partir de onde o roedor costumava se lançar em suas incursões noturnas contra a despensa. Devia ser um rato muito astuto, pois o queijo sempre aparecia mordiscado junto da mola, sem que as armadilhas de arame houvessem funcionado. Pelo visto, estava às voltas com um camundongo talentoso, fator que estabelecia a diferença entre caçar e ser caçado. E, ouvindo-o deslizar no teto, o mestre de esgrima se alegrou por ainda não o ter conseguido pegar. Sua diminuta companhia, lá em cima, aliviava a solidão da longa espera.

Estranhas imagens se agitavam em sua mente, instalada num estado de tenso meio-sono. Três vezes acreditou ver algo se esgueirar no vestíbulo e se endireitou sobressaltado; três vezes tornou a recostar-se na poltrona, depois de certificar-se de que tinha sido enganado por seus sentidos. Nas proximidades, o relógio da igreja de San Ginés bateu os quartos de hora, depois deu três badaladas.

Dessa vez não havia a menor dúvida. Um som viera da escada, como um roçar contido. Inclinou-se para a frente bem devagar, concentrando até o último recôndito do seu ser em escutar com toda atenção. Algo se movia cautelosamente do outro lado da porta. Contendo a respiração, a garganta crispada pela tensão, apagou a luz do lampião. A única claridade, agora, era a débil penumbra do vestíbulo. Sem se levantar, pegou o revólver na mão direita, armou-o abafando o som do cão entre as pernas e, com os cotovelos apoiados na mesa, apontou para a porta. Não era atirador de pistola; mas àquela distância era difícil errar o alvo. E no tambor havia cinco balas.

Surpreendeu-se ao ouvir umas batidas suaves na porta. Era insólito, disse consigo, um assassino pedir licença para entrar na casa da vítima. Ficou imóvel e silencioso na escuridão, aguardando. Talvez quisessem confirmar que dormia.

As batidas soaram de novo, um pouco mais fortes, embora sem excessiva energia. Estava claro que o misterioso visitante não desejava acordar os vizinhos. Jaime Astarloa começava a sentir-se desconcertado. Esperava que tentassem forçar a entrada, mas não que alguém batesse na sua porta às três da madrugada. Como quer que seja, tinha deixado a porta destrancada, bastava girar a maçaneta para abri-la. Esperou, contendo o ar nos pulmões, empunhando com firmeza o revólver, o indicador roçando o gatilho. Quem quer que fosse, acabaria entrando.

Soou um rangido metálico. Alguém movia a maçaneta. Ouviu-se um leve chiado quando a porta girou sobre os gonzos. O mestre deixou o ar sair suavemente dos pulmões, voltou a respirar fundo e conteve outra vez o alento. O indicador apoiou-se com maior pressão no gatilho. Deixaria que a primeira silhueta se enquadrasse no meio do vestíbulo e então lhe daria um tiro.

— Dom Jaime?

A voz tinha soado num sussurro, interrogativa. Um frio glacial brotou no meio do coração do mestre de esgrima e se estendeu por suas veias, gelando-lhe os membros. Sentiu como seus dedos afrouxavam a pressão, enquanto o revólver caía na mesa. Levou a mão à testa, enquanto se punha de pé, rígido como um cadáver. Porque aquela voz suavemente rouca, com leve sotaque estrangeiro, que vinha do vestíbulo, chegava a ele vinda das brumas do Além. Não era outra senão a de Adela de Otero.

A silhueta feminina delineou-se na penumbra azulada, detendo-se no limiar da sala de visitas. Ouviu-se um ligeiro farfalhar de saias e depois a voz soou de novo:

— Dom Jaime?

Dom Jaime estendeu a mão, buscando às cegas os fósforos. Riscou um, e a pequena chama fez bailar um sinistro jogo de luzes e sombras em suas feições crispadas. Seus dedos tremiam quando acendeu o lampião e ergueu-o para iluminar a aparição que acabava de lhe cravar um golpe mortal na alma.

Adela de Otero continuava imóvel na porta, com as mãos no busto do vestido preto. Cobria a cabeça com um chapéu de palha escura e fitas também negras, cabelos presos na nuca. Parecia tímida e insegura, como uma menina travessa pedindo desculpas por voltar para casa fora de hora.

— Acho que lhe devo uma explicação, mestre.

Jaime Astarloa engoliu em seco, enquanto deixava o lampião em cima da mesa. Por sua mente passou a imagem de outra mulher mutilada na mesa de mármore da morgue e pensou que, de fato, Adela de Otero lhe devia muito mais do que uma explicação.

Abriu duas vezes a boca para falar, mas as palavras se recusaram a assomar a seus lábios. Ficou assim, apoiado na beira da mesa, vendo como a jovem se aproximava uns passos até o círculo de luz lhe chegar à altura dos seios.

— Vim sozinha, dom Jaime. Pode me ouvir?

A voz do mestre de esgrima soou num silvo apagado.

— Posso ouvir.

Ela se moveu ligeiramente e a luz do lampião alcançou-lhe o queixo, a boca e a pequena cicatriz na comissura dos lábios.

— É uma longa história...

— Quem era a mulher morta?

Houve um silêncio. Boca e queixo se retiraram do círculo de luz.

— Tenha paciência, dom Jaime. Cada coisa a seu tempo. — Falava num tom tranqüilo, docemente, com aquela modulação algo rouca que suscitava sentimentos tão desencontrados no velho mestre de esgrima. — Temos todo o tempo do mundo.

Jaime Astarloa engoliu em seco. Temia acordar de um momento para o outro, fechar os olhos um instante e, ao abri-los de novo, constatar que Adela de Otero não estava ali. Que nunca estivera ali.

A mão dela moveu-se lentamente na claridade, com os dedos estendidos, como se não tivesse nada a ocultar.

— Para que o senhor compreenda o que vim lhe dizer, dom Jaime, devo remontar a muito tempo atrás. Coisa de dez anos, mais ou menos. — Agora a voz soava neutra, distante. O mestre de esgrima não podia ver os olhos dela, mas imaginou-os ausentes, fixos num ponto do infinito. Ou, quem sabe, pensou em seguida, espreitando o reflexo em seu rosto dos sentimentos suscitados pelas recordações que narrava. — Naquela época, uma mocinha vivia uma linda história de amor. Uma história de amor eterno...

Calou-se um instante, como se avaliasse a expressão.

— Amor eterno — repetiu. — Para simplificar, evitarei detalhes que possam lhe parecer de mau gosto, dizendo que a linda história de amor terminou seis meses depois num país estrangeiro, numa tarde de inverno, à margem de um rio de cujo leito subia a névoa, entre lágrimas e na mais absoluta solidão. Aquelas águas cinzentas fascinavam a menina, sabe? Fascinavam-na tanto que pensou buscar nelas aquilo que os poetas chamam de a doce paz do esquecimento... Como pode ver, a primeira parte da minha narrativa tem ares de folhetim. Um folhetim bastante vulgar.

Adela de Otero fez uma pausa, rindo com seu riso de contralto, sem alegria. Jaime Astarloa não havia se mexido uma polegada e continuava ouvindo em silêncio.

— Foi então que aconteceu — ela continuou. — Quando a mocinha se dispunha a atravessar seu muro de névoa particular, apareceu em sua vida outro homem... — Parou um momento. Sua voz tinha se abrandado quase imperceptivelmente, e aquela foi a única vez que ela suavizou a frieza do relato. — Um homem que, sem pedir nada em troca, movido apenas por um sentimento de piedade, cuidou da menina perdida nas margens do rio cinzento, cicatrizou suas feridas, devolveu-lhe o sorriso. Tornou-se o pai que ela não havia conhecido, o irmão que jamais teve, o esposo que nunca mais teria e que, levando até o extremo sua nobreza, nunca ousou lhe impor nenhum dos direitos que talvez lhe coubessem como tal... Compreende o que estou lhe contando, dom Jaime?

O mestre de esgrima continuava sem ver os olhos dela, mas sabia que Adela de Otero estava olhando fixamente para ele.

— Começo a compreender.

— Duvido que compreenda totalmente — comentou num tom tão baixo, que dom Jaime mais intuiu do que ouviu suas palavras. Seguiu-se um longo silêncio, a ponto de o velho mestre chegar a temer que a moça não prosseguiria sua narrativa. Mas ela voltou a falar ao cabo de um momento. — Durante dois anos, esse homem se dedicou à mocinha que tremia contemplando a corrente do rio. E continuou sem pedir nada em troca.

— Um altruísta, sem dúvida.

— Talvez não, dom Jaime. Talvez não. — Pareceu deter-se um instante, como se meditasse sobre a questão. — Suponho que havia algo mais. Na realidade, sua atitude não era isenta de egoísmo... Tratava-se, provavelmente, da satisfação de uma obra própria, do orgulho de sentir uma espécie de posse não exercida, mas que pulsava ali, em algum lugar. "Você é a coisa mais bonita que criei", disse-me certa vez. Talvez fosse verdade, porque não poupou nada nesse trabalho: nem esforços, nem dinheiro, nem paciência. Tive lindos vestidos, mestres de dança, de equitação, de música... De esgrima. Sim, dom Jaime. Aquela mocinha, por um insólito acaso da natureza, era bem-dotada para a esgrima... Um dia, por causa de suas ocupações, aquele homem viu-se obrigado a voltar à sua pátria. Segurou a jovem pelos ombros, levou-a diante de um espelho e a fez mirar-se ali demoradamente. "Você é bonita e livre", disse-lhe. "Olhe bem para você. É essa a minha recompensa." Ele era casado, tinha uma família, obrigações. Mas estava disposto a continuar zelando por sua obra, apesar de tudo. Antes de partir, ofereceu-lhe uma casa onde ela poderia viver de forma conveniente. E, de longe, seu benfeitor continuou cuidando escrupulosamente para que nada lhe faltasse. Passaram-se assim sete anos.

Calou-se um momento e depois repetiu "sete anos" em voz baixa. Ao fazê-lo, moveu-se um pouco, e o círculo de luz subiu por seu corpo até chegar aos olhos cor de violeta, que cintilaram ao refletir a chama oscilante do lampião. A cicatriz da boca continuava deixando nela seu indelével e enigmático sorriso.

— O senhor, dom Jaime, já sabe quem era esse homem.

O mestre de esgrima pestanejou surpreso e esteve a ponto de expressar seu desconcerto em voz alta. Uma súbita inspiração o aconselhou, porém, a abster-se de fazer qualquer comentário, com medo de interromper o fio das confidências. Ela fitou-o, como que avaliando seu silêncio.

— No dia em que se despediram — continuou após um instante —, a moça só foi capaz de expressar a seu benfeitor a imensidão da dívida que tinha contraído, com uma frase: "Se algum dia precisar de mim, me chame. Nem que seja para descer ao inferno"... Estou certa, mestre, de que, se o senhor tivesse podido conhecer a têmpera daquela moça, não teria achado despropositadas tais palavras em lábios femininos.

— Outra atitude é que teria me surpreendido — replicou dom Jaime.

Ela acentuou o sorriso e fez um leve gesto com a cabeça, como se acabasse de ouvir um elogio. O mestre de esgrima passou a mão pela testa, gelada como mármore. As peças iam se encaixando, lenta e dolorosamente.

— Chegou assim o dia em que pediu a ela que descesse ao inferno... — acrescentou o velho mestre.

Adela de Otero fixou-o surpresa, pela exatidão do comentário. Levantou as mãos e juntou-as devagar, brindando-o com um silencioso aplauso.

— Excelente definição, dom Jaime. Excelente.

— Limito-me a repetir suas palavras.

— Excelente, apesar de tudo. — Sua voz soou carregada de ironia. — Descer ao inferno... Foi isso mesmo que pediu a ela que fizesse.

— A dívida era tão grande assim?

— Já lhe disse que era imensa.

— E a empresa, tão inevitável?

— Sim. A moça havia recebido daquele homem tudo o que ela possuía. E o que é mais importante: tudo quanto era. Nada do que fizesse por ele seria comparável ao que ele deu a ela... Mas deixe-me continuar. O homem de quem estamos falando ocupava um alto posto numa importante sociedade. Por motivos que será fácil deduzir, viu-se envolvido em determinado jogo político. Um jogo muito perigoso, dom Jaime. Seus interesses comerciais levaram-no a se unir a Prim, e ele cometeu o erro de financiar uma das intentonas revolucionárias, que terminou no mais completo desastre. Para desgraça dele, foi descoberto. O que significava o desterro, a ruína. Mas sua elevada posição social e certos fatores adicionais podiam permitir que se salvasse.

Adela de Otero fez uma pausa. Quando falou novamente, havia em sua voz um tom metálico, mais duro e impessoal.

— Então resolveu cooperar com Narváez.

— E o que fez Prim, ao saber da traição?

Ela mordeu o lábio inferior, pensativa, meditando sobre o termo.

— Traição?... Sim, creio que se pode chamar assim. — Fitou-o com ar malicioso, como uma menina compartilhando um segredo. — Prim nunca soube, é claro. E continua sem saber.

Agora o mestre de esgrima estava sinceramente escandalizado:

— Está me dizendo que tudo isso a senhora fez por um homem que foi capaz de trair os seus?

— O senhor não entendeu nada do que lhe contei. — Os olhos cor de violeta o fitavam agora com desprezo. — Não entendeu absolutamente nada. Ainda acredita em bons e maus, nas causas justas e injustas? Que me importa o general Prim ou outro qualquer? Vim aqui esta noite para lhe falar do homem a quem devo tudo o que sou. Por acaso ele não foi sempre bom e leal comigo? Por acaso me traiu, *a mim*?... Faça-me o favor de guardar seus escrúpulos beatos, caro senhor! Quem é o senhor para me julgar?

Jaime Astarloa expirou lentamente o ar dos pulmões. Estava muito cansado e com gosto ter-se-ia deixado cair no sofá. Tinha vontade de dormir, de estar longe dali, de reduzir tudo a um pesadelo que se desvanecesse com as primeiras luzes da aurora. Já nem sequer sabia ao certo se desejava conhecer o resto da história.

— O que acontecerá se descobrirem? — perguntou.

Adela de Otero fez um gesto indolente.

— Não descobrirão mais — disse. — Só duas pessoas trataram do assunto com ele: o presidente do Conselho e o ministro da Justiça, com quem se comunicava diretamente. Por sorte, ambos morreram... De morte natural. Não havia mais obstáculo que lhe impedisse continuar em contato com Prim, como se nada houvesse acontecido. Em tese, não sobravam testemunhas incômodas.

— E agora Prim e os seus estão ganhando...

Ela sorriu.

— Sim, estão ganhando. E ele é um dos que financiam a empresa. Imagine só as vantagens que isso vai lhe proporcionar.

O mestre-de-armas semicerrou os olhos e meneou a cabeça, em mudo gesto de assentimento. Agora estava tudo claro.

— Mas havia um fio desamarrado — murmurou.

— Exato — ela confirmou. — Esse fio era Luis de Ayala. Durante sua passagem pela vida pública, o marquês ocupou um cargo importante junto a seu tio Vallespín, ministro da Justiça, que se entendia com o meu amigo. Quando Vallespín morreu, Ayala pôde ter acesso a seus arquivos privados, onde encontrou uma série de documentos que continham boa parte da história.

— O que não entendo é que interesse o marquês podia ter... Sempre afirmou que havia se afastado da política.

Adela de Otero arqueou as sobrancelhas. O comentário de dom Jaime parecia diverti-la.

— Ayala estava arruinado. Suas dívidas se acumulavam e tinha pendentes várias hipotecas sobre a maior parte dos seus bens. O jogo e as mulheres — neste ponto a voz de Adela de Otero adotou uma inflexão de infinito desdém — eram seus pontos fracos, e ambos lhe custavam muito dinheiro...

Aquilo era demais para Jaime Astarloa.

— A senhora está insinuando que o marquês fazia chantagem?

Ela sorriu, zombeteira.

— Não me limito a insinuar: afirmo. Luis de Ayala ameaçou tornar públicos os documentos, e até enviá-los diretamente a Prim, se não lhe perdoassem certos créditos, algo assim. Nosso querido marquês era um homem que sabia vender muito caro seu silêncio.

— Não posso acreditar!

— Não me importa se acredita ou não. O caso é que as exigências de Ayala transformaram a situação em algo muito delicado. Meu amigo não tinha escolha: era necessário neutralizar o perigo, silenciar o marquês e recuperar os documentos. Mas Ayala era um homem precavido...

O mestre apoiou as mãos na beira da mesa e enterrou a cabeça nos ombros.

— Era um homem precavido — repetiu com voz opaca. — Mas gostava de mulheres.

Adela de Otero dirigiu-lhe um sorriso indulgente.

— E de esgrima, dom Jaime. Foi aí que entramos em cena, o senhor e eu.

— Santo Deus!

— Não leve as coisas assim. O senhor não podia imaginar...

— Santo Deus!

Ela estendeu a mão, como se fosse lhe tocar o braço, mas o movimento parou mal foi iniciado. Jaime Astarloa havia retrocedido como se acabasse de ver uma cobra.

— Eu, ele me fez vir da Itália — explicou após uma pausa. — E o senhor foi o meio para que eu chegasse a Ayala sem deixá-lo de pé atrás. Mas não podíamos imaginar, então, que o senhor acabaria se tornando um problema. Como poderíamos supor que Ayala ia lhe confiar os documentos?

— Logo, a morte dele foi inútil.

Ela fitou-o com genuína surpresa.

— Inútil? De maneira nenhuma. Ayala tinha de morrer, com documentos ou sem documentos! Era perigoso e esperto demais. Nos últimos tempos, chegou a mudar de atitude para comigo, como se estivesse desconfiando de alguma coisa. Tínhamos de resolver o problema.

— Foi a senhora mesma que resolveu?

O olhar da moça cravou-se no mestre de esgrima como uma agulha de aço.

— Claro.

Na voz dela havia tanta naturalidade, tanta calma, que dom Jaime sentiu-se aterrado.

— Quem mais poderia fazê-lo, senão eu? Os acontecimentos se precipitaram e quase não havia tempo... Naquela noite, como outras vezes, jantamos em seu salão. Na intimidade. Lembro-me de que Ayala se mostrava amável demais: era evidente que estava no meu encalço. Isso não me preocupou muito, pois eu sabia que seria a última vez que nos veríamos. Enquanto abria uma garrafa de champanhe, fingindo uma alegria que nenhum dos dois sentíamos, achei-o especialmente bonito, com aquela cabeleira tão viril, aqueles dentes brancos e perfeitos, que riam sempre. Cheguei a pensar que era uma pena o destino ter lhe reservado aquela sorte.

Encolheu os ombros, atribuindo tudo à responsabilidade do destino.

— Minhas tentativas anteriores de lhe arrancar o segredo — acrescentou após um silêncio — tinham se revelado inúteis. Só consegui que desconfiasse de mim. Mas já dava na mesma, de modo que resolvi expor o assunto sem mais rodeios. Disse exatamente o que eu queria, fazendo a oferta que me haviam autorizado: muito dinheiro pelos documentos.

— E ele não aceitou — interveio Jaime Astarloa.

Ela o encarou de um modo estranho.

— De fato. Na realidade, a oferta era um ardil para ganhar tempo, mas Ayala não tinha por que sabê-lo. O caso é que riu na minha cara. Disse que os papéis estavam num lugar seguro e que meu amigo teria de continuar pagando por eles o resto da vida, se não quisesse vê-los nas mãos de Prim. Disse também que eu era uma puta.

Adela de Otero se calou e suas últimas palavras ficaram no ar. Ela as tinha pronunciado de forma objetiva, sem inflexões, e o mestre de esgrima soube no ato que, naquela noite, ela tinha atuado do mesmo modo que no palácio do marquês: sem arroubos nem reações temperamentais; ao contrário, com o método calculado de quem antepõe a eficácia à paixão. Lúcida e fria como seus golpes de esgrima.

— Mas a senhora não o matou por isso...

A moça observou dom Jaime com atenção, como se a propriedade do comentário a surpreendesse.

— Tem razão. Não o matei por isso. Eu o matei porque já estava decidido que ele tinha de morrer. Dirigi-me à sala de armas para pegar tranqüilamente um florete sem botão. Ele pareceu encarar minha atitude como uma piada. Estava seguro de si, olhando para mim de braços cruzados, como se esperasse para ver como aquilo tudo iria acabar. "Vou matá-lo, Luis", eu lhe disse com muita calma. "Talvez queira defender-se..." Ele deu uma gargalhada, aceitando o que lhe parecia um jogo excitante e pegou outro florete de combate. Suponho que, depois, tinha a intenção de me levar para o quarto e fazer amor comigo. Aproximou-se, ostentando aquele seu sorriso branco e cínico. Bonito, elegante, em mangas de camisa, cruzou seu aço com o meu, enquanto com a ponta dos dedos da mão esquerda me enviava um beijo zombeteiro. Olhei-o nos olhos, fiz uma finta e cravei-lhe o florete na garganta sem mais preâmbulos: estocada curta e giro de punho. O mais purista dos mestres não teria feito nenhuma objeção, e Ayala também não fez. Dirigiu-me um olhar de estupor, e antes de tocar o chão já estava morto.

Adela de Otero olhou desafiadora para dom Jaime, com o mesmo descaramento de uma menina que acabava de contar uma simples travessura. Ele não podia desviar os olhos da moça, fascinado com a expressão do seu rosto: nem ódio, nem remorso, nem qualquer paixão. Apenas a cega lealdade a uma idéia, a um homem. Havia em sua terrível beleza algo de hipnótico e, ao mesmo tempo, assustador, como se o anjo da morte houvesse encarnado em suas feições. Parecendo adivinhar os pensamentos do mestre, recuou até sair do círculo de luz projetada pelo lampião.

— Depois revistei a casa a fundo, tanto quanto pude, mas sem muita esperança. — Das sombras chegava agora, outra vez, uma voz sem rosto, e o mestre de esgrima não soube se dizer o que era mais inquietante. — Não encontrei nada, embora tenha ficado ali até quase o amanhecer. De qualquer modo, a sublevação já havia rebentado em Cádiz, e Ayala tinha de morrer, tivéssemos ou não os documentos. Não havia outra solução. Só me restava sair logo dali e contar com que, se os papéis estavam tão bem escondidos, ninguém os acharia, como eu mesma não havia encontrado... Feito o que estava ao meu alcance, fui embora. O passo seguinte era desaparecer de Madri sem deixar rastro. Precisava... — pareceu hesitar, buscando as palavras adequadas — precisava voltar à obscuridade de que tinha saído. Adela de Otero saía de cena definitivamente. Isso também estava previsto...

Jaime Astarloa não podia mais se agüentar em pé. Sentia as pernas bambas e seu coração batia fracamente. Deixou-se cair bem devagar na poltrona, temendo desmaiar. Quando falou, sua voz era apenas um temeroso sussurro, pois intuía a resposta atroz.

— O que aconteceu com Lucía... a criada? — Engoliu a saliva, levantando o rosto para fitar a sombra que estava de pé diante dele. — Tinha a sua mesma estatura... Sua idade aproximada, cabelos da mesma cor... O que aconteceu com ela?

Dessa vez o silêncio foi prolongado. Por fim, a voz de Adela de Otero brotou neutra, sem nenhuma inflexão:

— O senhor não compreende, dom Jaime.

O mestre ergueu a mão trêmula, apontando para a sombra com um dedo. Uma boneca cega num tanque. Foi o que aconteceu.

— Está enganada. — Dessa vez, sentiu o ódio vibrar em sua voz, e soube que Adela de Otero notava isso com perfeita clareza. — Compreendo tudo. Tarde demais, é verdade, mas compreendo tudo muito bem. Vocês a escolheram precisamente por isso, não é? Por se parecer com a senhora... Tudo, até mesmo esse detalhe espantoso, estava planejado desde o primeiro momento!

— Vejo que fizemos mal em subestimá-lo. — Havia em sua voz uma ponta de irritação. — O senhor é um homem perspicaz, no fim das contas.

Uma careta de amargura arqueou os lábios do mestre-de-armas.

— A senhora também se encarregou dela? — perguntou, cuspindo as palavras com infinito desprezo.

— Não. Contratamos dois homens, que não conhecem nada da história... Dois facínoras. Os mesmos que o senhor encontrou em casa do seu amigo.

— Canalhas!

— Talvez tenham exagerado...

— Duvido. Tenho certeza de que cumpriram escrupulosamente as dignas instruções da senhora e seu cupincha.

— Em todo caso, se isso o consola, saiba que a moça já estava morta quando lhe fizeram... aquilo tudo. Nem sofreu.

Jaime Astarloa fitou-a boquiaberto, como se não desse crédito a seus próprios ouvidos.

— Muita gentileza da sua parte, Adela de Otero... Supondo-se que seja esse seu verdadeiro nome. Muita gentileza. Disse que a infeliz nem sofreu? Isso, sem dúvida, honra, e muito, seus sentimentos femininos.

— Folgo em vê-lo recobrar a ironia, mestre.

— Não me chame de mestre, por favor. Como pôde constatar, também não a chamei de senhora.

Dessa vez ela riu francamente.

— *Touché*, dom Jaime. Tocada, sim, senhor. Quer que continue, ou já sabe o resto e prefere que encerremos a história?

— Gostaria de saber como souberam do coitado do Cárceles...

— Muito simples. Dávamos por perdidos os documentos. Está claro que não nos tinha ocorrido pensar no senhor. De repente, seu amigo se apresentou em casa do meu, pedindo um encontro urgente para tratar de um assunto grave. Foi recebido e expôs suas pretensões: certos documentos tinham chegado em seu poder e, conhecendo a confortável posição econômica do interessado, reclamava certa quantidade de dinheiro em troca dos papéis e do seu silêncio...

Jaime Astarloa passou a mão pela testa, aturdido com o barulho do seu mundo, que sentia desabar em frangalhos.

— Cárceles também!

As palavras escaparam da sua boca como um lamento.

— E por que não? — retorquiu ela. — Seu amigo era ambicioso e miserável, como qualquer um. Apostava naquele negócio para sair da sua indigência, imagino.

— Parecia honesto — protestou dom Jaime. — Era tão radical... Tão intransigente... Eu confiava nele.

— Temo que, para um homem com a sua idade, o senhor tenha confiado em gente demais.

— Tem razão. Também confiei na senhora.

— Ora, vamos! — Ela parecia irritada. — Seus sarcasmos neste momento não nos levem a lugar nenhum. Não lhe interessa saber mais?

— Sim, interessa. Continue.

— Despediu-se de Cárceles com palavras alentadoras e uma hora mais tarde nossos dois homens apareceram na casa dele para pegar os papéis. Devidamente... persuadido, seu amigo acabou contando tudo o que sabia, inclusive seu nome. Então o senhor chegou, e devo reconhecer que pôs a nós todos num belo aperto.

Eu esperava lá fora, num coche, e vi os dois chegarem como almas levadas pelo diabo. Saiba que, não fossem os apuros em que a situação nos punha, eu até teria me divertido com o que aconteceu. Para quem não é mais um rapazola, creio que deu trabalho de sobra a eles: quebrou o nariz de um e deu dois talhos no outro, um no braço e outro na virilha. Disseram que o senhor se defendeu como o próprio Lúcifer.

Adela de Otero guardou silêncio por um momento, antes de acrescentar, intrigada:

— Agora sou eu quem lhe faz uma pergunta... Por que meteu esse infeliz nessa história?

— Não meti. Quer dizer, meti contra a minha vontade. Li os documentos, mas não pude decifrar o conteúdo.

— Está zombando de mim? — A surpresa da moça parecia sincera. — Não acaba de dizer que leu os documentos?

O mestre de esgrima assentiu, confuso.

— Já disse que sim, mas não entendi nada. Aqueles nomes, as cartas e o resto encerravam muito pouco sentido para mim. Nunca tive o menor interesse por esses temas. Ao ler, só pude compreender que alguém estava delatando outras pessoas e que havia no meio um assunto de Estado. Procurei Cárceles precisamente porque não conseguia descobrir o nome do responsável. Na certa ele deduziu, talvez porque se lembrasse dos fatos a que os documentos se referiam.

Adela de Otero adiantou-se um pouco e a luz clareou de novo suas feições. Uma pequena ruga de preocupação marcava-lhe a fronte, entre as sobrancelhas.

— Temo haver um mal-entendido aqui, dom Jaime. O senhor quer dizer que ignora o nome do meu amigo?... O homem de quem estivemos falando esse tempo todo?

Jaime Astarloa deu de ombros, e seus olhos cinzentos tão francos sustentaram sem pestanejar a inspeção a que ela os submetia.

— Ignoro.

A moça inclinou levemente a cabeça, fixando-o absorta. Sua mente parecia trabalhar a toda pressa.

— Mas o senhor deve ter lido a carta, já que a tirou do envelope...

— Que carta?

— A principal, a de Vallespín a Narváez. Aquela em que figurava o nome de... Não a entregou à polícia? Ainda está com o senhor?

— Repito-lhe que não sei de que maldita carta está falando.

Dessa vez, foi Adela de Otero que se sentou diante de dom Jaime, tensa e receosa. A cicatriz da boca não parecia mais sorrir, tinha se transformado num esgar de desconcerto. Era a primeira vez que o mestre-de-armas a via assim.

— Vamos ver, dom Jaime. Vamos ver... Vim aqui esta noite por um motivo concreto. Entre os documentos de Luis de Ayala havia uma carta, escrita pelo ministro da Justiça, em que se indicavam dados pessoais do agente que estava passando a informação sobre as conspirações de Prim... Essa carta, de que o próprio Luis de Ayala fez chegar a meu amigo uma cópia textual, quando começou a chantageá-lo, não estava no envelope que pegamos na casa de Cárceles. Logo, tem de estar com o senhor.

— Nunca vi essa carta. Se a tivesse lido, teria ido direto à casa do criminoso que organizou isso tudo, para lhe partir o coração com uma estocada. E o pobre Cárceles ainda estaria vivo. Eu esperava que ele deduzisse algo de todos aqueles documentos...

Adela de Otero fez um gesto para indicar que naquele momento Cárceles pouco lhe importava.

— E deduziu — esclareceu. — Mesmo sem a carta principal, qualquer um que estivesse a par do jogo político dos últimos anos teria visto a coisa clara. Mencionava-se nos documentos o caso das minas de prata de Cartagena, o que apontava diretamente para meu amigo. Havia também uma relação de suspeitos que a polícia devia vigiar, pessoas importantes, entre as quais ele era citado. Mas seu nome não figurava depois nas listas dos detidos... Em resumo, toda uma série de indícios que, reunidos, permitiam descobrir sem maiores problemas a identidade do confidente de Vallespín e Narváez. Se o senhor não fosse um homem que vive de costas para o mundo que o rodeia, teria descoberto tão facilmente quanto outra pessoa qualquer.

A moça se levantou e deu uns passos pela sala, concentrada em seus pensamentos. Apesar do horror da situação, Jaime Astarloa não pôde deixar de admirar o sangue-frio dela. Tinha participado do assassinato de três pessoas, aparecia em sua casa arriscando-se a cair nas mãos da polícia, tinha lhe contado com toda naturalidade uma história atroz e agora andava calmamente por seu gabinete, ignorando o revólver e o estoque que ele tinha em cima da mesa, preocupada com o paradeiro de uma simples carta. De que matéria era feita aquela que se fazia chamar Adela de Otero?

Era absurdo, mas o mestre de esgrima se viu meditando sobre o paradeiro da misteriosa carta. O que teria acontecido? Luis de Ayala não teria confiado suficientemente nele? A única certeza que tinha era a de não ter lido carta nenhuma...

Ficou imóvel, sem nem mesmo respirar, a boca entreaberta, enquanto tentava reter um fragmento de algo que por um instante tinha lhe passado pela memória. Conseguiu finalmente, com um esforço que chegou a crispar sua fisionomia, a ponto de Adela de Otero se virar para fitá-lo, surpresa. Não podia ser! Era ridículo imaginar que tivesse acontecido assim. Era absurdo! E no entanto...

— O que foi, dom Jaime?

Ele se levantou devagarinho, sem responder. Pegou o lampião e ficou imóvel uns instantes, olhando em torno como se acordasse de um sono profundo. Agora podia se lembrar.

— O que há com o senhor?

A voz da moça chegava de muito longe, enquanto sua mente trabalhava a todo vapor. Quando da morte de Ayala, depois de abrir o envelope e antes de iniciar sua leitura, viu-se obrigado a pôr os papéis em ordem. O maço de documentos tinha lhe caído das mãos, as folhas se esparramaram no chão. Isso havia acontecido num canto escuro da saleta, perto da cômoda de nogueira. Levado por uma súbita inspiração, passou junto de Adela de Otero e se agachou diante do pesado móvel, enfiou a mão entre as pernas da cômoda e tateou o assoalho embaixo. Quando se levantou, seus dedos traziam uma folha de papel. Olhava-a fixamente.

— Cá está — murmurou, agitando a folha no ar. — Esteve aqui esse tempo todo... Que idiota eu sou!

Adela de Otero tinha se aproximado, olhando para a carta com incredulidade.

— Está querendo me dizer que a encontrou aí? Que ela caiu ali embaixo?

O mestre de esgrima estava pálido.

— Santo Deus... — sussurrou baixinho. — Pobre Cárceles! Por mais que fosse torturado, não podia falar de uma coisa cuja existência desconhecia. Por isso o maltrataram daquele modo...

Deixou o lampião em cima da cômoda e aproximou a carta da luz. Adela de Otero estava a seu lado, olhando fascinada para a folha de papel.

— Rogo-lhe que não a leia, dom Jaime — havia um estranho misto de ordem e súplica em sua escura entoação. — Dê-me sem lê-la, por favor. Meu amigo achava necessário matar o senhor também, mas eu o convenci a me deixar vir sozinha. Agora estou satisfeita por ter agido assim. Talvez ainda esteja em tempo...

Os olhos cinzentos do ancião a fitaram com dureza.

— Ainda está em tempo de quê? Tempo de devolver a vida aos mortos? Tempo de me fazer acreditar em sua virginal inocência ou na bondade de sentimentos do seu benfeitor? Ora, vá para o inferno!

Semicerrou as pálpebras enquanto lia à chama fumegante do lampião. De fato, estava ali a chave de tudo.

Excelentíssimo senhor dom Ramón María Narváez,
Presidente do Conselho

Meu general:
O caso de que falamos outro dia em particular se nos apresenta sob um aspecto inesperado e, a meu ver, comprometedor. No caso Prim está envolvido Bruno Cazorla Longo, procurador do Banco de Itália em Madri. Sem dúvida o nome não lhe é desconhecido, pois foi sócio de Salamanca no negócio da ferrovia do Norte. Tenho provas de que Cazorla Longo andou fazendo generosos empréstimos ao conde de Reus, com quem mantém laços muito estreitos no seu luxuoso escritório da Plaza de Santa Ana. Durante certo tempo, mantive uma discreta vigilância sobre esse pássaro, e creio que o caso já está maduro para que possamos jogar pesado. Temos em nossas mãos a possibilidade de revelar um escândalo que o levaria à ruína, podemos até fazê-lo passar uma longa temporada meditando sobre seus erros em qualquer formoso recanto das Filipinas ou de Fernando Poo, o que, para um homem acostumado ao luxo, como ele, sem dúvida seria um experiência inesquecível.

No entanto, lembrando do que falamos outro dia sobre a necessidade de ter mais informação sobre o que Prim anda tramando, ocorreu-me que podemos tirar muito mais proveito desse cavalheiro. De modo que, depois de lhe pedir um encontro, explanei-lhe a situação com toda a sutileza possível. Como se trata de um homem muito inteligente e como suas convicções liberais são menos fortes do que suas convicções comerciais, acabou dizendo-se disposto a nos prestar determinados serviços. No fim das contas, percebe tudo o que pode perder se tratarmos com mão-de-ferro seus arroubos revolucionários e, como bom banqueiro, a palavra bancarrota o aterroriza. De modo que está disposto a cooperar conosco, contanto que tudo seja le.:ado a cabo com discrição. Vai nos pôr a par de todos os movimentos de Prim e de seus agentes, aos quais continuará fornecendo fundos, mas a partir de agora saberemos pontualmente para quem e para quê.

Naturalmente, impõe certas condições. A primeira é que nada disso seja sabido fora de vossa pessoa e da minha. A outra condição reside em certa compensação de tipo econômico. A um homem como ele não bastam trinta dinheiros, portanto exige a concessão que vai ser decidida no fim do mês sobre as minas de prata de Murcia, em que tanto ele como seu banco estão muito interessados.

A meu ver, o arranjo convém ao governo e à Coroa, pois nosso homem está em excelentes termos com Prim e seu Estado-Maior, e a União Liberal o considera um dos seus mais firmes pilares em Madri.

O caso tem muito mais vertentes, mas não é coisa para se esgotar por escrito. Acrescentarei apenas que, a meu ver, Cazorla Longo é esperto e ambicioso. Nele teríamos, a um custo razoável, um agente infiltrado no próprio miolo da conspiração.

Como não considero prudente mencionar o assunto durante o Conselho de amanhã, seria útil que V. Ex.ª e eu conversássemos em particular sobre ele.

Receba Vossa Excelência minhas respeitosas saudações.

Joaquín de Vallespín Andreu
Madri, 4 de novembro
(é cópia única)

Jaime Astarloa terminou a leitura e ficou em silêncio, meneando lentamente a cabeça.

— Então esta era a chave de tudo... — murmurou por fim, com um fio de voz apenas audível.

Adela de Otero fitava-o imóvel, espreitando suas reações com o cenho franzido.

— Esta era a chave — confirmou num suspiro, como se deplorasse que o mestre de esgrima houvesse descoberto o derradeiro resquício do mistério. — Espero que esteja satisfeito.

O ancião olhou para a jovem de modo estranho, surpreso por ainda vê-la ali.

— Satisfeito? — Parecia provar a palavra, e não gostou do seu sabor. — É muito triste a satisfação que alguém pode encontrar nisto tudo... — Ergueu a carta, agitando-a suavemente entre o polegar e o indicador. — Suponho que agora vai me pedir para lhe entregar este papel. Enganei-me?

A luz do lampião fez uma centelha dançar nos olhos da moça. Adela de Otero estendeu a mão.

— Por favor.

Jaime Astarloa observou-a detidamente, admirado mais uma vez com a têmpera da jovem. Ali estava ela, de pé diante dele, na penumbra da sala, exigindo com o maior sangue-frio que lhe entregasse a prova escrita em que constava o nome do responsável por aquela tragédia.

— Tenciona me matar também, se eu não satisfizer o seu desejo?

Um sorriso burlesco vagou pelos lábios de Adela de Otero. Seu olhar era como o de uma cobra fascinando a presa.

— Não vim matá-lo, dom Jaime, mas chegar a um acordo. Ninguém acha necessário que o senhor morra.

O mestre de esgrima arqueou a sobrancelha, como se aquelas palavras o decepcionassem.

— Não tencionam me matar? — Pareceu meditar seriamente a questão. — Cáspite! Quanta consideração de sua parte, dona Adela!

A boca da moça contorceu-se noutro sorriso, mais travesso do que maldoso. Dom Jaime intuiu que ela estava escolhendo cuidadosamente as palavras.

— Preciso dessa carta, mestre.

— Pedi-lhe que não me chamasse de mestre.

— Preciso da carta. Fui longe demais por causa dela, como o senhor sabe.

— Eu sei. Diria que sei perfeitamente. Sei e dou fé.

— Por favor. Ainda está em tempo.

O ancião encarou-a com ironia.

— É a segunda vez que a senhora me disse que está em tempo, mas não consigo imaginar o que está em tempo... — Olhou para o papel que tinha na mão. — O homem a que este escrito se refere é um miserável consumado, um patife e um assassino. Espero que não esteja me pedindo que coopere no acobertamento dos crimes dele. Não estou acostumado a que me insultem, muito menos a esta hora da noite... Sabe de uma coisa?

— Não. Diga.

— No começo, quando ignorava o que havia acontecido, quando descobri o seu... aquele cadáver na mesa de mármore, decidi vingar a morte de Adela de Otero. Por isso não contei nada à polícia.

Ela fitou-o, pensativa. Seu sorriso parecia mais doce.

— Eu lhe agradeço. — Despontou em sua voz um eco distante que parecia sincero. — Mas, como pode ver, não era necessária nenhuma vingança.

— A senhora acha? — Então foi a vez de dom Jaime sorrir.

— Pois se engana. Ainda há gente a vingar. Luis de Ayala, por exemplo.

— Era um devasso e um chantagista.

— Agapito Cárceles...

— Um pobre-diabo. Foi a cobiça que o matou.

As pupilas cinzentas do mestre de esgrima cravaram-se na mulher com infinita frieza.

— Aquela pobre moça Lucía... — disse lentamente. — Também merecia morrer?

Pela primeira vez Adela de Otero desviou os olhos dos de dom Jaime. E, quando falou, o fez com extrema cautela.

— A morte de Lucía foi inevitável. Suplico-lhe que acredite em mim.

— Claro. Basta-me a sua palavra.

— Falo sério.

— Claro. Seria uma deslealdade imperdoável duvidar da senhora.

Um silêncio sufocante se instalou entre ambos. Ela tinha inclinado a cabeça e parecia absorta na contemplação de suas próprias mãos, enlaçadas sobre o ventre. As duas fitas pretas do chapéu caíam-lhe sobre o colo nu. Contra a sua vontade, o mestre-de-armas pensou que, até como a encarnação do diabo, Adela de Otero continuava sendo enlouquecedoramente bela.

A jovem por fim levantou o rosto.

— O que pensa fazer com a carta?

Jaime Astarloa deu de ombros.

— Tenho uma dúvida — respondeu com simplicidade. — Não sei se vou diretamente à polícia ou se passo antes pela casa do seu benfeitor para lhe enfiar um palmo de aço na garganta. E não vá me dizer que a senhora tem uma idéia melhor.

A orla do vestido de seda negra farfalhou suavemente ao deslizar no tapete. Ela tinha se aproximado, e o mestre pôde perceber, muito próximo, o aroma de água-de-rosas.

— Tenho uma idéia melhor, sim.

A jovem fitava-o nos olhos, com o queixo erguido, numa atitude desafiadora.

— Uma oferta que o senhor não poderá recusar.

— Muito se engana.

— Não. — Agora sua voz era quente e suave como o ronronar de um belo felino. — Não me engano. Sempre há algo escondido em algum lugar... Não existe homem que não tenha seu preço. E eu posso pagar o seu.

Ante os olhos atônitos de dom Jaime, Adela de Otero levantou as mãos e desabotoou o primeiro botão do vestido. O mestre de esgrima sentiu a garganta ficar subitamente seca, enquanto contemplava, fascinado, os olhos cor de violeta que sustentavam seu olhar. Ela soltou o segundo botão. Seus dentes, brancos e perfeitos, reluziam suavemente na penumbra.

Fez um esforço para se afastar, mas aqueles olhos pareciam tê-lo hipnotizado. Por fim conseguiu desviar o olhar, mas este ficou preso na contemplação do colo nu, da delicada insinuação das clavículas sob a pele, do voluptuoso palpitar da tez morena que descia em suave triângulo entre o nascimento dos seios da jovem.

A voz tornou a soar em íntimo sussurro:

— Sei que o senhor me ama. Sempre soube, desde o começo. Talvez tudo tivesse sido diferente, se...

As palavras se extinguiram. Jaime Astarloa continha a respiração, sentindo-se flutuar longe da realidade. Percebia nos lábios a respiração próxima; a boca se entreabria como uma ferida sangrenta cheia de promessas. Ela soltava agora os cordões do corpete, os nós se desfaziam entre seus dedos. Depois, incapaz de resistir à sedução do momento, o mestre de esgrima sentiu as mãos da jovem buscarem as suas. O contato delas como que lhe queimavam a pele. Pausadamente, Adela de Otero guiou a mão até apoiá-la em seus seios nus. Ali, a carne palpitava, morna e jovem, e dom Jaime estremeceu ao experimentar novamente uma sensação quase esquecida, à qual imaginava ter renunciado para sempre.

Emitiu um gemido e cerrou os olhos, abandonando-se à doce languidez que tomava conta de si. Ela sorriu docemente, com insólita ternura e, soltando a mão, ergueu os braços para tirar o chapéu. Ao fazê-lo, ergueu levemente o busto, e o mestre de esgrima aproximou os lábios, bem devagarinho, até sentir a calidez macia daqueles formosos seios nus.

O mundo estava longe dali. Não passava de uma maré confusa, distante, que quebrava suavemente numa praia deserta, cujo rumor a distância amortecia. Não havia nada, a não ser uma vasta extensão clara e luminosa, uma ausência total de realidade, de remorso, até de sensações... Ausência a ponto de, por não haver nada, não haver nem mesmo paixão. A única nota, monocórdica e contínua, era o gemido de abandono, um marulho de solidão, por muito tempo contido, que o contato com aquela pele fazia aflorar nos lábios do velho mestre.

De repente, algo em sua consciência adormecida pareceu gritar no remoto ponto em que ainda permanecia alerta. O sinal demorou alguns instantes para abrir caminho até o mecanismo da sua vontade, e foi ao captar essa sensação de perigo que Jaime Astarloa ergueu o rosto para fitar o rosto da jovem. Estremeceu então como se houvesse levado um choque elétrico. Ela estava com as mãos ocupadas em tirar o chapéu e seus olhos cintilavam como carvões acesos. A boca se contraía num tenso ricto, que a cicatriz da comissura transformava em diabólico esgar. As feições estavam crispadas por uma concentração inaudita, que o mestre-de-armas trazia gravada a fogo na memória: era o rosto de Adela de Otero quando se preparara para atacar em a fundo, a fim de acertar uma estocada violenta e definitiva.

Dom Jaime pulou para trás sem poder reprimir um grito de angústia. Ela havia deixado o chapéu cair e empunhava na mão direita o comprido alfinete com que prendia o cabelo, pronta para cravá-lo na nuca do homem que um segundo antes se encontrava prostrado diante dela. O velho mestre recuou, tropeçando nos móveis da sala, sentindo o sangue gelar nas veias. Depois, paralisado pelo horror, viu como ela jogava a cabeça para trás e soltava uma gargalhada sinistra, que ecoou como um dobre fúnebre.

— Pobre mestre... — As palavras saíram vagarosamente da boca da mulher, desprovidas de entoação, como se estivessem se referindo a uma terceira pessoa, cuja sorte lhe era indiferente. Não havia nelas nem ódio, nem desprezo, tão-somente uma fria e sincera comiseração. — Ingênuo e crédulo até o fim, não é? Pobre e velho amigo!

Deixou escapar outra gargalhada e observou dom Jaime com curiosidade. Parecia interessada em ver com detalhe a alterada expressão que o espanto fixava no rosto do mestre de esgrima.

— De todos os personagens deste drama, senhor Astarloa, foi o senhor o mais crédulo, o mais querido e o mais digno de dó. — As palavras pareciam gotejar lentamente no silêncio. — Todo mundo, os vivos e os mortos, mandou a consciência às favas. E o senhor, como nas comédias ordinárias, com sua ética ultrapassada e suas tentações vencidas, interpretando o papel de marido enganado, o último a saber. Olhe para o senhor, se for capaz. Pegue um espelho e me diga onde foi parar agora todo o seu orgulho, toda a sua segurança, sua fátua autocomplacência. Quem diabo o senhor achava que era? Bem, tudo foi muito enternecedor, está certo. Se desejar, pode se aplaudir mais uma vez, a última, porque já é hora de baixar o pano. O senhor precisa descansar.

Enquanto falava, sem se precipitar em seus movimentos, Adela de Otero tinha se virado para a mesinha sobre a qual estavam o revólver e a bengala de estoque, apoderando-se desta última depois de jogar no chão o já inútil alfinete do chapéu.

— Apesar da sua ingenuidade, o senhor é um homem sensato — comentou, enquanto contemplava com apreço a afiada lâmina de aço, como que avaliando suas qualidades. — Por isso tenho certeza de que entende a situação. Em toda essa história, eu apenas desempenhei o papel que me foi atribuído pelo destino.

Garanto que não investi nele nem uma ponta de maldade, além da estritamente necessária. A vida é assim... Essa vida de que o senhor sempre tentou ficar à margem e que hoje, esta noite, entra sem se anunciar em sua casa para lhe cobrar a fatura de pecados que o senhor não cometeu. Percebe a ironia?

Ela fora se aproximando enquanto falava, como uma sereia enfeitiçando com sua voz o navegante, enquanto o barco se precipitava contra um recife. Segurava o lampião numa mão e empunhava o estoque com a outra. Estava diante dele, tão insensível quanto uma estátua de gelo, sorrindo como se, em lugar de uma ameaça, houvesse em seu gesto um amável convite à paz e ao esquecimento.

— Temos de nos despedir, mestre. Sem rancor.

Quando deu um passo adiante, disposta a lhe cravar o estoque, Jaime Astarloa voltou a ver a morte em seus olhos. Só então, saindo do seu estupor, reuniu presença de espírito suficiente para pular para trás e, virando-se, fugir para a porta mais próxima. Encontrou-se na sala de armas às escuras. Ela vinha no seu encalço, a luz do lampião já iluminava a sala. Dom Jaime olhou em torno, procurando desesperado uma arma para enfrentar sua perseguidora, mas só encontrou ao alcance da mão o armeiro com os floretes que usava nas aulas, todos com um botão na ponta. Dizendo-se que pior era ficar de mãos nuas, pegou um deles, mas o contato da empunhadura só lhe proporcionou um leve consolo. Adela de Otero já estava na porta da sala de armas, e os espelhos multiplicaram a luz do lampião, quando ela se inclinou para pousá-lo no chão.

— Um lugar adequado para resolver nossa pendência, mestre — disse em voz baixa, tranqüilizada, ao verificar que o florete que dom Jaime empunhava era inofensivo. — Agora vai ter a oportunidade de verificar que primorosa discípula posso vir a ser. — Deu dois passos para ele, com gélida calma, sem se preocupar com seu peito nu sob o vestido entreaberto, e adotou a posição de combate. — Luis de Ayala já sentiu na própria carne as excelências daquela magnífica estocada do senhor, a dos duzentos escudos. Agora chega a vez de o seu criador experimentá-la... Há de convir comigo que a coisa não deixa de ter sua graça.

Nem havia terminado de falar quando, com assombrosa rapidez, já lançava o punho para a frente. Jaime Astarloa recuou guarnecendo-se em quarta, opondo a ponta rombuda da sua arma ao aguçado estoque. Os velhos e familiares movimentos da esgrima lhe restituíam pouco a pouco a segurança perdida, arrancavam-no do horrorizado estupor de que tinha sido presa até havia um instante. Compreendeu de imediato que com seu florete de exercício não poderia dar nenhuma estocada. Tinha de se limitar a defender todos os ataques que pudesse, mantendo-se sempre na defensiva. Lembrou-se de que, na outra extremidade da sala de armas havia um armeiro fechado com meia dúzia de floretes e sabres de combate, mas sua oponente nunca o deixaria chegar lá. Como quer que fosse, não teria tempo de se virar, abri-lo e empunhar um deles. Ou talvez tivesse. Resolveu recuar defendendo-se até aquela parte da sala, à espera de uma oportunidade.

Adela de Otero parecia ter adivinhado suas intenções e acossava-o, empurrando-o para um canto coberto por dois espelhos. Dom Jaime compreendeu quais eram suas intenções. Ali, privado de terreno, sem possibilidade de recuar, acabaria trespassado sem remédio.

Ela combatia em a fundo, cenho franzido, lábios cerrados até se verem reduzidos a uma linha delgada, na clara tentativa de lhe ganhar os terços da arma, forçando-o a se defender com a parte da lâmina mais próxima da empunhadura, o que limitava muito seus movimentos. Jaime Astarloa estava a três metros da parede e não queria recuar mais, quando ela lhe deu uma meia estocada por dentro do braço que o deixou em sérios apuros. Defendeu, consciente da sua incapacidade de responder como teria feito se usasse um florete de combate, e Adela de Otero efetuou com extraordinária presteza o movimento conhecido como *giro de punho*, mudando a direção da sua ponta quando os dois ferros se tocavam e dirigindo-a para o corpo do adversário. Uma coisa fria rasgou a camisa do mestre de esgrima, penetrando em seu flanco direito, entre a pele e as costelas. Pulou para trás no mesmo instante, com os dentes apertados para sufocar a exclamação de pânico que se esforçava para sair da sua garganta. Era absurdo demais morrer assim, daquele modo, pelas mãos de uma mulher e na sua própria casa! Pôs-se de guarda novamente, sentindo o sangue quente empapar a camisa debaixo do braço.

Adela de Otero baixou um pouco o estoque, parou para respirar fundo e dedicou-lhe uma careta maldosa.

— Nada mal, não é verdade? — perguntou com uma chispa de diversão nos olhos. — Passemos agora à estocada dos duzentos escudos, se bem lhe parece... Em guarda!

Ressoaram os ferros. O mestre-de-armas sabia que era impossível defender a estocada sem uma ponta de florete que ameaçasse o adversário. Por outro lado, se ele se concentrasse em guarnecer sempre a parte de cima do corpo contra esse tipo particular de ataque, Adela de Otero podia se aproveitar para dar-lhe uma estocada diferente, baixa, com resultados igualmente mortais. Estava num beco sem saída e intuía a parede às suas costas, já bem próxima; podia ver com o canto do olho o espelho à sua esquerda. Concluiu que seu único recurso era tentar desarmar a moça, ou atirar continuamente em seu rosto, onde a arma podia causar dano, apesar de ter a ponta protegida.

Optou pela primeira possibilidade, de mais fácil execução, deixando o braço flexível e o corpo apoiado no quadril esquerdo. Esperou que Adela de Otero engajasse em quarta, defendeu, girou a mão sobre a ponta do estoque e desferiu uma batida com o terço forte do seu florete na lâmina inimiga, só para verificar, desolado, que a moça se mantinha firme. Atacou então, sem muita esperança, em quarta sobre o braço, ameaçando-lhe o rosto. A estocada saiu meio curta, e o botão não se aproximou mais que umas poucas polegadas, mas o suficiente para ela dar um passo atrás.

— Ora, ora — comentou a jovem com um sorriso malicioso. — Com que então o cavalheiro quer me desfigurar... Precisamos acabar logo com isso.

Franziu as sobrancelhas e seus lábios se contraíram numa careta de selvagem alegria, enquanto, firmando-se nos pés, lançava em dom Jaime uma falsa estocada que o obrigou a baixar o florete em quinta. Compreendeu o erro na metade do movimento, antes que ela movesse o punho para lançar-se no golpe decisivo, e só foi capaz de opor a mão esquerda à lâmina inimiga que já apontava para seu peito. Afastou-a com uma quarta forçada no flanco, enquanto sentia a lâmina afiada do estoque lhe cortar a palma da mão. Ela retirou imediatamente a arma, com medo de que o mestre a agarrasse para tomá-la, e Jaime Astarloa contemplou um instante seus dedos ensangüentados, antes de pôr-se em guarda para impedir novo ataque.

De repente, no meio do movimento, o mestre de esgrima vislumbrou uma fugaz luz de esperança. Tinha desferido nova estocada, ameaçando o rosto da jovem, que a obrigou a defender fracamente em quarta. Enquanto se punha outra vez em guarda, o instinto de Jaime Astarloa sussurrou-lhe com a fugacidade de um relâmpago que ali, por um breve lapso, tinha havido um vazio, um tempo morto que descobria o rosto de Adela de Otero durante apenas um segundo; e foi sua intuição, não seu olhar, que captou pela primeira vez a existência daquele ponto fraco. Nos momentos seguintes, os adestrados reflexos profissionais do velho mestre-de-armas puseram-se em funcionamento de forma automática, com a fria precisão de um mecanismo de relojoaria. Esquecida a iminência do perigo, plenamente lúcido após a súbita inspiração, consciente de que não dispunha de tempo nem recursos para confirmá-la, resolveu confiar a vida à sua condição de esgrimista veterano. E, enquanto iniciava pela segunda e última vez o movimento, ainda teve a suficiente serenidade de compreender que, se estivesse equivocado, não teria mais nenhuma oportunidade para lamentar seu erro.

Respirou fundo, repetiu o ataque do mesmo modo que da vez anterior, e Adela de Otero, nessa ocasião com mais segurança, opôs uma parada de quarta em posição um tanto forçada. Então, em vez de se pôr imediatamente em guarda, como seria de se esperar, dom Jaime só fingiu que ia fazê-lo, ao tempo que, no mesmo movimento, redobrava sua estocada e a lançava por cima do braço da moça, jogando para trás a cabeça e os ombros, enquanto dirigia a ponta abotoada para cima. A lâmina deslizou suavemente, sem encontrar oposição, e o botão metálico que guarnecia a extremidade do florete entrou pelo olho direito de Adela de Otero, penetrando até o cérebro.

Quarta. Parada de quarta. Redobrar em quarta sobre o braço. A fundo.

Amanhecia. Os primeiros raios de sol filtravam-se através das frestas das janelas fechadas e seu traço luminoso se multiplicava ao infinito nos espelhos da sala de armas.

Terceira. Parada de terceira. Atirar terceira sobre o braço.

Nas paredes, havia velhas panóplias em que dormiam o sono eterno enferrujados ferros condenados ao silêncio. A suave claridade dourada que iluminava a sala já não arrancava reflexos das suas velhas guarnições cobertas de pó, escurecidas pelo tempo, trincadas por antigas cicatrizes metálicas.

Quarta a fundo. Parada em semicírculo. Atirar em quarta.

Pendurados numa parede, alguns diplomas amarelados em suas molduras fora de nível. A tinta com que eram escritos desbotara: a passagem dos anos a tinha transformado em traços pálidos, quase ilegíveis nos pergaminhos. Eram assinados por homens mortos muito tempo antes e datados de Roma, Paris, Viena, São Petersburgo.

Quarta. Ombros e cabeça para trás. Quarta baixa.

No chão, um estoque abandonado, com cabo de prata bem polido, gasto pelo uso, em cujo castão serpeavam finos arabescos junto de uma divisa lindamente cinzelada: A mí.

Quarta sobre o braço. Parada em primeira. A fundo em segunda.

Sobre um tapete descorado, um lampião que já mal ardia, sem chama, crepitando fumegante sua calcinada mecha. Junto dele estava estendido o corpo de uma mulher que tinha sido bonita. Usava um vestido de seda negra e, sob sua nuca imóvel, junto dos cabelos presos com uma fivela de nácar em forma de cabeça de águia, havia uma poça de sangue que empapava a trama do tapete. O reflexo de um fino raio de luz produzia nela suaves cintilações avermelhadas.

Quarta por dentro. Parada de quarta. Atacar em primeira.

Num canto escuro da sala, numa velha mesinha de nogueira, reluzia um fino vasinho de cristal lavrado, no qual se debruçava o talo murcho de uma rosa. Suas pétalas secas estavam espalhadas na superfície da mesa, enrugadas e patéticas, compondo um minúsculo quadro de decadente melancolia.

Segunda por fora do braço. O adversário defende em oitava. Atacar em terceira.

Da rua, subia um rumor distante, semelhante aos embates de uma tormenta no mar quando a espuma quebra com fúria contra as rochas. Através das janelas se ouvia, abafado, um clamor de vozes que festejavam em alvoroço o novo dia que lhes trazia a liberdade. Um ouvinte atento teria captado o significado dos seus gritos: falavam de uma rainha que ia para o exílio e de homens justos que vinham de longe, com suas abauladas malas cheias de esperança. *Segunda por fora. Parada de oitava. Atacar em quarta sobre o braço.* Alheio àquilo tudo, naquela sala de armas em que o tempo tinha suspenso seu decorrer e permanecia tão quieto e imutável como os objetos que em seu silêncio continha, um ancião estava de pé diante de um grande espelho. Era magro e tranqüilo, tinha o nariz levemente aquilino, a testa alta, cabelos brancos e bigodes grisalhos. Estava em mangas de camisa e não parecia incomodado com a grande mancha pardacenta, de sangue seco, que tinha num flanco. Seu porte era digno e orgulhoso; na mão direita segurava, com airosa desenvoltura, um florete de empunhadura italiana. Suas pernas estavam levemente flexionadas, mantinha o braço esquerdo em ângulo reto acima do ombro, deixando cair a mão para a frente com o apurado estilo de um velho esgrimista, sem prestar atenção num profundo corte que lhe cruzava a palma. Media-se silenciosamente com o reflexo da sua imagem, concentrado nos movimentos que executava, enquanto seus pálidos lábios pareciam enumerá-los sem que deles brotasse nenhuma palavra, repetindo as seqüências com metódica exatidão, sem descanso. Absorto em si mesmo tentava recordar, fixando em sua mente, desinteressada de tudo o que o universo pudesse conter à sua volta, todas as fases que, encadeadas com absoluta precisão, com matemática certeza, levavam — agora ele finalmente sabia — à mais perfeita estocada surgida da mente humana.

La Navata, julho de 1985

ESTA OBRA FOI COMPOSTA EM ELECTRA PELA SPRESS E IMPRESSA
PELA GEOGRÁFICA EM OFSETE SOBRE PAPEL PÓLEN SOFT DA
COMPANHIA SUZANO PARA A EDITORA SCHWARCZ EM FEVEREIRO DE 2003